IL TITANO DI WALL STREET

UN ROMANZO SULL'ALPHA ZONE

ANNA ZAIRES

♠ MOZAIKA PUBLICATIONS ♠

Questo libro è un'opera di fantasia. Tutti i nomi, i personaggi, i luoghi e gli eventi narrati sono il frutto della fantasia dell'autrice o sono usati in maniera fittizia. Qualsiasi riferimento a persone reali, viventi o scomparse, luoghi o eventi è puramente casuale.

Pubblicato da Mozaika Publications, stampato da Mozaika LLC.
www.mozaikallc.com

Copertina di Najla Qamber Designs
www.najlaqamberdesigns.com

ISBN: 978-1-63142-537-0
Print ISBN: 978-1-63142-538-7

mma

"—E POI IL VETERINARIO HA DETTO CHE MR. PUFFS NON è pronto per questo, e io—"

"Ecco fatto." Kendall sbatte il bicchiere di tè freddo con una forza tale che il liquido da sei dollari trabocca dal bordo. Afferrando il tovagliolo, asciuga la fuoriuscita e mi lancia un'occhiataccia da dietro il suo piatto semi-consumato di crêpes al grano saraceno.

"Che cosa c'è?" Sbatto le palpebre verso la mia migliore amica.

"Ti rendi conto che hai parlato di Mr. Puffs, di Cottonball e di Queen Elizabeth nell'ultima mezz'ora?" Kendall si sporge in avanti, socchiudendo gli occhi color nocciola. "Il gatto questo, il gatto quello, il veterinario quest'altro, eccetera."

"Oh." Arrossendo, guardo l'orologio sulla parete del locale in cui Kendall mi ha trascinata per il brunch. Sicuramente sono passati quasi trenta minuti da quando siamo arrivate qui—e non ho mai chiuso la bocca per tutto il tempo. Imbarazzata, la guardo. "Mi dispiace. Non volevo annoiarti."

"No, Emma." Il suo tono è di esagerata pazienza, mentre si appoggia allo schienale, spingendo gli eleganti capelli scuri sulla spalla. "Non mi hai annoiata. Ma mi hai fatto capire una cosa."

"Quale?"

"Tu, mia cara, sei ufficialmente una gattara."

Resto a bocca aperta. "Che cosa?"

"Sì. Una vera gattara."

"Non lo sono!"

"No?" Inarca un sopracciglio perfettamente modellato. "Rivediamo i fatti, allora. Quando è stata l'ultima volta che sei andata da un parrucchiere?"

"Uhm..." Consapevolmente, rivolgo l'attenzione all'esplosione di ricci rossi nella mia mano. "Forse circa un anno fa?" In effetti, era stato per la festa del venticinquesimo compleanno della mia amica, il che significa che sono passati almeno diciotto mesi da quando qualcosa di diverso da una spazzola ha toccato la massa crespa.

"Giusto." Kendall taglia la sua crêpe con la delicatezza di Queen Elizabeth—il mio gatto, non la sovrana britannica. Dopo aver masticato il boccone, dice: "E il tuo ultimo appuntamento quand'è stato?"

Devo rifletterci attentamente. "Due mesi fa"

rispondo trionfante, quando finalmente il ricordo mi sovviene. Taglio un pezzo della mia crêpe e me lo infilo in bocca, mormorando: "Non è tanto tempo fa."

"No" concorda. "Ma sto parlando di un vero appuntamento, non di un pietoso caffè con il tuo vicino sessantenne."

"Roger non ha sessant'anni. Ne ha al massimo quarantanove—"

"E tu ne hai ventisei. Fine della storia. Ora, non eludere la domanda. Quand'è stata l'ultima volta che sei andata a un vero appuntamento?"

Prendo il mio bicchiere d'acqua e trangugio, mentre provo a ricordare. Devo ammettere che Kendall mi ha sorpresa stavolta. "Forse un anno fa?" tiro a indovinare, anche se sono abbastanza sicura che l'appuntamento in questione—un'occasione poco memorabile, chiaramente—abbia preceduto la sua festa di compleanno.

"Un anno fa?" Kendall tamburella le unghie color grigio talpa sul tavolo. "Dici davvero, Emma? Un anno fa?"

"Che cosa?" Cercando di ignorare il rossore che s'insinua nel mio collo, mi concentro sul resto della crêpe da ventidue dollari. "Sono occupata."

"Con i tuoi gatti" replica acutamente. "Con tutti e tre. Ammettilo: sei una gattara."

Sollevo lo sguardo dal piatto e alzo gli occhi al cielo. "E va bene. Se insisti, allora sì, sono una gattara."

"E sei contenta di questo?" Mi rivolge un'occhiata incredula.

"Dovrei saltare giù dal Ponte di Brooklyn per la disperazione?" Metto l'ultimo boccone della mia crêpe in bocca. Ho ancora fame, ma non ho alcuna intenzione di ordinare altro dal menu troppo caro. "Amare i gatti non è un crimine."

"No, ma passare tutto il tuo tempo libero a pulire le lettiere mentre vivi a New York lo è." Kendall spinge via il suo piatto vuoto. "Hai l'età giusta per trovarti un uomo e non esci affatto."

Sospiro, esasperata. "Perché non ho tempo—e, inoltre, chi dice che voglio trovarmi qualcuno? Sto benissimo da sola."

"Questo lo dici tu, ripetendo ciò che afferma qualsiasi altra gattara. Sinceramente, Emma, quand'è stata l'ultima volta che hai fatto sesso con qualcosa di diverso dal tuo vibratore?"

La mia amica non si cura di abbassare la voce mentre lo dice, e sento la mia faccia avvampare di nuovo, mentre una coppia gay al tavolo accanto a noi ci lancia un'occhiata e ridacchia.

Fortunatamente, prima che io possa rispondere, la borsetta Prada di Kendall vibra.

"Oh." Aggrotta le sopracciglia, mentre tira fuori il telefono e legge tutto ciò che c'è scritto sullo schermo. Alzando la testa, fa un cenno al cameriere. "Devo andare" dice scusandosi. "Il mio capo ha appena avuto un'idea per il design del vestito di cui si sta occupando, e ha bisogno che io gli porti subito alcuni modelli."

"Nessun problema." Sono abituata al suo lavoro imprevedibile nel settore della moda. Tirando fuori la mia carta di debito, dico: "Ci rivediamo presto" ed estraggo il telefono per vedere il saldo del mio conto corrente.

LA TEMPERATURA ESTERNA È APPENA SOPRA LO ZERO, E la stazione della metropolitana di cui ho bisogno è a circa dieci isolati dal luogo del brunch. Tuttavia, cammino perché a) ai miei fianchi fa bene l'esercizio fisico e b) non posso permettermi di fare altro. Questa uscita ha esaurito il mio budget per il fine settimana, al punto che dovrò rimandare il viaggio in drogheria a lunedì. Avevo detto a Kendall di smettere di portarmi in posti costosi, ma avrei dovuto immaginare che non avrebbe considerato costoso un brunch da venticinque dollari.

Per gli standard di New York è praticamente gratuito.

Ad essere sincera, la mia amica non sa quanto siano ristrette le mie finanze. Non mi piace parlare dei miei prestiti studenteschi. Sa soltanto che vivo in un monolocale nel seminterrato di Brooklyn e che raccolgo buoni sconto, perché mi piace risparmiare denaro. Lei stessa non guadagna esattamente milioni—essere l'assistente di uno stilista emergente non paga molto di più del mio lavoro in libreria e dei lavoretti di revisione—ma i suoi genitori le coprono la maggior parte delle bollette, quindi tutto il suo stipendio lo spende in vestiti e lussi vari.

Se non fosse una buona amica, la odierei.

Mentre entro nella stazione della metropolitana, quasi inciampo su un senzatetto disteso sulle scale. "Scusa" mormoro, pronta a scappare via, ma mi rivolge un sorriso sdentato e tende del cibo verso di me.

"Va tutto bene, signorina" biascica. "Vuoi bere un sorso? Avresti bisogno di un drink."

Sorpresa, faccio un passo indietro. "No, grazie. Sto bene." Che aspetto orribile devo avere, se i senzatetto mi offrono l'alcol? Forse la diagnosi di gattara di Kendall *non* è poi così sbagliata.

Scrollando le spalle, l'uomo beve un sorso, e io scendo le scale prima che si offra di condividere qualcos'altro con me—come le monete nel cappello accanto a lui.

Sono a corto di denaro, ma non sono *così* disperata.

Dopo un lungo viaggio in treno, scendo dalla metropolitana a Bay Ridge, il mio quartiere di Brooklyn. Nel momento in cui esco fuori, una folata di vento mi sferza il viso.

Una folata di vento e qualcosa di bagnato.

Nevischio.

Fantastico. Davvero meraviglioso. Battendo i denti, stringo il bavero del mio vecchio cappotto di lana, cercando di impedire ai due bordi di separarsi dal mio collo, e inizio a camminare. Non vivo così lontano dalla metropolitana—a soli cinque isolati—ma sono lunghi e li maledico, mentre la pioggia gelata s'intensifica.

"Fa' attenzione" borbotta una donna obesa, mentre m'imbatto in lei, e mormoro automaticamente delle scuse. Non è tutta colpa mia—ci vogliono due persone per scontrarsi—ma non è nella mia natura essere scortese.

I miei nonni mi hanno cresciuta in questo modo.

Quando finalmente raggiungo l'edificio in mattoni rossi dove vivo in affitto nel mio monolocale nel seminterrato, mi sento come se avessi scalato il Monte Everest. Ho il viso bagnato e congelato e, nonostante i miei migliori sforzi per tenere il cappotto chiuso, il nevischio è penetrato, facendomi congelare dall'interno. Sono una di quelle persone che devono tenere calda la metà superiore del corpo. Posso tollerare i piedi congelati—e lo sono, dato che le mie sneakers non sono impermeabili—ma non posso sopportare che l'acqua fredda mi coli lungo il collo.

Se prima mi sono arrabbiata con Mr. Puffs per aver rovinato le mie uniche scarpe decenti, non è niente in confronto a come mi sento ora. Quel gatto me la pagherà.

"Puffs!" ruggisco, aprendo la porta ed entrando nel mio monolocale. "Vieni qui, malvagia creatura!"

Il gatto non si vede da nessuna parte. Invece, Queen Elizabeth mi rivolge un'occhiata sorniona dal mio letto e si lecca la zampa, poi inizia a lavarsi, lisciando tutti i soffici peli bianchi. Cottonball è accanto a lei, sonnecchiando sul mio cuscino. Entrambi i felini sembrano tranquilli, contenti e completamente spensierati, e, non per la prima volta, provo una fitta di irrazionale invidia verso i miei animali domestici.

Mi piacerebbe dormire tutto il giorno e avere qualcuno che mi dia da mangiare.

Rabbrividendo, mi tolgo il cappotto bagnato, lo appendo al gancio vicino alla porta e tolgo le scarpe da ginnastica. Poi, vado alla ricerca di Mr. Puffs.

Lo trovo nel suo nuovo posto preferito: il ripiano più alto del mio armadio. È dove tengo cappelli, guanti, sciarpe e borse—non che ne possieda molti, motivo per cui è una tragedia di proporzioni epiche, quando il malvagio gatto decide di distruggerne uno per fare spazio al suo corpo peloso.

"Puffs, vieni qui." Non sono esattamente alta, quindi devo allungarmi in punta di piedi per afferrarlo. Grugnendo per lo sforzo, lo tiro giù dal ripiano. Il gatto pesa ben sette chili e con le sue zampe che roteano nell'aria, sembra pesare il doppio. "Ti ho detto che non devi stare lì."

Lo poggio sul pavimento, e mi guarda con occhi socchiusi che mi fanno capire che è solo questione di tempo, prima che s'impossessi del resto dei miei accessori. Come i suoi fratelli, Mr. Puffs è bianco e soffice, l'incarnazione perfetta della sua razza persiana, ma è lì che finisce la somiglianza. Non c'è niente di calmo e tranquillo in lui. Non credo che dorma mai. È possibile che sia un vampiro, che si trasformi in un enorme persiano durante il giorno.

Certamente è abbastanza malvagio per quello.

Proprio quando sto per urlargli di nuovo contro per aver strappato la sciarpa, mi strofina la testa sui jeans bagnati ed emette delle forti fusa. Poi mi guarda, con grandi occhi verdi che sbattono le palpebre innocentemente.

Mi sciolgo. O forse sono le goccioline ghiacciate attaccate ai miei vestiti che si stanno sciogliendo, ma comunque sia ora provo una sensazione calda e rassicurante nel petto.

"E va bene, vieni qui, mascalzone" mormoro, inginocchiandomi per accarezzare il gatto. Fa le fusa ancora più forte, strofinando la testa nella mia mano come se fossi la sua persona preferita al mondo. Sono quasi certa che mi stia manipolando—è spaventosamente intelligente—ma non posso fare a meno di esserne innamorata.

Quando si tratta dei miei gatti, sono una vera pappamolle.

Le coccole continuano fino a quando Mr. Puffs non è sicuro che non lo sgriderò più. Quindi, si avvicina al mio letto e si unisce agli altri gatti lì, rannicchiandosi sul mio cuscino accanto a Cottonball.

Sospiro e mi trascino nel bagno per fare una doccia calda. Per quanto detesti ammetterlo, Kendall ha ragione.

Da qualche parte lungo il cammino, mi sono trasformata in una vera gattara.

Mentre faccio la doccia, cerco di convincermi che non sia un grosso problema. Okay, i miei vestiti sono vecchi e un po' logori, e non faccio niente per i capelli a parte lavarli e metterci del gel ogni tanto. E sì, ho tre gatti. E allora? Molte persone adorano gli animali. È un tratto positivo del carattere. Non mi sono mai fidata di qualcuno a cui non piacciono gli animali domestici. È innaturale, come odiare il cioccolato o il gelato. Capisco che si possano avere delle preferenze quando si tratta di animali—alcuni individui tristemente fuorviati preferiscono i cani ai gatti, per esempio—ma non amare affatto gli animali domestici? Tanto vale essere un serial killer.

Tuttavia, qualcosa di quell'etichetta—gattara—fa un po' male. Forse è perché ho solo ventisei anni. Come ha detto Kendall, dovrei essere nel fiore degli anni. Se mi trovo in queste condizioni ora, che cosa succederà quando avrò cinquanta o sessant'anni? Forse i miei periodi senza appuntamenti si estenderanno da un anno a un decennio, e vagherò per le strade ridacchiando tra me e me, mentre lavoro a maglia creando cappelli con i peli di gatto.

No, è ridicolo. Inoltre, non voglio un uomo. Non lo voglio proprio. E va bene, forse ne voglio uno per il sesso—sono una donna normale e in buona salute—ma non ho bisogno di qualcuno che s'imponga nella mia vita e domini il mio tempo. È quello che è successo a Janie, l'altra mia migliore amica del college. Ha trovato un ragazzo serio, e ora non la vedo mai. E persino Kendall, che si vanta di essere indipendente, scompare per settimane quando frequenta qualcuno. Ho avuto il mio ultimo ragazzo serio nell'ultimo anno di college e sono quasi stata bocciata a un esame, perché aveva bisogno di tante attenzioni—e questo prima che prendessi i gatti. Ora che Queen Elizabeth, Mr. Puffs e Cottonball sono nella mia vita, non riesco a immaginare di aggiungerci anche un uomo.

Tuttavia, quando esco dalla doccia e prendo il mio telefono, un diavoletto sulla spalla—uno piccolo ed elegante che assomiglia terribilmente a Kendall—mi fa venire in mente un'app di appuntamenti a cui Janie mi ha fatta iscrivere mesi fa. È la stessa grazie alla quale ha conosciuto il suo attuale ragazzo, quello che l'ha fatta sparire dalla mia vita. Prima di tale scomparsa, in qualche modo, mi ha spinta a creare un profilo lì. Mi sono divertita con l'app per un paio di giorni con la vaga idea di trovare un ragazzo simpatico e tranquillo a cui piacessero i gatti e le lunghe passeggiate nel parco, ma dopo circa una dozzina di foto di cazzi, ho rinunciato e ho smesso di accedere.

"Non ci hai davvero provato" mi ha detto Janie frustrata, quando l'ho informata delle foto. "Sì, ci sono degli stronzi lì dentro, ma ci sono anche dei bravi ragazzi, come il mio Landon."

"Giusto" ho risposto, annuendo educatamente. Io e Kendall siamo entrambe dell'opinione che Landon—quello famoso per il ghigno perpetuo e per i pettegolezzi—sia un cretino, ma non ho voluti dire niente a Janie. Con il senno di poi, forse, avrei dovuto esprimere la mia opinione, perché poco dopo avermi fatto creare quel profilo, è stata risucchiata nel buco nero della sua relazione, e io e Kendall non la vediamo da allora.

Appoggiando il telefono sul letto, sistemo i cuscini in modo da avere uno schienale—una mossa che implica scacciare Cottonball e Mr. Puffs da un cuscino e spostare di lato Queen Elizabeth. Cottonball e Queen Elizabeth vanno abbastanza d'accordo—la gatta salta persino giù dal letto—ma Mr. Puffs mi rivolge un'occhiata malvagia e agita minacciosamente la coda da un lato all'altro, prima di rannicchiarsi vicino ai miei piedi. So che ricorderà questa offesa e che cercherà di vendicarsi più tardi, ma per ora, ho un posto comodo dove guardare tutte le foto dei falli che sicuramente mi stanno aspettando sull'app.

Sistemandomi tra i cuscini, accedo al mio profilo e controllo la posta in arrivo. Sicuramente ci sono circa trecento messaggi, con almeno un centinaio contenente allegati di natura penica. Solo per divertimento, clicco su alcuni di essi—alcuni in realtà sono di dimensioni e forma decenti—ma poi mi annoio e inizio a cancellarli sistematicamente. Non so come gli uomini abbiano avuto l'idea che le foto dei falli siano sexy, perché onestamente non lo sono. Non ho nulla contro i peni, ma non mi eccitano, se non sono attaccati a un ragazzo che mi piace. Tanto meglio se quel ragazzo ha addominali scolpiti e bei pettorali, ma la personalità è ciò che conta di più per me.

Frequenterei più volentieri un calvo cha pesa centotrenta chili rispettoso degli animali e delle donne anziane piuttosto che uno stronzo perfetto come un top model con un membro gigante.

Impiego quasi un'ora per leggere la maggior parte dei messaggi. È quando sono sul punto di tornare alla home page—e fermamente convinta che non userò mai più un'app di appuntamenti—che la vedo.

Una semplice e-mail senza allegati con l'avatar di un cartone animato di un uomo dalla faccia rotonda con un sorriso timido.

Incuriosita, clicco sul messaggio, inviato solo tre giorni fa.

Ciao, Emma, c'è scritto. *Sono sicuro che ricevi spesso messaggi simili, ma penso che tu sia davvero carina e adoro i gatti nella tua foto. Io stesso ho due persiani. Sono grassi e terribilmente viziati, ma li adoro e sono convinto che, nonostante graffino tutti i miei mobili, ricambino il mio affetto. Oltre a trascorrere il tempo con loro, i miei hobby includono scoprire bizzarri bar a Brooklyn, leggere (romanzi storici, soprattutto) e pattinare nel parco. Oh, e lavoro in una libreria, mentre studio per diventare veterinario. Ti va di incontrarmi per un caffè o una cena uno di questi giorni? Conosco un bel posticino a Park Slope. Fammi sapere se sei interessata.*

Grazie,

Mark

Con il battito che accelera per l'emozione, rileggo la lettera, poi vado sul suo profilo. Ci sono due foto reali di Mark lì, e ciascuna mostra un ragazzo che sembra essere esattamente il mio tipo. Sebbene le immagini siano sfocate, assomigliano un po' al suo avatar del cartone animato. Il suo viso arrotondato sembra gentile, il sorriso sbilenco è sia timido che autoironico, e in una foto, indossa un paio di occhiali che gli donano un look piacevolmente intellettuale. Secondo il profilo, ha ventisette anni, i capelli castani e gli occhi azzurri, e vive a Carroll Gardens, Brooklyn.

È così perfetto che avrei potuto ordinarlo dalla mia lista segreta dei desideri.

Sorridendo, rispondo che mi piacerebbe incontrarlo, poi salto giù dal letto e inizio un sinuoso balletto. I miei capelli cadono in riccioli rossi e crespi su tutto il viso, e i gatti mi guardano come se fossi impazzita, ma non m'interessa.

Kendall può infilare le etichette di gattara nel suo culetto magro.

Ho un vero appuntamento.

arcus

"Sì, è vero" dico con impazienza. "Voglio che sia sempre carina e curata. Deve avere un senso dello stile; è molto importante. Una bruna sarebbe la cosa migliore, ma anche una bionda andrebbe bene, purché la sua pettinatura sia conservatrice. Non deve sembrare appena uscita da Playboy, capisci?"

"Sì, certo, Signor Carelli." L'elegante bruna di fronte a me incrocia le lunghe gambe e mi rivolge un sorriso educato. Victoria Longwood-Thierry, organizzatrice di incontri per l'élite di Wall Street, è esattamente quello che ho in mente per la mia futura moglie, se non fosse che ha cinquant'anni e che è sposata con tre figli. "Che mi dici degli hobby e degli interessi?" chiede con voce attentamente modulata. "Che cosa vorresti che le piacesse?"

"Qualcosa di intellettuale" rispondo. "Voglio poterle parlare fuori dalla camera da letto."

"Certo." Victoria prende nota sul suo notepad. "E la sua professione?"

"Quella non ha molta importanza per me. Può essere un avvocato, un medico o trascorrere tutto il suo tempo facendo lavori di beneficenza per gli orfani di Haiti—non c'è problema per quanto mi riguarda. Una volta sposati, può restare a casa con i bambini o continuare la sua carriera. Mi vanno bene entrambe le opzioni."

"È molto saggio da parte tua." L'espressione della donna è immutata, ma ho la sensazione che stia ridendo segretamente di me. "Che cosa ne pensi degli animali domestici? Preferisci i cani o i gatti?"

"Nessuna delle due categorie. Non mi piace avere animali in casa."

Victoria prende un'altra nota, prima di chiedere: "E la sua altezza? Hai una preferenza?"

"Alta" dico subito. "O almeno sopra la media." Sono un metro e ottanta, e le donne basse mi sembrano delle bambine.

"Okay, bene." Victoria lo annota. "Che mi dici del tipo di corpo? Atletico o snello, immagino."

Annuisco. "Sì. Mi piace il fitness e voglio che sia in buona forma, in modo che possa stare al passo con me." Accigliato, guardo il mio orologio Patek Philippe e realizzo che ho solo mezz'ora a disposizione, prima dell'apertura del mercato. Riportando la mia attenzione su di lei, dico: "Fondamentalmente, voglio una donna intelligente, elegante e curata, che si prenda cura di se stessa."

"Ho capito. Non rimarrai deluso, te lo garantisco."

Sono scettico, ma mantengo un volto inespressivo, mentre si alza e mi accompagna educatamente fuori dal suo ufficio. Promette di contattarmi entro un paio di giorni, mi stringe la mano e torna dentro, lasciando dietro di sé una nuvola di profumo costoso. Non è troppo forte—Victoria Longwood-Thierry non sarebbe mai così pacchiana da usare un profumo forte —ma starnutisco, mentre mi dirigo verso l'ascensore.

Dovrò aggiungerlo alla lista: la candidata per diventare mia moglie non può mettere il profumo, punto.

Quando arrivo al mio edificio di Park Avenue dall'ufficio nel West Village di Victoria, i miei programmatori e trader sono incollati ai loro schermi. Solo pochi se ne accorgono, mentre mi dirigo verso il mio ufficio all'angolo. Normalmente mi fermerei alle loro scrivanie per chiedere del fine settimana e ottenere un aggiornamento sulle nostre posizioni, ma il mercato è già aperto e non posso distrarli.

Con novantadue miliardi di denaro dei miei investitori in gioco, non c'è spazio per gli errori.

Il mio ufficio è enorme e ha una magnifica vista sui grattacieli di Park Avenue, ma non mi soffermo ad apprezzarla. Un tempo, questo ufficio sembrava l'apice del successo per un ragazzaccio di Staten Island, ma ora ho fame di altro. Il successo è la mia droga, e ad ogni colpo, ho bisogno di una dose maggiore per sentirmi euforico. Non si tratta più del denaro—oltre alla mia partecipazione personale nel fondo, ho un paio di miliardi di dollari riposti in immobili e altri investimenti passivi—si tratta di sapere che posso farcela, che posso avere successo dove altri hanno fallito. La recente instabilità del mercato ha comportato perdite record sia per gli hedge fund che per i fondi comuni, ma Carelli Capital Management è in crescita, sovraperformando il mercato di oltre il quaranta percento. Fondazioni, fondi pensione, individui benestanti—stanno tutti sgomitando per correre a investire con me, e voglio ancora di più.

Voglio tutto, compresa una moglie che si adatti alla vita per la quale ho lavorato così duramente.

Apparentemente, dovrebbe essere facile. A trentacinque anni, ho soldi a sufficienza per mantenere la popolazione femminile di Manhattan con borse Louis Vuitton e scarpe Louboutin per il resto della loro vita, non ho un brutto aspetto e mi alleno tutti i giorni per mantenermi in forma. Quest'ultima cosa la faccio più per salute che per vanità, ma le donne sembrano apprezzare i risultati. Posso avere qualsiasi donna in un club nel giro di pochi minuti, ma nessuna di loro è ciò che voglio.

Voglio l'alta classe. Voglio l'eleganza.

Voglio una donna che sia esattamente l'opposto di quella che mi ha cresciuto—da questo derivano il contatto con Victoria Longwood-Thierry e le sue altolocate conoscenze.

È stato il mio amico Ashton a indirizzarmi da lei. "Sai che il tipo di donna che desideri non frequenta i bar, giusto?" mi ha detto quando, dopo un paio di birre, ho menzionato le caratteristiche che dovrebbe avere la mia moglie ideale. "Stai parlando dell'aristocrazia americana, Mayflower e tutto il resto. Se fai sul serio per quanto riguarda il toccare una figa di fascia alta, devi parlare con l'amica di mia zia. È un'organizzatrice di incontri professionista, che lavora con politici e ricchi tipi di Wall Street come te. Ti troverà esattamente ciò di cui hai bisogno."

Ho riso e cambiato argomento, ma il germe dell'idea era stato piantato, e più indagavo sull'amica della zia di Ashton, più m'incuriosivo. Ho scoperto che Victoria ha fatto accoppiare almeno due gestori di hedge fund che conosco—uno con una ginnasta olimpica, l'altro con una biologa di Princeton, che una volta lavorava come modella. Dopo ulteriori approfondimenti, ho appreso che entrambi i matrimoni stanno andando alla grande finora, e questo, più di ogni altra cosa, mi ha convinto a dare una possibilità all'organizzatrice di incontri.

Intendo avere successo nella mia vita personale come l'ho avuto negli affari, e avere il giusto tipo di moglie è una parte importante di questo.

Sedendomi davanti alla mia scintillante scrivania in legno di ebano, accendo il monitor Bloomberg e raccolgo una pila di analisi di ricerca. Victoria sta lavorando sul caso, così allontano dalla mente la caccia alla moglie e mi concentro su ciò che conta davvero: il mio lavoro e far guadagnare soldi ai miei clienti.

~

SONO GIÀ LE OTTO DI SERA, QUANDO IL MIO TELEFONO vibra per un messaggio in arrivo. Strofinando gli occhi, distolgo lo sguardo dallo schermo del mio computer e vedo che è un messaggio di Victoria.

Ho la candidata perfetta per te, c'è scritto. *Può incontrarti al Sweet Rush Café a Park Slope domani alle 18:00. Se va bene per te, t'invierò maggiori dettagli tramite e-mail. Emmeline vive a Boston ed è in città solo per un paio di giorni.*

Aggrotto la fronte. Alle diciotto? Non esco quasi mai dall'ufficio così presto il martedì. E Boston? Come potrei mai conoscere questa Emmeline, se non vive a New York?

Inizio a scrivere a Victoria che non posso farcela, ma mi fermo all'ultimo momento. Questo è quello che volevo: che lei mi presentasse una donna che non avrei mai incontrato da solo. Visto il curriculum dell'organizzatrice di incontri, posso ritagliarmi una sera per vedere se ci sia davvero qualcosa per cui valga la pena andare lì.

Prima di poter cambiare idea, scrivo un breve

messaggio a Victoria accettando l'appuntamento e riportando la mia attenzione sullo schermo del computer.

Se domani lascerò l'ufficio prima del solito, stasera dovrò lavorare qualche ora in più.

3

Emma

STO QUASI RIMBALZANDO PER L'ENTUSIASMO, MENTRE MI avvicino al Sweet Rush Café, dove dovrei incontrare Mark per cena. Questa è la cosa più folle che abbia fatto da un po'. Tra il mio turno serale in libreria e il suo orario delle lezioni, non abbiamo avuto la possibilità di fare altro che scambiarci qualche messaggio, quindi tutto ciò che ho sono quelle foto sfocate. Tuttavia, ho una sensazione positiva al riguardo.

Sento che io e Mark potremmo davvero essere compatibili.

Sono in anticipo di qualche minuto, così mi fermo davanti alla porta e mi prendo un momento per togliere i peli di gatto dal cappotto di lana. Il cappotto è beige, che è meglio del nero, ma i peli bianchi sono visibili su tutto ciò che non è bianco puro. Immagino che a Mark non darà troppo fastidio—sa quanti ne perdono i persiani—ma voglio apparire presentabile per il nostro primo appuntamento. Ho impiegato circa un'ora, ma sono riuscita a domare i miei ricci, e mi sono persino truccata—cosa che succede con la frequenza di uno tsunami in un lago.

Inspirando profondamente, entro nel ristorante e mi guardo intorno per vedere se Mark sia già lì.

Il locale è piccolo e accogliente, con dei separé disposti a semicerchio attorno a un bancone. L'odore del caffè tostato e dei prodotti da forno mi fa venire l'acquolina in bocca e borbottare lo stomaco per la fame. Avevo intenzione di optare solo per un caffè, ma decido di prendere anche un cornetto; il mio budget dovrebbe bastare.

Solo alcuni séparé sono occupati, probabilmente perché è martedì. Esamino le persone, alla ricerca di chiunque possa essere Mark, e noto un uomo seduto da solo al tavolo più lontano. Non sta guardando nella mia direzione, quindi tutto quello che posso vedere è la sua nuca, ma ha i capelli corti e castano scuro.

Potrebbe essere lui.

Raccogliendo il coraggio, mi avvicino al séparé. "Scusa" dico. "Sei Mark?"

L'uomo si gira verso di me, e il battito schizza nella stratosfera.

La persona davanti a me non assomiglia affatto alle foto sull'app. Ha i capelli castani e gli occhi azzurri, ma questa è l'unica somiglianza. Non c'è nulla di arrotondato e timido nei lineamenti duri dell'uomo. Dalla mascella d'acciaio al naso simile a un falco, il suo viso è audacemente virile, con una sicurezza di sé stampata sopra che rasenta l'arroganza. Un accenno di barba gli copre le guance magre, facendo risaltare ancora di più gli zigomi alti, e le sopracciglia sono spesse strisce scure sopra i suoi penetranti occhi chiari. Anche seduto dietro il tavolo, sembra alto e potente. Le sue spalle sono larghe un chilometro nel completo cucito su misura, e ha le mani due volte più grandi delle mie.

Non è possibile che questo sia il Mark dell'app, a meno che non abbia trascorso un bel po' di tempo in palestra da quando sono state scattate quelle foto. Potrebbe essere così? Una persona potrebbe cambiare così tanto? Non ha indicato la sua altezza nel profilo, ma avevo ipotizzato che l'omissione significasse che non fosse un gigante, come me.

L'uomo che sto guardando non è affatto basso e sicuramente non indossa gli occhiali.

"Sono... sono Emma" balbetto, mentre l'uomo continua a fissarmi, con volto duro e imperscrutabile. Sono quasi certa che sia la persona sbagliata, ma mi sforzo di chiedere: "Sei Mark, per caso?"

"Preferisco essere chiamato Marcus" mi risponde scioccandomi. La sua voce è un profondo rombo maschile, che suscita qualcosa di primitivo e femminile dentro di me. Il mio cuore batte ancora più velocemente e i palmi iniziano a sudare, mentre si alza in piedi e dice senza mezzi termini: "Non sei quella che mi aspettavo."

"Io?" *Che diavolo sta succedendo?* Un'ondata di rabbia offusca tutte le altre emozioni, mentre osservo il maleducato gigante davanti a me. Lo stronzo è talmente alto che devo alzare il collo per guardarlo. "E tu? Non assomigli affatto alla persona nelle foto!"

"Suppongo che entrambi siamo stati ingannati" ribatte, con la mascella stretta. Prima che io possa rispondere, fa un gesto verso il séparé. "Tanto vale che ti siedi e pranzi con me, Emmeline. Non sono venuto fin qui per niente."

"Mi chiamo *Emma*" lo correggo, furiosa. "E no, grazie. Devo andare."

Le sue narici si dilatano e si sposta sulla destra per bloccarmi la strada. "Siediti, *Emma*." Pronuncia il mio nome come se fosse un insulto. "Dovrò parlare con Victoria, ma per il momento non vedo perché non possiamo condividere un pasto come due adulti civili."

Le punte delle mie orecchie bruciano per la rabbia, ma scivolo nel séparé piuttosto che fare una scenata. Mia nonna mi ha insegnato l'educazione fin da piccola e, anche se sono un'adulta che vive da sola, trovo difficile ignorare i suoi insegnamenti.

Non approverebbe, se dessi un calcio nelle palle a questo idiota e gli dicessi di andare a fare in culo.

"Grazie" dice, scivolando sul sedile di fronte a me. I suoi occhi brillano di un azzurro gelido, mentre prende in mano il menu. "Non è stato così difficile, vero?"

"Non lo so, *Marcus*" replico, ponendo particolare

enfasi sul nome formale. "Ti conosco da appena due minuti e mi sento già omicida." Offro l'insulto con un sorriso da signora, approvato dalla nonna, e, poggiando la borsa nell'angolo del mio posto nel séparé, raccolgo il menu senza preoccuparmi di togliere il cappotto.

Prima mangiamo, prima potrò andarmene da qui.

Una risatina profonda mi fa sussultare. Con mia sorpresa, il coglione sta sorridendo, con i denti che brillano di bianco sul viso leggermente abbronzato. Niente lentiggini per lui, noto con invidia; la sua pelle è perfettamente uniforme, senza nemmeno un neo in più sulla guancia. Non è bello in senso classico—i suoi lineamenti sono troppo audaci per essere descritti in quel modo—ma è straordinariamente affascinante, in un modo potente, puramente mascolino.

Con mio sgomento, una scia di calore s'insinua nel mio intimo, facendomi stringere i muscoli interni.

No. Non è possibile. Questo stronzo *non* mi sta facendo eccitare. Riesco a malapena a stare seduta di fronte a lui.

Stringendo i denti, guardo il mio menu, notando con sollievo che i prezzi in questo posto sono effettivamente ragionevoli. Insisto sempre per pagare il mio cibo agli appuntamenti, e ora che ho conosciuto Mark—anzi, *Marcus*—non gli permetterei di trascinarmi in un posto lussuoso, dove un bicchiere d'acqua del rubinetto costa più di uno shottino di Patrón. Come ho potuto sbagliarmi così clamorosamente sul ragazzo? Chiaramente, aveva mentito sul fatto di lavorare in una libreria e sull'essere uno studente. Per quale motivo, non lo so, ma tutto dell'uomo di fronte a me grida ricchezza e potere. Il suo vestito gessato gli abbraccia le spalle larghe come se fosse stato fatto su misura per lui, ha la camicia blu inamidata e sono abbastanza sicura che l'elegante cravatta a scacchi sia un marchio che fa sembrare Chanel un'etichetta Walmart.

Mentre prendo nota di tutti questi dettagli, mi viene in mente un nuovo sospetto. Qualcuno potrebbe avermi fatto uno scherzo? Kendall, forse? O Janie? Entrambe conoscono i miei gusti in fatto di ragazzi. Forse una di loro ha deciso di attirarmi a un appuntamento in questo modo—anche se il motivo per cui me l'abbiano organizzato con *lui*, e perché lui abbia accettato, è un enorme mistero.

Accigliata, alzo lo sguardo dal menu e studio l'uomo di fronte a me. Ha smesso di sorridere e sta sfogliando il menu, con la fronte corrugata in un cipiglio che lo fa sembrare più vecchio dei ventisette anni dichiarati sul profilo.

Anche quella parte dev'essere stata una bugia.

La mia rabbia s'intensifica. "Allora, *Marcus*, perché mi hai scritto?" Lasciando cadere il menu sul tavolo, lo guardo storto. "Davvero hai dei gatti?"

Solleva lo sguardo, aggrottando le sopracciglia. "Dei gatti? No, certo che no."

La derisione nel suo tono mi fa venire voglia di dimenticare la disapprovazione di nonna e di dargli uno schiaffo sul viso magro e virile. "È una specie di scherzo per te? Chi ti ha spinto a fare questo?"

"Scusa?" Le sue folte sopracciglia si sollevano in un arco arrogante.

"Oh, smettila di fare l'innocente. Mi hai mentito nel tuo messaggio, e hai il coraggio di dire che *io* non sono quella che ti aspettavi?" Posso praticamente sentire il vapore uscirmi dalle orecchie. "*Tu* mi hai inviato il messaggio, e *io* ero completamente sincera sul mio profilo. Quanti anni hai? Trentadue? Trentatré?"

"Ho trentacinque anni" risponde lentamente, con il cipiglio che riaffiora. "Emma, di cosa stai parlando—"

"Esatto." Afferrando la borsa per una cinghia, scivolo fuori dal séparé e mi alzo in piedi. Insegnamenti della nonna o meno, non cenerò con un coglione che ha ammesso di avermi ingannata. Non ho idea di cosa potrebbe spingere un ragazzo a giocare in questo modo con me, ma non rimarrò qui a farmi prendere in giro.

"Buon appetito" ringhio, voltandomi e raggiungendo l'uscita, prima che possa bloccarmi di nuovo la strada.

Ho così tanta fretta di andarmene che quasi mi scontro con una bruna alta e snella, che si avvicina al ristorante, e al ragazzo basso e grassoccio che la segue.

4

arcus

AFFERRANDO IL BORDO DEL TAVOLO, GUARDO LA PICCOLA rossa precipitarsi fuori dal ristorante, con il sedere sinuoso che ondeggia da un lato all'altro. Anche sotto il cappotto di lana informe, la sua figura piccola ed esuberante è inconfondibilmente femminile... e bizzarramente sexy. Non mi sono mai piaciute particolarmente le donne formose, ma nel momento in cui Emma si è avvicinata a me, i miei ormoni sono impazziti e il mio cazzo si è indurito.

Se non avessi indossato un completo, sarebbe stato assolutamente imbarazzante.

Tutte le capacità sociali mi hanno abbandonato non appena l'ho vista. Con i suoi ricci rossi selvaggi e il senso dello stile dell'Esercito della Salvezza, Emma era così diversa dalle immagini nella mia mente—e così stranamente attraente nonostante quel fatto—che le ho detto che non era quella che mi aspettavo. Non appena le parole mi sono uscite dalla bocca, avrei voluto rimangiarmele, ma era troppo tardi. I suoi occhi grigi si sono socchiusi, la sua bocca rosa si è serrata e i suoi capelli fiammeggianti mi sono sembrati gonfiarsi, con ogni riccio fremente di indignazione. Poi, ha replicato che *sembravo* diverso dalle mie foto, e le cose sono peggiorate da lì. Non ricordo l'ultima volta in cui sono stato poco educato con una donna, ma con lei è stato come se fossi diventato un cavernicolo.

Le ho quasi ordinato di unirsi a me, arrivando al punto di usare la mia stazza per intimidirla.

Perché Victoria l'ha mandata da me—se è stata lei, voglio dire? Ora che tutto il sangue non si sta precipitando verso l'inguine, il comportamento della rossa mi sembra estremamente strano. Le sue accuse e le divagazioni sui gatti non hanno alcun senso... a meno che non ci sia stato qualche malinteso.

Cazzo.

Scivolo fuori dal séparé per seguire la donna, ma prima di poter fare due passi, una bruna alta ed elegante appare sul mio percorso. "Ciao, Marcus" dice con un sorriso freddo e aggraziato. "Sono Emmeline Sommers. Scusa, sono in ritardo."

Ancora prima che lei pronunci il suo nome, capisco chi è—e realizzo di aver fatto una cazzata.

Questa è la donna di cui stava parlando Victoria, quella di cui non ho avuto la possibilità di scaricare il file, prima di essere chiamato per una riunione di emergenza con i miei gestori di portafoglio. Victoria mi ha inviato le foto e la biografia di Emmeline questo pomeriggio, e tra la riunione e la metropolitana per evitare il traffico dell'ora di punta, mi sono presentato al ristorante completamente impreparato—cosa che normalmente non avrei mai fatto. Ho pensato che non fosse un grosso problema—avrei confessato la mia impreparazione a Emmeline e ci saremmo divertiti a conoscerci—ma non avevo contato su una donna con un nome simile che, per qualche bizzarra coincidenza, dev'essere venuta anche lei al ristorante per un appuntamento al buio con un ragazzo che condivide il mio nome. Quante erano le *fottute* probabilità?

Fissando la bruna davanti a me, non posso credere di aver scambiato Emma per lei. Non esistono due donne che potrebbero essere più diverse. Emmeline è la Principessa Diana, Jackie Kennedy e Gisele riunite in un unico fantastico pacchetto. Posso facilmente immaginarla agli eventi sociali e politici, che fanno sempre più parte della mia vita. Saprebbe quale forchetta usare e come conversare con senatori e camerieri allo stesso modo, mentre Emma... Beh, posso vederla rimbalzare sul mio fallo, e questo è tutto.

Scacciando dalla mente le immagini pornografiche, sorrido all'alta bruna. "Nessun problema" dico, allungandomi per stringerle la mano. "Sono arrivato solo pochi minuti fa. È un piacere conoscerti."

Le dita di Emmeline sono lunghe e affusolate, la pelle fresca e asciutta al tatto. "Anch'io" replica, stringendomi la mano con la giusta quantità di pressione, prima di abbassare con grazia il braccio. "Grazie per essere venuto fin qui per incontrarmi. Mia sorella studia al Conservatorio di Brooklyn, quindi rimarrò nella zona fino al mio volo di domani mattina."

"Certamente. Grazie a te per essere venuta" dico, mentre ci sediamo al tavolo.

Nei minuti successivi, chiacchieriamo e ci conosciamo. Non dico niente sul disguido con Emma —non ho bisogno che Emmeline pensi che io sia un totale idiota—ma spiego che non ho avuto la possibilità di rivedere il file che Victoria mi ha inviato. Come speravo, la donna scaccia le mie scuse, dicendo che possiamo conoscerci senza idee preconcette. Tuttavia, è evidente che ha esaminato il suo file su di me. Sa tutto di me, dal mio MBA di Wharton all'attuale ruolo di responsabile di uno degli hedge fund di maggior successo di New York.

Dopo aver effettuato l'ordine con il cameriere, scopro che Emmeline ha trentun anni e che si è laureata in Legge ad Harvard. Negli ultimi tre anni ha diretto una fondazione senza scopo di lucro, che fornisce servizi legali per donne e bambini maltrattati. È appassionata del suo lavoro e trascorre più di ottanta ore alla settimana nella fondazione; non è solo un hobby per lei, anche se la sua famiglia è abbastanza ricca che avrebbe potuto fare qualsiasi cosa in termini di carriera—o niente.

"Il mio trisavolo fece fortuna nelle ferrovie all'epoca" dice sorridendo. "E la mia famiglia è riuscita in qualche modo a mantenerla e a farla crescere nell'ultimo secolo e mezzo. Quindi sì, sono una di quelle bambine del fondo fiduciario." Il suo sorriso ha un fascino autoironico che addolcisce le linee aristocratiche del viso, e mi ritrovo sinceramente ad apprezzarla.

Emmeline è il vero affare, la donna che speravo di incontrare da quando ho deciso di puntare su un altro indicatore di successo: la moglie trofeo per eccellenza.

Mentre il cameriere porta i nostri piatti, discutiamo di tutto, dagli eventi mondiali alla recente volatilità del mercato, e scopro che le sue opinioni sono strettamente in linea con le mie. È ben informata e ponderata, con la sua formazione legale evidente nell'approccio ragionato alla maggior parte dei problemi. Mi piace ascoltarla, e anche lei sembra interessata a quello che ho da dire.

Inoltre, non guasta che sia bellissima da guardare, in un modo elegante e di classe. Il suo abito a maniche lunghe è elegante senza essere alla moda, gli accessori sono costosi ma discreti, e i capelli lisci e scuri sono tagliati in strati adulatori attorno al viso perfettamente ovale.

È una donna straordinariamente attraente, ma mentre osservo il modo aggraziato in cui tiene la forchetta, improvvisamente realizzo di non essere attratto da lei. Mi piace il suo aspetto, ma è lo stesso tipo di apprezzamento che potrei avere per un'opera d'arte o una scultura—un piacere puramente intellettuale, che è il contrario assoluto della mia reazione viscerale alla rossa.

No. Basta. Prima che la mia mente possa avventurarsi ulteriormente su quel sentiero, scaccio tutti i pensieri su Emma. Emmeline è la donna che ho sempre desiderato, e non posso rovinare tutto seguendo le voglie del mio membro improvvisamente ribelle.

Per un po', riesco a concentrarmi esclusivamente su Emmeline. È una brava conversatrice e, mentre mangiamo, ci scambiamo storie divertenti sulla scuola e sul lavoro. Le dico del trader del mio fondo che indossa scarpe da ginnastica arancioni come portafortuna, e lei mi racconta della propensione di sua sorella a uscire con ragazzi hipster dai capelli lunghi. A metà del pasto, devo scusarmi per rispondere a un'importante chiamata di lavoro, e lei non batte ciglio. Né sembra minimamente turbata, quando devo rispondere ad alcune e-mail urgenti tornando al tavolo. È ovvio che capisce le esigenze di un lavoro ad alta pressione come il mio. Tuttavia, mi scuso, e lei ride, spiegando che suo padre, un avvocato con un grande potere aziendale, durante la sua infanzia non aveva mai concluso una sola cena senza un'emergenza di lavoro di qualche tipo. Parliamo della sua famiglia per un po'—hanno tutti tanto successo quanto lei—e poi torniamo su argomenti più seri, come il clima politico e cosa comporti per l'economia globale. È quando stiamo discutendo del nuovo sindaco—che Emmeline conosce personalmente—che lancia un'occhiata all'angolo del séparé ed esclama: "Oh, guarda. Qualcuno ha dimenticato un telefono qui."

Il mio battito accelera per un'inspiegabile eccitazione. "Un telefono?"

Annuisce e solleva uno smartphone in una custodia rosa malridotta. "Era nell'angolo del sedile. Ecco, lascia che lo consegni al nostro cameriere..." Si sposta per scivolare fuori dal sedile, ma prima che possa alzarsi, mi allungo e le strappo il telefono dalla mano.

"Non ce n'è bisogno." Mi sforzo di mantenere la voce uniforme, mentre infilo il dispositivo nella tasca. "So a chi appartiene. C'era una donna seduta qui prima di noi; dev'esserle caduto dalla borsa. Mi assicurerò che torni da lei."

"Lo farai?" Un cipiglio corruga la fronte liscia di Emmeline. È confusa dal mio comportamento, e non è l'unica.

"Farò in modo che la mia assistente se ne occupi" mento. "È brava in cose del genere." L'ultima parte è vera—Lynette è piena di risorse—ma non ho intenzione di coinvolgerla.

Voglio restituire questo telefono personalmente. No, *devo* restituirlo. L'impulso è praticamente una compulsione. Devo rivedere la rossa—se non altro per confermare che la mia folle attrazione per lei è stata una coincidenza, e che non è così attraente come il mio cazzo ricorda.

"Okay, se sei sicuro..." Emmeline mi sta ancora guardando come se fossi impazzito, così le rivolgo il mio sorriso più smagliante e riporto la conversazione sul sindaco. Il mio battito martella al pensiero di rintracciare Emma, ma non ho intenzione di rovinare tutto con Emmeline.

Una volta restituito questo telefono, Emma sarà fuori dalla mia testa, e potrò concentrarmi su ciò che voglio davvero: una moglie che sarà un grande risultato quanto i miliardi sul mio conto bancario.

5

*E*mma

S*TRONZO*. C*OGLIONE*. B*UGIARDO DEBOSCIATO*. F*URIBONDA*, m'incammino per la strada, facendo a malapena caso ai pedoni che si stanno allontanando. Non ricordo l'ultima volta in cui sono stata così arrabbiata. Il sangue quasi mi ribolle nelle vene.

Come osa scrivermi con un profilo falso e poi comportarsi come se fossi una *delusione*? Okay, forse ho messo le mie foto più belle sull'app di appuntamenti, ma quale donna non lo farebbe? Non è che ho usato le foto di qualcun'altra o scelto foto particolarmente vecchie. Le due foto che ho caricato sono state scattate meno di un anno fa, quando in realtà pesavo qualche chilo più di adesso. Quindi, se non altro, ho un aspetto migliore ora—o almeno più magro. In ogni caso, non vedo come possa essere rimasto deluso dal mio fisico—avevo anche inserito la mia altezza e il mio peso nel profilo. E la cosa del gatto? Di che diavolo si trattava? Perché avrebbe affermato di amare i gatti per poi comportarsi come se avessi confessato di avere la peste?

In generale, perché un uomo del genere—di bell'aspetto e ovviamente di successo—dovrebbe voler scherzare con una ragazza a caso di un'app di appuntamenti?

Sono così arrabbiata che raggiungo automaticamente la metropolitana e il treno. È solo quando sono a un paio di fermate dalla mia stazione che la collera si raffredda abbastanza da permettermi di riesaminare quello che è successo senza soffocarmi dalla rabbia.

Facendo un respiro per calmarmi, rivedo i fatti. Punto numero uno: l'uomo al ristorante ha insistito sul fatto che lo chiamassi Marcus invece di Mark, anche se si è firmato Mark. Punto numero due: a quanto pare ha trentacinque anni, non ha gatti e non assomigliava per niente alle immagini sfocate nel suo profilo. Mentre metto insieme quei fatti e li analizzo senza la vicinanza del coglione che m'incasina il cervello, mi viene in mente una possibilità imbarazzante.

Forse mi sono avvicinata all'uomo sbagliato?

Emmeline, mi aveva chiamata. È possibile? Forse conosceva qualcuna con quel nome e mi ha scambiata per lei? Le probabilità di Mark/Marcus ed Emma/Emmeline in un appuntamento al buio nello stesso posto sono ridotte, per non dire minime, ma sono successe cose più strane. Quando nonna ha incontrato nonno per la prima volta, lui l'ha scambiata per una cugina e ha deciso di farle uno scherzo immergendola in uno stagno—dove l'alligatore segretamente tenuto da un vicino ha aggredito prontamente il suo piede. Nonna ha ancora delle cicatrici per quell'incidente, e nonno sembra sentirsi in colpa ogni volta che lei racconta quella storia—cioè spesso.

Quindi, sì, succedono cose folli, e solo perché qualcosa è improbabile non significa che sia impossibile. Seguendo questa logica, è del tutto possibile che Marcus non sia un completo stronzo.

Semplicemente non è Mark.

Gemendo mentalmente, infilo la mano nella borsa e cerco il telefono. Se ho ragione, probabilmente ho un'e-mail o un messaggio dal vero Mark, che mi chiede dove sono e perché gli ho dato buca.

Passo un minuto intero a rovistare per poi rendermi conto che non trovo il telefono.

Il mio battito cardiaco accelera e un malessere mi fa contorcere lo stomaco. *No. Per favore, no.*

Con le mani che mi tremano, scarico il contenuto della borsa su un posto vuoto accanto a me e l'osservo con orrore.

Sul sedile di plastica arancione accanto a me ci sono un portafogli di pelle consumato, alcuni fazzoletti di carta, un elastico per capelli verde, una bottiglia di Tylenol, le chiavi del mio appartamento, un puntatore

laser e un vecchio pacchetto di gomme da masticare—
ma manca il telefono nella sua custodia rosa brillante.

Neanche un accenno.

Devo averlo perso da qualche parte.

Mi vengono le lacrime agli occhi, offuscandomi la vista, mentre rimetto tutto nella borsa. So che nel grande schema delle cose perdere un telefono non è un grosso problema. Se nonno mi vedesse così sconvolta per una *cosa* del genere, mi farebbe una severa ramanzina e mi ricorderebbe che cosa conta davvero: la famiglia, la salute e fare ciò che ami. E pur sapendo che tutto ciò è vero, semplicemente non posso permettermi questo colpo sul conto bancario in questo momento. Un paio dei miei clienti abituali di editing hanno incontrato alcune difficoltà con i loro ultimi romanzi, quindi non ricevo lavori di editing dall'estate, lasciandomi solo con lo stipendio del mio lavoro da cassiera di libreria per vivere. Normalmente, basterebbe—so come spendere ogni centesimo—ma tra l'aumento del tasso di interesse sui miei prestiti studenteschi e la fattura del veterinario per il naso graffiato di Cottonball due settimane fa, il mio conto è a pochi dollari dalle commissioni sullo scoperto.

Sto letteralmente vivendo stipendio per stipendio, e non posso permettermi un nuovo telefono.

Smetti di piagnucolare, Emma, e rifletti. Dove potresti aver perso il telefono?

Posso praticamente sentire nonno che me lo dice, così faccio un respiro profondo e scaccio il panico. Tendo a diventare troppo emotiva—è l'irlandese in me, dice nonna—e ho bisogno di controllarmi. Lasciarmi prendere dal panico non risolverà nulla.

Ignorando le occhiate degli altri passeggeri sul treno, mi metto carponi e scruto sotto il mio sedile nella remota possibilità in cui il telefono possa essere caduto a un certo punto durante il viaggio.

Niente—o perlomeno niente di simile al mio telefono. Ci sono involucri di gomma e strane macchie appiccicose, ma non è quello che sto cercando.

Mi rimetto sul sedile e strofino le mani per togliere la sporcizia del pavimento. Il panico sta di nuovo prendendo il sopravvento, ma lo scaccio e mi concentro ripercorrendo mentalmente i miei passi.

Avevo il telefono con me, mentre mi recavo al ristorante? Sì. Ricordo di aver giocato ad Angry Birds durante la corsa in metropolitana.

Ce l'avevo, quando sono uscita dalla metropolitana? Sì. Ho usato Google Maps per guidarmi dalla metropolitana al ristorante.

L'ho controllato al ristorante? No. Ero troppo occupata con il coglione.

L'ho controllato, quando ho lasciato il ristorante? No. Ero troppo impegnata a infuriarmi a causa del coglione; inoltre, mi sono ricordata dove si trovava la metropolitana senza dover controllare le mappe.

Le domande e risposte mentali mi calmano un po', così come la consapevolezza che devo aver perso il telefono a un certo punto tra il ristorante e ora. Forse, se sono davvero fortunata, è ancora nel locale e potrei ritrovarlo.

Così, scendo dal treno alla fermata successiva e attraverso la piattaforma per prendere quello che va nella direzione opposta. Ci vogliono ben venti minuti prima che arrivi—*stupida MTA con i suoi infiniti ritardi*—ma alla fine sono sul treno per tornare al ristorante. Non ho ancora cenato, quindi sono sia stanca che affamata, ma sono determinata.

Se il mio telefono è in quel locale, lo riavrò.

Non posso lasciare che questo maledetto appuntamento si riveli un disastro totale.

arcus

So che non è la cosa migliore per la mia futura relazione con Emmeline, ma non appena finiamo di mangiare, chiamo un Uber invece di invitarla a bere qualcosa. Sfrutto il suo volo mattutino per Boston per giustificare la fine anticipata del nostro appuntamento, ma in realtà sono ansioso di iniziare la mia ricerca della rossa.

Per quanto possa sembrare ridicolo, *devo* restituire quel telefono.

Il viaggio con Uber per raggiungere l'hotel di Emmeline dura circa mezz'ora nel traffico. Scendo dall'auto per aprirle la portiera e l'accompagno all'entrata dell'hotel, dove le do un bacio da gentiluomo sulla guancia e prometto di chiamarla. È una promessa che intendo mantenere pienamente—Emmeline è quella che voglio, dopotutto—ma stasera, devo allontanarmi da lei.

Devo localizzare Emma e liberarmi di questa ossessione in erba.

Nel momento in cui Emmeline scompare attraverso le porte girevoli dell'hotel, faccio un passo di lato ed estraggo il telefono rosa. È un vecchio modello Android e, fortunatamente, non è richiesta alcuna password per sbloccare lo schermo.

Comincio a sfogliare le foto per assicurarmi che sia davvero il telefono di Emma. All'inizio, tutto quello che trovo sono istantanee di soffici gatti bianchi—*quanti ne ha?*—ma presto m'imbatto nel selfie sorridente di una rossa in canottiera e pantaloni larghi di pigiama.

È proprio lei.

Il battito del mio cuore accelera e i pantaloni del completo improvvisamente sembrano stretti. Non c'è nulla di seducente in quella foto—è seduta con le ginocchia sollevate sul petto, quindi non riesco nemmeno a vederle la forma del seno—ma qualcosa delle pallide curve delle sue spalle, la miriade di lentiggini che le attraversano il naso e le fossette sulle guance mi rendono più duro di una sbarra di ferro.

Fanculo. Che cosa sto facendo?

Abbassando il telefono, mi appoggio alla parete esterna dell'hotel e chiudo gli occhi. C'è qualcosa che proprio non va in me oggi. Non agisco mai in modo impulsivo o irrazionale, eppure ho appena interrotto un appuntamento con la donna dei miei sogni e l'ho lasciata tornare nella sua camera d'albergo senza nemmeno un tentativo di baciarla—tutto questo per una ragazza che è l'esatto contrario di ciò di cui ho bisogno.

Forse *avrei* dovuto chiedere alla mia assistente di restituire il telefono a Emma. Se ho avuto una reazione così forte alla sua foto, probabilmente non è una buona idea rivederla di persona.

Aprendo gli occhi, guardo di nuovo il telefono rosa. Il volto delicatamente arrotondato di Emma, incorniciato da un'aura di ricci rossi e selvaggi, mi fissa, con gli occhi grigi carichi di malizia.

Malizia e qualcosa di così sexy e seducente a cui non posso fare a meno di reagire.

Qualcosa che non posso fare a meno di desiderare.

Guardando quella foto, comprendo per la prima volta quanto possa essere potente l'esca della tentazione. Fumo, droghe, cibi malsani, pigrizia—quelli non sono mai stati i miei vizi. La mia autodisciplina è leggendaria tra i miei amici e colleghi. Quando decido di fare una cosa, la faccio, e non lascio che qualcosa mi ostacoli. Che si tratti di correre una maratona in due ore e mezzo o di laurearmi in due anni e mezzo, sono in grado di fissare obiettivi e raggiungerli, e non ho mai capito le persone che affermano di voler fare qualcosa, ma non hanno la forza di volontà per farlo accadere.

Eppure, eccomi qui, a fissare il selfie di una donna che so non sarebbe adatta a me. È cioccolato e giorni pigri sul divano, abbuffate di Netflix e un pacchetto di sigarette. È tutto ciò che non posso avere e che non dovrei desiderare—una tentazione malsana che può rovinare tutto. La cosa intelligente da fare sarebbe tornare a casa e consegnare questo telefono a Lynette come prima cosa al mattino. In questo modo, potrei dormire sonni tranquilli e telefonare domani a Emmeline, fissando un momento per incontrarci di nuovo—forse organizzare anche un viaggio nella sua città natale di Boston.

Questa è la cosa intelligente da fare, ma non la faccio. Invece, la mia mano sembra muoversi di sua spontanea volontà, mentre le dita scivolano sullo schermo per raggiungere l'icona dei contatti. Il mio cuore batte con un ritmo pesante, in attesa, mentre scorro l'elenco dei nomi fino a quando non arrivo alla lettera C, dove trovo la voce "Casa."

Sicuramente c'è un indirizzo lì. Quando tiro fuori il mio telefono e lo digito su Google Maps, vedo che si trova a Bay Ridge, un quartiere di Brooklyn non troppo lontano da qui.

Se mi sbrigo, lo raggiungerò prima che sia abbastanza tardi perché la mia visita si riveli inquietante.

Cedendo alla tentazione per la prima volta nella mia vita adulta, chiamo un altro Uber fino all'indirizzo di Emma a Bay Ridge. Non è poi così male, mi ripeto, mentre salgo in macchina. Dopo essermi liberato di questo telefono, dimenticherò una volta per tutte la piccola rossa.

Non lascerò che questa mia strana nuova debolezza rovini ciò per cui ho lavorato così duramente.

7

Emma

"NON HAI TROVATO NIENTE? È IN UNA CUSTODIA ROSA..."
Non riesco a nascondere la delusione nella voce, e il
cameriere mi rivolge un'occhiata comprensiva.

"No, mi dispiace" risponde. "Vorrei poterti aiutare.
La coppia che era seduta lì è appena andata via, e non
hanno detto niente su un telefono."

"Ti dispiace se guardo intorno al tavolo?" chiedo,
dando un'occhiata al séparé, dove mi ero avvicinata a
Marcus—che può essere o non essere uno stronzo, a
seconda della sua vera identità.

"Certo, fa' pure" ribatte il cameriere.

Cammino verso il séparé, cercando di non pensare
all'uomo seduto lì, ma non ci riesco del tutto. Per
qualche ragione, la mia pelle diventa fastidiosamente

calda, e il respiro accelera, mentre immagino i suoi freddi occhi azzurri e le mani grandi. E se le sue mani sono di quelle dimensioni, quanto è grande il suo—

No, basta. Concentrati sul telefono.

Con sforzo, scaccio le immagini che m'inondano la mente e mi accovaccio per scrutare sotto il tavolo.

Niente.

Guardo sui sedili vicini.

Niente.

La delusione ha la meglio, facendomi borbottare lo stomaco vuoto a causa dell'ansia. Non ho visto il telefono per strada, mentre stavo ripercorrendo i miei passi, e se non è nel ristorante, allora l'ho davvero perso. Forse me l'hanno rubato—e in quel caso nemmeno l'app di localizzazione del telefono sul mio computer, che avevo intenzione di controllare come passaggio successivo, aiuterebbe.

Esausta e scoraggiata, torno a fatica verso la metropolitana. A questo punto, mi gira la testa per la fame, così acquisto una banana da un venditore ambulante—posso ancora *permettermela*—e la mordo, mentre scendo le scale e mi dirigo verso il treno.

Tutto quello che voglio è tornare a casa, farmi una doccia calda e rannicchiarmi con i gatti.

Questa giornata è ufficialmente un disastro.

Non userò mai più un'app di appuntamenti.

arcus

Dove diavolo è?

In piedi accanto all'ingresso laterale di una vecchia e brutta casa in mattoni rossi, suono il campanello per la seconda volta, con la stessa mancanza di risultati.

Emma Walsh non è in casa.

Conosco il cognome grazie al suo profilo Facebook, a cui ho avuto accesso cliccando sull'icona del social network nel suo telefono. Secondo il profilo in questione, è single (cosa che già sospettavo), ha ventisei anni, è laureata al Brooklyn College. Ama i libri ed è una editor freelance, quando non lavora in una piccola libreria a gestione familiare. Oh, e possiede davvero dei gatti—ben tre, a giudicare dai suoi frequenti post su di loro su Facebook.

Conoscere tutto questo su una donna che ho incontrato per caso mi fa sentire uno stalker, una sensazione che è solo aggravata dal mio inspiegabile desiderio di saperne di più. Ho giocato un po' con il suo telefono, mentre venivo qui—per essere sicuro di avere l'indirizzo giusto, mi sono detto—e nel frattempo, ho guardato tutto, dalle sue foto alla posta elettronica. Non ho letto alcuna e-mail, perché sarebbe stato *davvero* sbagliato, ma ho dato un'occhiata alle righe dell'oggetto. Sembra che gran parte della sua casella di posta in arrivo sia occupata da messaggi relativi ai lavori di editing, anche se ci sono numerose e-mail da qualcuno di nome Kendall. Lo stesso vale per i messaggi, anche se la maggior parte di questi sono di nonna e nonno.

Cazzo, sono *davvero* uno stalker.

Disgustato da me stesso, mi giro per andarmene in modo da poter consegnare il telefono alla mia assistente domani e dimenticare questa follia, ma proprio in quel momento, una piccola figura con i capelli ricci si avvicina dalla strada... e si blocca, con le mani che si agitano per afferrare la tracolla della sua borsa a buon mercato.

In un lampo, realizzo come devo sembrare a Emma, con i miei lineamenti in ombra data la poca luce che filtra dalla parte superiore della porta. Se fossi una giovane donna di fronte a un uomo sconosciuto di un metro e novanta sulla soglia di casa sua al buio, probabilmente me la farei addosso in questo momento.

"Sono io, Marcus" dico in fretta, volendo

rassicurarla. Mi sarò anche comportato come uno stalker, ma non intendo farle del male. "Ci siamo conosciuti al ristorante, ricordi?"

Fa un passo indietro, impugnando ancora la tracolla della borsa.

"Che—che cosa ci fai qui?" Sembra senza fiato; devo averla davvero spaventata. "Come mi hai trovata?"

"Il tuo telefono" spiego, tirando fuori lo smartphone rosa dalla tasca. "L'ho trovato nel séparé, dopo che te ne sei andata, e volevo restituirtelo."

"Oh." Si avvicina titubante. Mentre la luce sopra la porta le illumina il pallido volto, noto che la sua espressione è un mix di sollievo e confusione. Fermandosi a mezzo metro di distanza, dice con una voce un po' più calma: "Grazie. Stavo cercando quel telefono. Ero quasi a casa, quando ho capito di non averlo, così sono tornata al ristorante, e il cameriere mi ha detto che non avevano trovato nulla, e—" Interrompendosi, fa un respiro profondo e continua: "Sono davvero contenta che tu l'abbia trovato, ma non dovevi venire fin qui. Avrei potuto incontrarti da qualche parte domani—"

"Non è così lontano" replico. È una bugia, ma non ammetterò la portata della mia pazzia. "Ho pensato che ti saresti potuta preoccupare, così l'ho portato."

Mi fissa, con gli occhi grigi scuri nell'ombra della sera. "Oh. Okay, beh, grazie. È molto gentile da parte tua."

Allunga la mano e le porgo il telefono. È attenta a prenderlo in modo tale che le nostre dita non si tocchino—cosa che mi offende in un modo irrazionale. Peggio ancora, nel momento in cui il telefono è fuori dalle mie mani, mi pento di averglielo restituito così in fretta. Quel telefono era l'unica cosa che ci collegava, e ora non ho motivo di essere qui—a parte il mio inspiegabile desiderio di conoscerla.

"Emma, ascolta" dico, mentre infila il telefono in tasca con evidente sollievo. "Credo di aver commesso un errore prima, al ristorante."

"Dovevi incontrare una persona di nome Emmeline?" Le appare un piccolo sorriso sulle labbra, e mi rendo conto che anche lei lo ha capito.

"Esatto." Sorrido. "Fammi indovinare. Tu dovevi incontrare Mark?"

"Sì." Il suo sorriso si allarga, esponendo piccoli denti bianchi e le stesse belle fossette che ho visto sul selfie. "Quante erano le probabilità?"

"Posso chiedere a uno dei miei analisti di indagare, se vuoi" replico, scherzando solo a metà. Cercare la risposta alla sua domanda retorica mi darebbe una scusa per rimanere in contatto—cosa che desidero fortemente. Con quelle fossette, la piccola rossa sembra così fottutamente adorabile che vorrei leccarla come un cono gelato. "Sono sicuro che possiamo scoprirlo, se esaminiamo alcune statistiche sulle tendenze dei nomi nella popolazione" aggiungo.

Emma sbatte le palpebre, con il sorriso che svanisce. "Uno dei tuoi analisti? Gestisci un pensatoio o qualcosa del genere?"

"Un hedge fund" rispondo. "Impieghiamo una

moltitudine di strategie per stare al passo con il mercato, dall'analisi azionaria tradizionale al quantitative trading."

Le fossette scompaiono completamente. "Oh, capisco." Sembra delusa, una reazione che è l'esatto contrario di quella che ottengo, quando le donne si rendono conto che devo avere un bel po' di grana. Stampandosi un nuovo sorriso meno sincero, afferma: "Grazie ancora per avermi restituito il telefono, Marcus. Apprezzo molto che tu sia venuto fin qui. Se vuoi scusarmi..." Mi guarda con attesa, e mi rendo conto che sono ancora sulla porta di casa sua, bloccandogliela.

Dovrei spostarmi—il che sarebbe la cosa educata e gentile da fare—ma non lo faccio. Invece, chiedo senza mezzi termini: "Odi Wall Street o qualcosa del genere?"

So di essere al limite delle molestie, ma non posso lasciarla andare così. Una volta entrata nel suo appartamento—un posto di merda, a giudicare dallo stato di degrado della porta—sarà tutto finito. Lei andrà avanti con la sua vita, e io tornerò alla mia, e non sono pronto per questo.

"Uhm, no. Non ho niente contro la tua professione. Voglio dire, non proprio." Mi guarda con sospetto. "È solo che—" Inspira. "Ascolta, Marcus, apprezzo davvero il gesto e tutto il resto, ma sono affamata ed esausta, e devo ancora dare da mangiare ai miei gatti e rispondere ad alcune e-mail. Possiamo discutere dell'etica di Wall Street un'altra volta."

Un'altra volta? Qualcosa di teso dentro di me si

rilassa. Anche se senza dubbio intendeva quella frase come un educato modo per liberarsi di me, ho intenzione di prenderla in parola.

La rivedrò ancora una volta e capirò che cosa mi attira a lei.

Facendomi da parte, dico: "Ottima idea. Buonanotte, Emma. È stato un piacere conoscerti."

"Anche per me. Ciao, Marcus, e grazie ancora" ribatte, tirando fuori le chiavi dalla borsa, mentre mi passa accanto.

La guardo aprire la porta, assicurandomi che entri in sicurezza, e, quando la porta si chiude dietro di lei, chiamo un altro Uber e prendo nota sul mio telefono dei passi successivi. Il cuore mi martella per l'emozione, e i muscoli sono stretti in previsione della nuova sfida.

Mi sto comportando come se non fossi in me, ma non m'importa più. Emma potrebbe non essere ciò di cui ho bisogno a lungo termine, ma è ciò che voglio per il momento, e per la prima volta in vita mia, mi godrò il presente.

Prenderò la piccola rossa esuberante per dessert e mi preoccuperò delle conseguenze in seguito.

LE GAMBE MI TREMANO, MENTRE ENTRO nell'appartamento e appendo il cappotto vicino alla porta. Tutta la poca energia che avevo ottenuto mangiando la banana mi ha abbandonata da tempo, e sto praticamente svenendo dalla fame. Nonostante ciò, ho la strana sensazione di fluttuare nell'aria, con il cuore che batte per gli effetti postumi dell'adrenalina e dell'eccitazione vertiginosa.

Marcus—il Marcus alto e arrogante con il suo completo su misura e un cappotto che costa più del mio affitto trimestrale—è venuto a casa mia e mi ha restituito il telefono.

Sembra impossibile, surreale, eppure è successo realmente, visto che sto tenendo il telefono in mano.

Me l'ha restituito, e ora, invece di preoccuparmi per il saldo del mio conto in banca, sono turbata per un motivo completamente diverso. Il mio respiro è rapido come in un attacco di panico, i palmi sono sudati, e più sento così eccitata che potrei arrampicarmi sulle pareti nonostante lo sfinimento.

Santo cielo. Marcus è venuto nel mio appartamento.

Appena l'ho visto lì per la prima volta, con l'aspetto di un cattivo incappucciato e il cappotto invernale fino al ginocchio, ho pensato che fosse un rapinatore, e ho quasi avuto un infarto. Altrimenti, perché qualcuno si sarebbe appostato sulla mia porta di casa a quell'ora tarda? Stavo per urlare a squarciagola ed ero pronta a correre, quando ha parlato, ma poi le mie ginocchia si sono indebolite per un motivo diverso.

L'uomo a cui ho pensato durante tutto il viaggio di ritorno a casa in metropolitana—l'uomo che ero convinta non avrei mai più rivisto—era alla mia porta, trasformato nell'esatto contrario di uno stronzo.

In questo momento, sono troppo stanca e su di giri per analizzare il significato di tutto l'incontro, quindi non ci provo nemmeno. Invece, mi concentro sui miei gatti, che corrono tutti verso di me, miagolando a gran voce. Mr. Puffs, essendo il più grande, spinge Queen Elizabeth e Cottonball fuori dai piedi e si fa valere avvolgendo il gigantesco corpo peloso tra le mie gambe, mentre tento di andare in cucina.

"Smettila, Puffs" ordino, ma lui m'ignora, strofinandosi sui miei polpacci per marcare il territorio. I suoi fratelli seguono in modo più tranquillo; come al solito, lasciano che lui sia quello fastidioso.

"Oh, andiamo, dammi solo un secondo" dico con esasperazione, quasi inciampando sulla sua coda. "Ti prenderò il cibo, te lo prometto."

Cottonball miagola forte alla menzione del cibo, e Queen Elizabeth si unisce a lui con la sua voce più flebile e delicata.

Anche quando ha fame, sembra una signora.

Quando finalmente raggiungo la mia piccola cucina, prendo tre lattine di cibo per gatti e le apro, versando il contenuto in tre ciotole diverse. I miei gatti sono molto particolari riguardo al loro cibo, quindi faccio attenzione a mettere in ogni ciotola il gusto preciso e la marca che il gatto preferisce. A Queen Elizabeth piace il salmone selvatico della Fancy Feast, a Cottonball piace variare, per cui oggi mangerà il pollo Feast Classic, e Mr. Puffs ha preso gusto per lo stufato di frutti di mare della Purina. Una volta terminata la sua porzione, Puffs mangerà anche un po' di quella di Queen Elizabeth e Cottonball, ma deve iniziare con la propria ciotola.

Sospetto che sia perché si sente più simile al capo in quel modo.

Non appena poggio le ciotole sul pavimento, i gatti si tuffano, e così posso mangiare anch'io. Per fortuna, lunedì ho ricevuto lo stipendio dalla libreria, quindi il frigorifero è pieno. Ho frutta, verdura, pane, e alcuni salumi, così preparo un panino veloce e lo divoro in cucina. Poi, sentendomi infinitamente più umana, controllo se ho ricevuto qualche messaggio dal vero Mark.

Con mia grande delusione, la risposta è no. Dev'essersi offeso, non essendomi presentata, e deve aver deciso di evitare qualsiasi contatto con me. Anche se sono esausta, gli scrivo una breve e-mail con le scuse e la spiegazione del malinteso, e poi finalmente mi dirigo sotto la doccia.

Devo strofinare via il sudiciume della città, prima di andare a letto.

Mentre penso a come procurarmi nuovi clienti di editing, riesco a tenere la mente lontana da Marcus per tutta la doccia. È solo quando sono sdraiata sotto le coperte, circondata dai miei gatti, che mi accorgo di essere ancora troppo iperattiva per poter dormire. È come se sotto la mia pelle vibrasse una corrente elettrica, che mantiene il battito cardiaco elevato e il corpo caldo.

Marcus mi stava aspettando alla porta, quando sono tornata a casa. È venuto fin qui per restituirmi il telefono.

Sembra ancora irreale, in parte perché è difficile credere che abbia fatto tutto questo solo per gentilezza. Anche se il nostro incontro al ristorante è stato breve, non mi è sembrato un buon samaritano. Né la sua scelta professionale è indicativa di un uomo particolarmente altruista. Mi sono specializzata in inglese all'università, ma conosco diversi laureati in finanza che sono andati a lavorare a Wall Street, e tutti sono molto ambiziosi, spinti a massimizzare la loro produttività e a monetizzare (terminologia loro, non mia) ogni ora del loro tempo. Sono determinati all'estremo, e se Marcus gestisce un hedge fund, dev'esserlo anche lui, cento volte di più.

Non ha senso per un uomo come lui passare il proprio limitato tempo libero restituendo un telefono a una sconosciuta—a meno che non avesse qualche altro secondo fine. Solo che non riesco a immaginare quale potrebbe essere stato. A meno che... Forse sperava che lo ricompensassi finanziariamente?

Cazzo. Non ci ho pensato, ma probabilmente avrei dovuto offrirgli dei soldi per il suo disturbo.

Per un momento, mi sento malissimo, ma poi ricordo il suo completo e il cappotto—per non parlare delle scarpe di pelle italiane—e il mio senso di colpa si affievolisce. Dubito che Marcus abbia bisogno dei miei venti dollari, di certo non abbastanza da spingerlo a fare quello che ha fatto. Allora, perché è venuto? Il mio telefono non richiede una password per essere sbloccato, quindi avrebbe potuto mandarmi un'e-mail dalla mia stessa posta, e sarei andata a riprendere il dispositivo ovunque mi avesse detto di incontrarlo.

Dannazione, avrebbe potuto chiedere a uno dei suoi analisti—ad esempio, a quello a cui stava pensando di affidare la ricerca delle probabilità del nostro incontro—di restituire il telefono per suo conto.

L'unica altra spiegazione che mi viene in mente è

così ridicola che la ignoro subito. È impossibile che sia interessato a me in *quel* modo. Non sono particolarmente insicura sul mio aspetto—l'ho superato al college—ma *sono* realista. So di non essere al livello di Marcus. Indubbiamente, ha delle donne bellissime che gli cadono ai piedi per il privilegio di stargli sottobraccio; non avrebbe bisogno di inseguire una rossa bassa, con i capelli crespi e i fianchi troppo larghi. E poi, non doveva incontrare qualcuno? Questa Emmeline per la quale mi ha scambiata? Con un nome come quello, scommetto che i *suoi* fianchi siano perfettamente proporzionati al corpo, e i capelli si comportino magicamente in ogni momento.

Okay, forse l'ultima parte è una congettura completa, ma sono quasi certa di non essere il tipo di Marcus.

Allora, perché è venuto stasera? La domanda mi tormenta, mentre mi rigiro nel letto, cercando di tranquillizzarmi abbastanza da potermi addormentare. È solo quando Mr. Puffs si sdraia sopra la mia testa, inchiodandomi, che riesco a prendere sonno.

I miei sogni quella notte sono infestati da grossi ladri dall'aspetto duro con i mantelli... e sesso.

Tanto sesso infuocato e osceno.

10

Marcus

"Vuoi che faccia cosa?" Lynette resta a bocca aperta, con i suoi tondi occhiali tartaruga che le scivolano lungo il naso.

"Voglio che mandi dei fiori e del cibo per gatti all'indirizzo che ti ho inviato per e-mail" ripeto, accigliato, alla mia assistente. "È un problema?"

"No, certo che no." Si riprende rapidamente, con la maschera professionale che torna al proprio posto. "Hai una preferenza sul tipo di fiori e sulla marca del, uhm... cibo per gatti?"

"Rose—rosa e bianche" rispondo. "Almeno una dozzina di ciascun colore. No, anzi, due dozzine di ciascuno. Per quanto riguarda il cibo per gatti, non lo so. Che cosa piace ai gatti?"

"Dipende dal gatto, credo" replica, sembrando efficiente come al solito. "Alcuni proprietari danno da mangiare ai loro gatti solo cibo in scatola umido; altri fanno un mix di cibo umido e secco. Per caso, conosci il gatto in questione?"

"Gatti, al plurale" la correggo. "E no, non li conosco. Perché non fai questo? Scegli una varietà di marche di cibo per gatti, sia umido che secco, e mandale con i fiori. T'invierò via e-mail il bigliettino da aggiungere."

"Ok, ci penso io." Lynette rivolge la sua attenzione al monitor, con le lunghe dita che volano sulla tastiera. Non ho dubbi che manderà il miglior cibo per gatti e i fiori più freschi che i soldi possano comprare. Lei conosce la mia predilezione per i prodotti di alta qualità.

Mi piace il meglio di tutte le cose e non accetto compromessi.

Parlando del meglio... Do un'occhiata al mio orologio. No, è ancora troppo presto, perché il volo di Emmeline sia atterrato. Tirando fuori il telefono, imposto un promemoria per chiamarla più tardi nel pomeriggio e mi dirigo verso il mio ufficio.

Ho cinque riunioni e due dozzine di rapporti di ricerca da esaminare prima di pranzo, ma tutto ciò a cui riesco a pensare è Emma.

Cazzo. Dovrò assicurarmi di avere il mio dessert dai capelli rossi questa settimana, in modo da poterla dimenticare e andare avanti con la mia vita.

Emma

"Ecco a lei, Signor Roberts" dico, consegnando al vecchio avvizzito una pila di tascabili. "Le piaceranno, ne sono sicura."

"Oh, non ho dubbi." Mi sorride, mostrandomi la mancanza di due denti nella parte anteriore. "Adoro questa serie. Sono contento che tu mi abbia consigliato questa autrice. Ho amato tutti i suoi libri finora."

Ricambio il sorriso. "Sono felice di sentirglielo dire. Lei è la mia scrittrice di fantascienza preferita."

"Anche la mia ora" replica, e condividiamo un momento—quel perfetto momento di connessione con qualcuno che apprezza i tuoi stessi libri. Sono i momenti come questo che mi fanno lavorare alla

Smithson Books, nonostante la bassa retribuzione e nessuna possibilità di avanzamento di carriera. Beh, i momenti come questo e il mio amore per i libri cartacei. Il solo fatto di essere in questa piccola libreria, circondata da scaffali di libri tascabili, mi solleva l'umore. Mi piacciono anche gli e-book, ma niente è paragonabile all'odore e alla sensazione della carta stampata.

Ogni volta che riceviamo una consegna, mi sento come una bambina con un giocattolo nuovo di zecca.

"Va bene, allora" dice il Signor Roberts, mettendo i suoi tascabili in un sacchetto di tela. "Stammi bene, cara. Salutami quei gatti."

"Lo farò, grazie." Qualche mese fa, ho mostrato al Signor Roberts le foto dei miei gatti sul telefono, e da allora, li menziona ogni volta che mi vede. Ora che ci penso, non è l'unico. La maggior parte dei clienti abituali della libreria conosce i miei pelosetti e chiede spesso di loro.

Uh. Sono *davvero* una gattara.

"Ehi, Emma. Come va?" La voce di Edward Smithson mi distoglie dai pensieri, e mi giro per vedere il mio capo, che cammina verso di me. Accanto a lui c'è un ragazzo che non avevo mai visto prima. Biondo, dall'aspetto un po' imbranato e piuttosto basso, indossa occhiali senza montatura e sembra avere circa la mia età.

"Sto bene, Signor Smithson. E lei?" rispondo, sorridendo al mio capo. È una delle persone più gentili che conosca—un altro motivo per cui non ho lasciato questo lavoro.

"Oh, sai, sto continuando a seguire la dieta." Accarezza la sua pancia massiccia, e io sopprimo una risata. Per quanto ne so, la sua dieta consiste in ciambelle e biscotti—consumati quando sua moglie non sta guardando, naturalmente.

Fermandosi a pochi passi da me, il Signor Smithson dice: "Emma, vorrei farti conoscere mio nipote, Ian." Si rivolge al ragazzo biondo. "Ian, questa è Emma, la ragazza di cui ti ho parlato."

"Piacere di conoscerti, Ian" dico, sorridendo al nipote. "Che cosa ti porta nella nostra libreria?"

"Mi sono appena trasferito in città" risponde, con il pomo di Adamo che si muove, mentre il collo diventa rosso vivo. "Mi piacciono i libri, quindi lo zio Ed voleva mostrarmi il suo negozio."

"Certo." Gli rivolgo il mio sorriso più caloroso. So cosa significhi sentirsi in imbarazzo in situazioni sociali, quindi cerco sempre di essere gentile con le persone timide. "Vuoi che ti faccia fare un giro?"

"Sarebbe fantastico" risponde il Signor Smithson, sembrando troppo entusiasta, e improvvisamente mi rendo conto del perché Ian è qui.

Il mio capo ha organizzato un incontro.

Ora tocca a me arrossire. Per nascondere il colorito che si sta diffondendo sul mio viso, mi accovaccio e fingo di allacciare le scarpe da ginnastica. Non so cosa provi al riguardo, soprattutto perché Ian è il nipote del capo. Potrebbe diventare davvero imbarazzante, se qualcosa andasse storto, e nonostante lo scarso stipendio, mi piace molto questo lavoro.

Oh, beh. Dovrò fare del mio meglio per essere amichevole e *solo* amichevole.

Quando mi sono assicurata di non assomigliare più a una barbabietola, mi alzo in piedi e sorrido al ragazzo. "Pronto per il tour?"

Questo dura meno di dieci minuti. La libreria è solo un po' più grande del mio monolocale, con l'area posteriore dedicata a una fila di poltrone, dove i nostri clienti amano rilassarsi, e la parte anteriore popolata da scaffali pieni di tutti i generi della narrativa popolare. Non siamo appassionati di narrativa letteraria o di classici—la roba noiosa, come la definisce il Signor Smithson—ma abbiamo una vasta selezione di fantascienza, fantasy, thriller, misteri e romanzi d'amore. È il nostro modo di assicurarci che i clienti non siano tentati di andare online per avere i libri che effettivamente vogliono leggere.

Mentre mostro tutto questo a Ian, facciamo due chiacchiere, e scopro che è un aspirante autore di urban fantasy. Mi lascio andare discretamente sul fatto che mi occupo di editing freelance, e i suoi occhi s'illuminano, quando gli comunico le mie tariffe molto ragionevoli.

"Hai intenzione di auto-pubblicarti o vuoi seguire la strada tradizionale?" chiedo, mentre torniamo al bancone, dove il Signor Smithson sta gestendo i clienti al mio posto.

"Stavo pensando all'auto-pubblicazione" risponde

Ian. Sembra molto meno timido ora che stiamo parlando della sua passione. "Zio Ed pensa che dovrei prima chiedere a qualche casa editrice, ma sono tentato di metterlo sul mercato e vedere come va."

"Probabilmente è la cosa giusta da fare" dico sorridendo. "Ma sono di parte. La maggior parte dei miei clienti di editing sono autori indipendenti, quindi ovviamente vorrei il maggior numero possibile di voi."

Ian ride, e il Signor Smithson ci rivolge un sorriso contento, mentre batte alla cassa l'acquisto di una vecchia signora.

Ops. Spero che il mio superiore non pensi che andiamo d'accordo in un modo diverso dall'editore e il potenziale cliente. Sebbene suo nipote sia il tipo di ragazzo che normalmente preferisco—dolce, nerd e un po' timido—non sono per niente attratta da lui. Mentre mi chiedo perché, le immagini degli occhi di ghiaccio e della mascella dura m'invadono la mente, insieme ai dettagli dei miei sogni di ieri notte.

No. Basta così. Scaccio via le immagini, prima che il mio viso diventi di nuovo rosso. Mi rifiuto di credere che la mia mancanza di attrazione per Ian abbia qualcosa a che fare con Marcus. Non so ancora come mai il gestore dell'hedge fund mi abbia restituito il telefono di persona ieri, ma sono certa che ormai si sia dimenticato di me—e anch'io devo dimenticarlo.

Non sono attratta da Ian, punto. È meglio così, in realtà. Mi piace il nipote del Signor Smithson come persona e spero di editare il suo libro un giorno, ma la cosa finisce lì.

Per scoraggiare ulteriori tentativi di accoppiamento da parte del mio superiore, dico a Ian di mandarmi un messaggio, quando il suo libro sarà pronto, e poi mi affretto a sollevare il Signor Smithson dal compito di cassiere.

Ho bisogno di riabbracciare la gattara che è in me, perché questa roba degli incontri è troppo complessa per me.

C'È DI NUOVO IL NEVISCHIO, QUANDO ESCO DALLA metropolitana, e maledico la mia sfortuna, mentre corro verso casa. Non riesco a ricordare un novembre peggiore. È ancora l'inizio del mese, ma è già nevicato una volta, con pioggia ghiacciata caduta in almeno altre due occasioni—quasi come se fossimo a gennaio. Il mio telefono vibra nella tasca, mentre giro l'angolo, e quasi lo ignoro, perché non voglio esporre le mie orecchie, attualmente coperte dal bavero del cappotto, alla pioggia gelida. Tuttavia, un'abitudine radicata mi fa raggiungere la tasca e tirare fuori il telefono per dare un'occhiata allo schermo.

Sicuramente è una chiamata che non posso perdere.

"Nonna, ciao" dico, portando il telefono all'orecchio. Senza tirare su il bavero, il cappotto mi cade di nuovo sulle spalle, esponendo il collo alla pioggia battente, e rabbrividisco, mentre l'acqua ghiacciata gocciola all'interno. Oggi avrei dovuto indossare la mia vecchia sciarpa logora, ma è così brutta che non sono riuscita a farlo, e ora sto pagando per quel momento di vanità.

Ho davvero bisogno di comprarmi una sciarpa nuova e tenerla lontana da Mr. Puffs.

"Ciao, tesoro." La voce di nonna è calda e gentile, con il suo accento meridionale che si nota nonostante diversi decenni passati a Brooklyn. "Come stai?"

"Alla grande" dico, cercando di rendere la mia voce allegra. Con le gocce di pioggia ghiacciata che mi bagnano il viso e mi entrano nel colletto, sono tristissima, ma nonna non ha bisogno di saperlo. "Come state tu e nonno?"

"Oh, stiamo bene. Tuo nonno sta facendo di nuovo il giardinaggio col caldo. Gli ho detto di non uscire quando ci sono ventisette gradi, ma non mi ascolta."

"Sì, tipico di nonno" replico, provando invidia. Ucciderei per una temperatura di ventisette gradi invece di questo freddo infernale. I miei nonni si sono trasferiti in Florida quando mi sono laureata, e ora ogni volta che parlo con loro, non faccio che sentire quanto sia caldo laggiù. "Dovresti attirarlo in casa con dei biscotti al cioccolato."

Nonna ride. "Come facevi a sapere che li stavo preparando?"

"Solo un'ipotesi fortunata" rispondo, tremando, mentre una raffica di vento particolarmente forte mi sferza il viso. "Come sono andati gli esami del sangue della settimana scorsa?"

"Tutto bene. Sono sana come un pesce." Il tono della nonna è vivace. "Ora dimmi di te. Come va la vita nella grande città? Sei riuscita a trovare nuovi lavori di editing?"

"Non ancora, ma ho qualche pista sui potenziali clienti" replico, attraversando la strada verso la mia casa in mattoni. "E prima che tu me lo chieda, sto bene. Non ho bisogno di aiuto. Davvero."

"Emma..." Nonna sospira. "Vorrei che ci lasciassi occupare di quei prestiti per te. Te l'ho detto, possiamo contrarre un secondo mutuo e—"

"No. Assolutamente no." I miei nonni hanno messo soldi da parte per tutta la loro vita in modo che potessero acquistare una casa in Florida, e non ho alcuna intenzione di lasciare che il loro pensionamento venga rovinato a causa mia. La pensione e i pagamenti della previdenza sociale coprono a malapena le loro bollette, e il secondo pagamento di un'ipoteca metterebbe a dura prova le loro finanze. È già abbastanza triste che abbiano lavorato sette anni in più per sostenermi durante le scuole medie e superiori; non lascerò che si occupino di me anche durante la vita adulta."

Preferirei morire di fame piuttosto che imporre loro una cosa del genere.

Nonna sospira di nuovo. "Emma, tesoro... Accettare una mano ogni tanto non ti renderebbe come tua madre. Lo sai, vero?"

"Nonna, smettila. Per favore. Ce la faccio benissimo da sola" replico, cercando le mie chiavi, mentre mi avvicino alla porta. "Ora, se non ti dispiace, sono appena tornata a casa, quindi devo dare da mangiare ai gatti. Saluta nonno, okay?"

"Lo farò. Stammi bene, tesoro, ci sentiamo presto. Non vedo l'ora che arrivi il Ringraziamento" ribatte la nonna, e riaggancio, lasciando cadere il telefono nella tasca.

Stringendo le chiavi, mi avvicino alla porta, desiderosa di entrare e sfuggire al freddo.

"Signorina Walsh?" La voce maschile dietro di me mi spaventa così tanto che mi volto urlando, con le chiavi che cadono sul terreno bagnato.

Davanti a me c'è un uomo di mezz'età con una vaporosa giacca invernale e le braccia occupate da un gigantesco mazzo di rose bianche e rosa.

"Mi dispiace tanto, signorina. Non volevo spaventarti" dice in fretta. "Sono qui solo per fare una consegna."

"Una consegna?" Sto tremando sia per il freddo che per l'eccesso di adrenalina, con il cuore che batte così velocemente che riesco a malapena a parlare. "Per me?"

"Sì" risponde con un sorriso. Avvicinandosi a me, si china per raccogliere le mie chiavi e me le porge, insieme al mazzo gigante. "Questo è per te."

"Uhm, ok." Imbarazzata, prendo sia le chiavi che i fiori. Le rose sono ricoperte di plastica trasparente, che le protegge dagli agenti atmosferici, ma anche così, posso dire che i fiori sono stupendi. Sto per chiedere chi li ha mandati, quando mi viene in mente qualcos'altro. "Oh, non ho soldi per la mancia" dico, e mi sento un'imbranata. "Mi dispiace tanto. Volevo fermarmi a un bancomat, ma—"

"Oh, no, va tutto bene. È tutto a posto." Un grande sorriso si stampa sul suo viso scavato dagli agenti atmosferici. "Ti piacciono, vero, signorina?"

Si gira e si affretta ad andarsene, chiaramente desideroso di togliersi da sotto la pioggia, ed è solo quando se n'è andato che mi rendo conto che non ho avuto la possibilità di chiedere chi ha ordinato la consegna.

Oh, beh. Speriamo che ci sia un biglietto. Le mie dita sono quasi intorpidite dal freddo, ma riesco a infilare le chiavi nella serratura e a entrare. Immediatamente, i miei tre gatti si precipitano verso di me, miagolando come se fossi stata via per una settimana invece che poco più di otto ore.

"Sì, sì, vi darò da mangiare" sussurro, cercando di non inciampare su Mr. Puffs. "Datemi solo un secondo."

Lo stronzetto peloso ignora le mie parole, e il mio percorso verso la cucina è a dir poco pericoloso. Tra l'enorme mazzo di fiori e il gatto gigante avvolto tra le mie gambe, è un miracolo che non inciampi e mi spacchi la testa.

Finalmente sono in cucina. Mettendo i fiori sul tavolo, preparo velocemente la cena ai miei gatti e gliela do. Poi, facendo un respiro profondo, mi avvicino al bouquet.

Prima di poter togliere la plastica protettiva, il mio campanello suona.

Cottonball solleva lo sguardo dalla sua ciotola e mi rivolge un'occhiata incuriosita.

"Scusa, amico. Sono sorpresa quanto te" dico al gatto, mentre mi affretto verso la porta. L'unica persona che viene senza preavviso è la mia padrona di casa, e non ha motivo di farlo stasera, dato che ho pagato l'affitto in tempo per diversi mesi di fila.

Quando guardo attraverso lo spioncino, vedo un uomo con la divisa FedEx, che va via.

Un'altra consegna? Ma che diavolo sta succedendo?

Dato che sono nata e cresciuta a Brooklyn, aspetto che lo sconosciuto se ne sia andato, prima di aprire con cautela la porta. Trovo una grande scatola sulla mia porta di casa. Mi chino per raccoglierla, ma è troppo pesante da sollevare. Imprecando tra me e me, mi sforzo di spingerla all'interno e chiudo la porta. Poi, morendo dalla curiosità, prendo un coltello dalla cucina e apro la scatola.

Esterrefatta, fisso il contenuto.

Cibo per gatti. Tanto cibo per gatti. Tutte le migliori marche, in una varietà di gusti, alcuni secchi e altri in scatola, come preferiscono i miei gatti.

Sarà sufficiente per i prossimi mesi.

Sono così confusa che quasi ignoro la piccola busta bianca incollata sul lato della scatola. È solo quando sto trascinando il pacco pesante verso la cucina che la vedo. Fermandomi, la afferro e la apro, strappando la bella carta nella fretta. Sul biglietto c'è scritto:

Spero che ai tuoi gatti piaccia tutto questo, e che a te piacciano i fiori.

-Marcus.

Un'ondata di calore mi attraversa, allontanando il

freddo persistente dell'esterno. Le immagini dei sogni erotici a cui ho cercato di non pensare m'inondano la mente, e il mio respiro accelera.

Le spedizioni sono di *Marcus*.

Corro in cucina, sperando di trovare un altro bigliettino con una spiegazione del perché, ma non c'è niente attaccato al bouquet. Queen Elizabeth stacca gli occhi dalla ciotola e mi guarda come se fossi impazzita, ma la ignoro.

Marcus mi ha mandato rose e *cibo per gatti*.

Questo va ben oltre qualsiasi buona azione samaritana. Ricordo il pensiero ridicolo che mi è venuto in mente la scorsa notte—che potrebbe essere interessato a me—e all'improvviso, non sembra più così ridicolo. Perché quale altra spiegazione può esserci, quando un uomo manda dei fiori a una donna?

Beh, fiori e cibo per gatti.

"Pensi che gli piaccia in quel modo?" chiedo a Queen Elizabeth, e la gatta mi lancia un'occhiata che indica che mi sto comportando come se avessi dodici anni.

Okay, benissimo. Forse sto leggendo troppo nello sguardo della mia gatta, ma giuro che è in grado di comunicare con me. Inclina la testa in questo e in quel modo quando le parlo, e a volte miagola persino in risposta—cosa che fa esattamente ora.

"Pensi che gli piaccia?" chiedo, irrazionalmente eccitata, e Queen Elizabeth miagola di nuovo, prima di riportare la sua attenzione sul cibo.

"Lo prenderò come un sì" dico, e vado a cercare un

vaso abbastanza grande da contenere l'enorme bouquet. Mentre saltello per la cucina, mi rendo conto di essere entusiasta, quasi su di giri all'idea di poter piacere a Marcus. È l'opposto del mio tipo, ma qualcosa in lui mi attira—il che spiega quei sogni della scorsa notte.

Le sue grandi mani su tutto il mio corpo, il suo torace muscoloso che mi preme sul petto, mentre si muove dentro di me...

Wow. Una vampata di calore s'insinua lungo l'attaccatura dei capelli. Nonostante il mio lungo periodo di astinenza, ho una libido sana e mi piace il sesso, ma questo è completamente diverso. Il mio cuore sembra aver preso lezioni di batteria nel petto, e le mutandine sembrano umide al semplice ricordo di quei sogni.

Questa è un'attrazione che non avevo mai provato prima d'ora—elementare, primordiale, e non ha niente a che fare con la logica o la connessione intellettuale. Non so quasi nulla di Marcus, e quel poco che so suggerisce che non abbiamo nulla in comune, eppure il solo pensiero di lui mi fa eccitare più di un'ora di preliminari da parte del mio ragazzo del college.

"Pensi che io sia in calore?" chiedo a Queen Elizabeth, mentre afferro una pentola grande—la cosa più vicina a un vaso delle dimensioni necessarie. "Voglio dire, sono un essere umano e tutto il resto, ma questo è un po' estremo, non credi?"

La gatta solleva lo sguardo e si passa delicatamente la lingua sul muso, ripulendo ogni residuo del suo cibo.

"Sì, hai ragione. Sono ridicola. Le femmine umane non vanno in calore." Riempio la pentola con dell'acqua, rimuovo l'involucro di plastica dalle rose, aggiungo il conservante per fiori all'acqua e inserisco le rose. Pendono da un lato, ma continuano a sembrare stupende—e molto costose.

Se nonna lo sapesse, direbbe che Marcus mi sta corteggiando.

"Pensi che mi stia corteggiando?" chiedo alla gatta, ma Queen Elizabeth si siede con fare aggraziato e inizia a leccarsi la zampa. Chiaramente ha fatto il suo pieno di interazione con un essere umano, e non la biasimo.

Dovrei chiamare Kendall per questo, non infastidire la gatta.

Non appena quel pensiero mi sovviene, corro al telefono e faccio scorrere impazientemente il dito sullo schermo. Prima di poter selezionare il numero di Kendall, tuttavia, appare la notifica di un messaggio, e il mio battito accelera ulteriormente.

È un messaggio da un numero sconosciuto.

Ciao, Emma, c'è scritto. *Sono Marcus. Spero che i fiori e il regalo per i tuoi gatti ti siano arrivati sani e salvi. Sei libera questo giovedì sera? Mi piacerebbe portarti fuori a cena. Se lo desideri, possiamo discutere dell'etica di Wall Street.*

Fisso il messaggio, sentendomi come se stessi iperventilando. Non avrebbe dovuto sorprendermi—dopotutto, solo qualche istante fa, pensavo che Marcus potesse corteggiarmi—ma in qualche modo, mi sento ancora colta alla sprovvista.

Cena? Giovedì? È *domani*.

Qualcosa di soffice mi sfiora il polpaccio e guardo in basso per vedere Cottonball, che fa oscillare la coda avanti e indietro, mentre mi fissa.

"Vuole cenare con me domani" dico al gatto, e suono sciocca persino alle mie orecchie. "Ci credi?"

A differenza di Queen Elizabeth, Cottonball non è una femmina, quindi non gli importa dei miei problemi di incontri. Solleva la zampa e mi sfiora di nuovo il polpaccio. Sospirando, poso il telefono e lo prendo in braccio, sapendo che altrimenti non mi lascerà in pace. Per fortuna, non è pesante come Mr. Puffs, quindi posso tenerlo con un braccio, il che lascia la mia mano libera per prendere di nuovo il telefono.

Mordendomi il labbro, rileggo il messaggio e mi chiedo cosa fare. Se fosse un altro uomo—Mark dell'app di incontri, per esempio—sarebbe facile. Lo ringrazierei per il regalo premuroso, suggerirei una pizzeria vicino al mio appartamento, e vedrei come vanno le cose. Ma questo è Marcus—quello con i completi su misura e le mani che suscitano sogni erotici. Mi mette a disagio, e non solo per la mia reazione fisica nei suoi confronti.

Per quanto possa essere bizzarro, c'è qualcosa di quasi... pericoloso in lui, qualcosa che non mi convince.

Cottonball emette delle forti fusa, riportando la mia attenzione su di lui, e poggio il telefono per accarezzare la sua soffice pelliccia. È il più coccolone dei miei gatti, pretendendo almeno una sessione di carezze al giorno, e di solito sono felice di accontentarlo. In questo momento, però, sono troppo sopraffatta per affrontare un gatto bisognoso.

Marcus mi ha chiesto un appuntamento, e non ho idea di cosa dire.

arcus

Perché non risponde?

Frustrato, guardo storto il telefono, dove una piccola notifica in basso m'informa che il messaggio è stato ricevuto e letto dieci minuti fa. So che la mia irritazione non è razionale—dieci minuti non sono *così* lunghi—ma non riesco a controllare l'impazienza che mi consuma.

Perché diavolo non risponde?

Sono ancora nel mio ufficio, e ho un milione e una cosa da fare prima di poter andarmene stasera, ma tutto ciò su cui riesco a concentrarmi è Emma e la mancata risposta al mio messaggio. Invece di lavorare, ho passato gli ultimi dieci minuti a fissare il telefono—

dieci minuti che, alla mia attuale tariffa oraria considerando gli utili, equivalgono a diverse migliaia di dollari.

Finalmente, dopo quella che sembra un'eternità, compaiono tre punti.

Emma sta scrivendo qualcosa.

Mi ritrovo a trattenere il respiro come un adolescente con una cotta, così mi sforzo di guardare lo schermo del computer anziché il telefono. È inutile, però. I fogli di calcolo danzano davanti ai miei occhi, con i numeri che si rifiutano di avere un senso.

Tutto questo è dannatamente folle.

Oggi ho chiamato Emmeline per ringraziarla della cena e chiedere informazioni sul suo volo, e non ho provato nemmeno un accenno di questa bizzarra eccitazione. La nostra conversazione è stata calma ed educata, e quando ho riattaccato, ero più convinto che mai che lei fosse esattamente il tipo di donna che stavo cercando: bella, intelligente, controllata ed educata. Non urlerebbe, imprecherebbe o farebbe scenate, quando qualcosa non va per il verso giusto; non tornerebbe barcollando a casa ubriaca con due stronzi altrettanto ubriachi al seguito; e di certo non scoperebbe i suddetti stronzi davanti a suo figlio di cinque anni.

Il mio umore si rabbuia a quel ricordo d'infanzia, e guardo di nuovo il telefono, dove continuano ad apparire i tre punti. Che cosa sta facendo Emma? Sta scrivendo un tema?

La mia impazienza aumenta la frustrazione. Nel corso del decennio e mezzo di gestione del mio fondo, ho sviluppato dei nervi d'acciaio. Ho dovuto farlo—perché con la crescita delle attività gestite del fondo, aumenta anche la quantità di capitale che rischiamo su ogni operazione. Negli ultimi cinque anni, le nostre posizioni più importanti sono passate da diversi milioni di dollari a poco più di un miliardo. Se non avessi imparato a essere paziente—se non avessi imparato a smettere di guardare ogni segno di spunta del mercato e a concentrarmi su ciò che dev'essere fatto—mi sarei stressato fino ad avere un infarto precoce.

Quindi, se riesco a togliermi dalla mente un'operazione da miliardi di dollari, perché non posso distogliere lo sguardo da quei tre fottuti punti?

Andiamo, mi rivolgo allo schermo. *Sputa il rospo e falla finita.* Se potessi raggiungere il telefono e scuotere la piccola rossa, lo farei, perché questo è ridicolo. Quanto tempo ci vuole per scrivere un sì o un no? Preferibilmente un sì, ma anche un rifiuto sarebbe meglio di questa attesa senza fine. Non lo accetterei, ovviamente, ma mi darebbe qualcosa da fare, un punto di partenza per il resto della mia campagna per spegnere-la-fame-di-Emma. Attuerei una strategia e procederei con la prossima mossa—

I tre punti scompaiono e vengono sostituiti dal messaggio.

Grazie per i fiori e il cibo. I miei gatti sono molto

contenti :) Che ne dici di Papa Mario's Pizza alle 19:00 per la nostra discussione sull'etica?

La mia prima reazione—il sollievo—si trasforma in confusione, mentre cerco il ristorante suggerito. Una rapida ricerca rivela un luogo sporco, e le recensioni di Yelp lo definiscono un "modesto locale con la pizza più economica di Brooklyn." Si trova a circa due isolati dal suo appartamento, ma per quanto ne so, questo è l'unico aspetto positivo.

Perché cazzo vuole andare lì?

Tamburello le dita sul tavolo, pensando, poi scrivo: *Se sei dell'umore giusto per l'italiano, conosco un eccellente ristorante a gestione familiare a Bensonhurst. Fanno la migliore pizza dei cinque distretti e non è lontano da dove vivi. Vengo a prenderti alle 18:45?*

I tre punti appaiono quasi istantaneamente questa volta, seguiti da: *Come si chiama il luogo?*

Aggrotto la fronte davanti al telefono. In base alla mia esperienza, quando mi offro di portare fuori una donna, questa mi lascia scegliere il posto e non mette in discussione i miei suggerimenti, specialmente quando quel particolare suggerimento sembra essere lo stesso tipo di cibo per cui sembra essere in vena.

O Emma è una maniaca del controllo o è *davvero* particolare in fatto di pizza.

Approfondendo il cipiglio, scrivo il nome del luogo e aspetto.

Tre minuti dopo, ricevo la risposta: *Ok. Sarò lì.*

L'ondata di soddisfazione è intensa come quando ho guadagnato il mio primo milione. Sorridendo selvaggiamente, metto da parte il telefono e riporto la mia attenzione sullo schermo del computer, dove i numeri finalmente hanno di nuovo senso.

La prima grande battaglia della campagna Emma è vinta, e non vedo l'ora che arrivi il resto della guerra.

13

Emma

QUANDO DICO A KENDALL DEL MIO PROSSIMO appuntamento, quasi soffoca sul caffè. "Tu cosa?"

"Stasera mi vedrò con un gestore di hedge fund a cena" spiego, versando una quantità generosa di latte nella mia tazza di Java. "Quindi, come vedi, non sono più una gattara."

"Okay, wow. Facciamo un passo indietro." Si sporge in avanti, con gli occhi nocciola che brillano con l'intensità di uno squalo che sente odore di sangue. "Quando e come è potuto succedere?"

Sorridendo, le racconto tutta la storia, a cominciare dalla confusione dell'identità. "Quindi sì" concludo "ho un appuntamento stasera."

"Con Marcus, il gestore dell'hedge fund" replica

incredula. "Che ti ha praticamente seguita nel tuo appartamento e ti ha inviato cibo per gatti. E ti ha suscitato sogni erotici."

"Sì." Il mio sorriso si allarga. "Il solo e l'unico."

Io e Kendall ci vediamo raramente nei giorni feriali, ma ho questo giovedì libero, così ho deciso di venire a Manhattan per prendere un caffè con lei.

Dovevo vedere la sua reazione di persona.

Non mi delude. "Emma!" Il mio nome esce con uno squittio acuto. "Cazzo, sono così orgogliosa di te! Uscirai con Mr. Hedge Fund!"

Gli altri clienti del bar guardano verso di noi, ma sono troppo emozionata per sentirmi in imbarazzo. Sin dal messaggio di Marcus, ho cercato di liberarmi di questa strana eccitazione, ma non ci riesco. Sono così euforica che ho dormito a malapena ieri sera, ma non mi sento affatto stanca.

Ho un *appuntamento* con lui.

"Sai come si chiama il suo fondo o quant'è grande?" chiede Kendall, distogliendomi da un sogno febbrile, che vede le mani di Marcus e altre parti del suo corpo. "O qual è il suo cognome? In generale, ti sei informata su di lui? Sai se è sposato, single o divorziato?"

"No e no" rispondo, combattendo la tentazione di arrossire all'innocente menzione del termine "grande" da parte di Kendall. "Stasera chiederò tutto. Sono sicura che non è sposato, però. Questa Emmeline sembrava un appuntamento al buio, e non l'avrebbe fatto, se avesse già avuto qualcuno."

"Oh, andiamo." Kendall sbuffa nel suo caffè. "Non

essere ingenua. Gli uomini fanno di tutto per la figa. E poi, hai appena conosciuto il ragazzo. Per quanto ne sai, potrebbe essere un adultero seriale."

"Vero, ma non credo." Potrei sbagliarmi di grosso, ma Marcus non mi ha dato l'impressione di uno che tradisce—almeno non una volta impegnato in una relazione seria. Per un attimo, mi chiedo che cosa sia successo quel giorno con Emmeline, ma poi scaccio il pensiero.

Se fosse andata bene con lei, dubito che mi avrebbe chiesto di uscire.

"E va bene" dice Kendall, spingendo i suoi lunghi capelli scuri dietro la spalla. "Ma ricorda: fai molta attenzione, perché gli uomini sono dei cani. O se l'analogia felina funziona meglio per te, dei gatti selvatici. Hai sempre frequentato imbranati che non potevano avere due donne nemmeno se ci avessero provato, quindi non hai molta esperienza con questo—"

"Wow, grazie. Sono contenta di sentire che hai un'opinione così alta del mio fascino."

Kendall ha la grazia di sembrare imbarazzata. "Ascolta, non sto dicendo che non sei attraente—tendi solo a preferire ragazzi che non ti fanno sentire minacciata in alcun modo."

"Che cosa?" Questa conversazione ha decisamente preso una brutta piega.

Kendall sospira. "Emma... Non prenderla nel modo sbagliato, ma non sei una che corre rischi, okay? Ti piace giocare sul sicuro, avere tutto sotto controllo e la routine. Ecco perché sei ancora a Brooklyn invece della soleggiata Florida, perché lavori in quella piccola libreria piuttosto che cercare qualcosa di meglio, e perché ti nascondi dietro i tuoi gatti, i vestiti logori e i libri—e uomini che sono come ti percepisci, invece di come sei realmente."

"Aspetta, che cosa?" C'è talmente tanta bizzarra psicologia da quattro soldi che non so da dove cominciare. Non riesco a credere che Kendall pensi questo di me. "Tu stessa hai detto che mi sono trasformata in una gattara, quindi in che senso mi sto percependo nel modo sbagliato? E *sono* una che correrebbe dei rischi—sono una freelance, ricordi?" La mia voce si alza con indignazione. "Per quanto riguarda il motivo per cui non mi sono trasferita in Florida con i miei nonni, sai bene che la maggior parte dell'industria editoriale è qui, e se voglio una carriera in questo settore—"

"Ma non la vuoi." Kendall mi guarda fisso. "Una carriera nell'editoria potrebbe essere stata il tuo obiettivo un tempo, ma mi hai detto tu stessa che il panorama del settore sta cambiando e che i grandi editori non sono più quelli di una volta. Ecco perché riesci a ottenere tutti quei lavori di editing freelance— che, tra l'altro, è qualcosa che ti sei accontentata di fare a malincuore invece di provarci davvero." Incrocia le braccia. "Ammettilo, Emma: vivi a Brooklyn e sei rimasta ancorata al tuo primo lavoro, perché non ti piace il cambiamento."

"Non è vero—"

"Sì, lo è." Scioglie le braccia e prende la sua tazza di caffè. "Ecco perché indossi i tuoi vestiti fino a quando non cadono letteralmente a pezzi, e perché esci solo con ragazzi che non hanno alcuna possibilità con un'altra ragazza carina come te. Per quanto riguarda la questione della gattara, l'ho detto solo perché ti stavi trascurando, e volevo che facessi qualcosa al riguardo —cosa che chiaramente hai fatto."

Sorride, ovviamente sperando di riportare la conversazione su Marcus, ma sono troppo arrabbiata per ricambiare il sorriso. La parte peggiore della valutazione poco lusinghiera di Kendall sul mio conto è che ha ragione su una cosa: la carriera che avevo pianificato potrebbe non arrivare mai, ma non ho cambiato rotta per adattarmi a quello, scegliendo invece di nascondere la testa nella sabbia. Quando ho iniziato a lavorare alla Smithson Books, ero una giovane al terzo anno di college e consideravo il lavoro un'opportunità part-time temporanea, un modo per guadagnare un po' di soldi pur essendo vagamente connessa al settore in cui volevo essere. Ma quando non sono riuscita a trovare un lavoro presso una grande casa editrice dopo la laurea, perché erano tutte in crisi e si stavano ristrutturando, sono rimasta in libreria, mentre mi dicevo che stavo solo aspettando l'occasione giusta per avviare la mia vera carriera.

Le settimane si sono trasformate in mesi, poi in anni, ed eccomi qui, ancora in attesa degli eventi.

Il disgusto per me stessa è un grosso nodo nella gola, mentre affronto un altro fatto spiacevole: Kendall ha ragione anche sul mio lavoro di editor freelance. L'ho preso sottogamba, trattandolo più come un hobby che come un business. Non ho nemmeno creato un sito web, pur conoscendone l'importanza in una comunità di libri in gran parte online.

Non c'è da meravigliarsi che stia annegando nei prestiti studenteschi e che mi preoccupi per ogni pasto fuori: vivo in una delle città più costose del mondo con uno stipendio da cassiera—il tutto per aggrapparmi all'idea di una carriera che come *so* non ha più senso.

"Perché non hai detto niente prima?" cerco—senza riuscirci—di non sembrare amareggiata. Essere costretti ad affrontare la realtà è dura. "Se hai visto che ero un'idiota, perché non hai detto niente prima?"

L'espressione di Kendall diventa cupa. "Perché non pensavo fossi pronta per ascoltarlo—e perché non volevo che reagissi nel modo in cui stai reagendo ora. So che hai i tuoi motivi per desiderare il conforto della famiglia, e non è che stessi facendo qualcosa di pericoloso o autodistruttivo. Semplicemente ti abbandoni alla routine, che è qualcosa che so che puoi correggere, se decidi di farlo. Inoltre, ti voglio egoisticamente qui, non in Florida od ovunque potresti trasferirti, se avessi un'attività di editing a tempo pieno che potresti svolgere da qualsiasi luogo."

"Kendall..." Non so se voglio schiaffeggiarla o abbracciarla, così decido di non fare niente. Invece, prendo la mia tazza di caffè e provo a gestire i vorticosi pensieri, mentre trangugio il liquido bollente. Aggrappandomi all'unica incoerenza nella sua ramanzina, chiedo: "Se la pensi così, perché stai cercando di allontanarmi da Marcus? Non è un passo nella giusta direzione? Qualcosa di diverso... qualcosa di rischioso?"

"Sì, certo che lo è, ed è per questo che sono così orgogliosa di te." L'espressione tesa di Kendall si attenua, mentre un ghigno giocoso s'insinua agli angoli delle sue labbra. "Ti stai avventurando fuori dalla tua zona comfort, e non potrei esserne più felice. Solo che non voglio che ti getti in qualcosa alla cieca e ti faccia male, mentre muovi i tuoi primi piccoli passi. Sai, non tutti i ragazzi sono innocui come quelli che amano gli animali domestici."

Metto giù la tazza. "Ovviamente. Lo so." *Innocuo* non è sicuramente il modo in cui descriverei Marcus. Sforzandomi di sorridere, dico: "Starò attenta, lo prometto. Lo interrogherò su tutto e mi assicurerò che non ci sia una moglie in agguato tra i cespugli. Anzi, lo tempesterò di così tante domande che non ne potrà più."

La mia amica mi guarda con occhi da gufo, e la guardo a mia volta. Nell'istante successivo, ridiamo entrambe in modo incontrollabile, e la tensione tra noi si dissolve senza lasciare traccia.

DOPO ESSERE TORNATA A CASA, MI FACCIO LA DOCCIA, MI rado le gambe e faccio asciugare i capelli all'aria per assicurarmi che i ricci non diventino troppo crespi.

Poi, trascorro un'ora provando e scartando vari abiti. Alla fine mi accontento di un paio di jeans, del mio nuovo paio di stivali con i tacchi alti (vecchi solo di un paio di stagioni e ancora abbastanza alla moda), e della mia camicetta più sexy con un maglione che la avvolge. Aggiungo anche un po' di gioielli e un intero strato di trucco, incluso il fondotinta—che tolgo immediatamente, perché mi fa sembrare un pagliaccio. Concludo con un po' di mascara per scurire le ciglia ramate, una leggera spolverata di cipria per rendere meno visibili le lentiggini e una semplice applicazione di lucidalabbra—il mio solito look da primo appuntamento.

In realtà, tutto ciò che riguarda il mio aspetto stasera è il mio solito, anche se ho impiegato il doppio del tempo adoperato per preparare l'appuntamento con Mark. Non so cosa speravo di ottenere con tutta la mia preparazione, ma dopo aver finito, sembro la solita me, forse solo leggermente più ordinata. Non sono una di quelle ragazze che hanno le capacità di trasformarsi con poche applicazioni di make-up; ogni volta che ci provo, mi ritrovo con un aspetto da clown, come prima. Normalmente, non mi dà fastidio, ma stasera vorrei sapere come sfumare e contornare, come rendere i miei occhi enormi e gli zigomi più prominenti.

Stasera, voglio essere carina per lui.

Smetti di essere patetica, Emma. Smettila e basta.

Pur ripetendomi questo, so che è inutile. L'adrenalina che mi ha impedito di dormire la notte scorsa non è affatto svanita, con il mix di eccitazione e attesa nervosa che mi rendono incapace di stare ferma per più di un minuto. Devo correggere una breve storia per un cliente, ma ogni volta che mi siedo e cerco di concentrarmi su di essa, le parole danzano sulla pagina, e tutto ciò che vedo sono i suoi freddi occhi azzurri che mi fissano.

Fantastico, semplicemente fantastico. Ecco perché avrei dovuto dire di no. Forse Kendall ha ragione, e tendo a cercare ragazzi sicuri, ma è così che mi piace. Questa sensazione di instabilità, di insicurezza—questo disperato desiderio di compiacere un uomo—non mi diverte. Al college, quando tutte le mie amiche impazzivano per atleti e cattivi ragazzi, frequentavo ragazzi simpatici e tranquilli—come Jim, il mio ultimo ragazzo serio. Con lui, non ho mai dovuto preoccuparmi dei vestiti; gli piacevo sia con il pigiama e le pantofole che con le gonne e i tacchi alti. In realtà, spesso non riusciva a distinguere tra i due; per lui, una ragazza era una ragazza, a prescindere da ciò che indossava. Alla fine, ci siamo lasciati perché era diventato troppo appiccicoso, pretendendo il mio tempo e la mia energia in modo estenuante, ma fino ad allora uscire con lui era stato come frequentare una delle mie amiche: facile e comodo.

Fissandomi allo specchio, scorgo una vampata rosa sulle guance e un bagliore luminoso negli occhi grigi. Questa cena con Marcus non sarà facile e comoda, lo so.

Inoltre, non sarà economica. Il ristorante che ha

scelto è al limite massimo del mio budget, quindi risparmierò sui generi alimentari per il resto della settimana. Avrei dovuto insistere per andare da Papa Mario, ma temevo che Marcus lo odiasse, così ho ceduto—cosa che non avrei fatto con Jim o con qualsiasi altro ragazzo con cui sono uscita.

Per un momento, mi chiedo se sia troppo tardi per tirarmi indietro, ma poi mi rimprovero per essere una tale codarda. Posso sopravvivere a una cena con un uomo che mi fa sentire così. Se ciò che dice Kendall è vero, in realtà dovrebbe essere positivo uscire dalla mia zona comfort e tutto il resto. Inoltre, non ne verrà fuori qualcosa a lungo termine. Qualunque siano state le ragioni di Marcus per avermi chiesto di uscire, sono certa che capirà subito che abbiamo ben poco in comune, e la cosa finirà qui.

Posso sopportare un appuntamento con Mr. Hedge Fund.

In realtà, non vedo l'ora.

arcus

SONO ALLA PORTA DI EMMA ALLE 18:45, NONOSTANTE IL solito traffico dell'ora di punta. Il mio autista, Wilson, è davvero straordinario. Attraverso una strana combinazione di app di guida e istinto, riesce sempre a farmi arrivare in tempo—una cosa quasi impossibile a New York.

Respirando per calmarmi, suono il campanello. L'ansia mi attraversa, mentre sento un forte miagolio, seguito da passi leggeri e rapidi.

"Smettila, Puffs." La voce irritata della ragazza è attutita dalla porta. "Andiamo, malvagia creatura. Sciò!"

Un secondo dopo, la porta si apre, e la vedo in piedi lì, arrossata e un po' in disordine. Immediatamente, il calore si diffonde dentro di me, concentrandosi nell'inguine, mentre delle immagini del suo aspetto dopo averla scopata mi passano per la mente.

Concentrati, Marcus. Respira profondamente.

È evidente che ha tentato di domare i suoi ricci rossi, ma uno più testardo sta già sporgendo lateralmente, e il logoro cappotto beige è sbilenco e coperto da peli di gatto bianco—la cui fonte devono essere i tre gatti nel corridoio dietro di lei. Uno si sta leccando con calma la zampa, l'altro sta agitando la coda, e il terzo—uno gigante—mi sta lanciando quella che posso solo interpretare come un'occhiataccia. Nel momento successivo, il gatto sfreccia verso di me, ed Emma si china per catturarlo.

"Ciao" dice senza fiato, raddrizzandosi con il gatto che si dimena stretto contro il suo petto. "Scusa. Mr. Puffs è geloso, quando entrano degli uomini."

"Davvero?" La mia voce è tesa. Con mio grande stupore, capisco esattamente come si sente la soffice creatura bianca, perché il pensiero di uomini che si avvicinano all'appartamento di Emma mi fa venire voglia di strangolare qualcuno. Inghiottendo l'irrazionale ondata di gelosia, mi sforzo di alleggerire il tono. "Possessivo, eh?"

"Oh, sì. Da morire." Soffia su un altro riccio ribelle per toglierselo dagli occhi. "Aspetta, fammi prendere la borsa." Sforzandosi di tenere il gatto con un braccio, raggiunge la borsa marrone con cui l'ho già vista, e l'aiuto staccandola dal gancio vicino alla porta.

"Grazie" dice, chinandosi di nuovo per mettere il gatto sul pavimento. Lui cerca di correre di nuovo verso di me, ma lei lo blocca abilmente con le gambe, mi strappa la borsa dalla mano e dice: "Andiamo."

Esco, grato di essere fuori dal corridoio infestato dai gatti. Da piccolo, mi piacevano i cani e i gatti, ma gli animali domestici non sono più la mia passione. Non mi piace l'idea di prendermi cura di loro; inoltre, c'è tutto l'aspetto disordinato e antigienico di avere animali in casa.

Non è un tuo problema, ricordo a me stesso, mentre Emma riesce a uscire senza i gatti e si gira per chiudere la porta. Se la stessi davvero prendendo in considerazione per una relazione, questo sarebbe un ostacolo, ma non lo sto facendo.

Sono qui per soddisfare questa strana brama e togliermela dalla testa.

Dopo aver finito con la porta, la ragazza si gira per guardarmi in faccia e mi fa un sorriso imbarazzato. "Mi dispiace. I miei gatti possono essere un po' ingestibili."

"Nessun problema." Le offro educatamente il braccio e mi si stringe lo stomaco, quando la sua piccola mano scivola nell'incavo del mio gomito. È minuscola accanto a me, con la parte superiore della testa che mi arriva appena alla spalla, ma non c'è nulla di infantile nell'ondeggiare sensuale dei suoi fianchi, mentre la conduco verso la macchina.

Emma Walsh non sarà il mio tipo, ma la desidero troppo perché quello sia un problema.

Emma

MARCUS MI CONDUCE A UN'ELEGANTE MACCHINA NERA parcheggiata lungo il marciapiede e mi apre la portiera. Salgo sul sedile posteriore, con il volto accaldato nonostante il freddo vento di novembre, mentre si siede accanto a me. L'auto è grande e spaziosa, ma con l'uomo lì, sembra soffocantemente piccola. Non è solo per la sua stazza; è ogni cosa di lui. Occupa spazio in un modo che va oltre il fisico, comandando l'aria stessa che lo circonda.

Accanto a lui, mi sento come un asteroide intrappolato nell'orbita di Giove—piccolo e impossibilitato a sfuggire all'enorme attrazione del pianeta.

"Al ristorante, per favore, Wilson" dice Marcus

all'autista, e vedo l'uomo annuire nello specchietto retrovisore, mentre il veicolo inizia a muoversi. Il fatto che Marcus conosca il suo nome mi spinge a chiedere se abbia noleggiato l'auto per la sera o se Wilson sia il suo autista personale o aziendale. Le persone hanno degli autisti personali al giorno d'oggi?

Prima che io possa domandarlo, Marcus sposta l'attenzione su di me. "Allora, Emma" dice, con la sua voce profonda, che suscita di nuovo quel qualcosa in me. "Parlami di te."

"Che cosa ti piacerebbe sapere?" chiedo, sperando di sembrare una donna sicura di sé invece della nervosa dodicenne che sembra essersi impossessata del mio corpo. Ho l'inquietante sensazione di essere a un colloquio—un'impressione accentuata dal fatto che Marcus indossi un completo e una cravatta sotto il cappotto invernale sbottonato. So che probabilmente è appena arrivato dal lavoro, e che il fatto che indossi un completo non significa che io sono orribilmente malvestita, ma mi sento così: imbarazzata, insicura e fuori posto.

Smettila, Emma. È solo un ragazzo. Sexy e intimidatorio, ma pur sempre un ragazzo.

"È da tanto che vivi a Brooklyn?" chiede, con gli occhi chiari oscurati nell'interno buio della macchina.

"Da tutta la vita" rispondo, cercando di tirare fuori un tono indifferente. "Nata e cresciuta. E tu?"

"Sono nato a Staten Island" afferma. "Quindi, sono newyorkese come te."

"Oh. Hai origini italiane, per caso?" Questo potrebbe spiegare la sua carnagione olivastra.

"Da parte di mia madre." Le sue parole sono brusche, come se avessi toccato un tasto dolente.

"Io sono principalmente irlandese" replico, sperando di appianare qualunque errore abbia commesso.

"Lo immaginavo." La sua risposta è ironica, e mentre l'auto si ferma a un semaforo, scorgo un accenno di sorriso sul suo viso.

Istintivamente, mi tocco i capelli. "È abbastanza evidente, eh?"

"È stata solo una supposizione fortunata" replica, e io gli sorrido, con un po' del mio nervosismo che diminuisce.

Continuiamo a conversare per i quindici minuti che restano del tragitto, e scopro che vive a Tribeca, mentre il suo ufficio è a Midtown. Non sono sorpresa; se c'è qualcuno in grado di permettersi di vivere e lavorare a Manhattan, quella persona sarebbe un gestore di hedge fund. La mia conoscenza degli indici salariali di Wall Street è minima, ma sono abbastanza sicura che quei tipi abbiano un bel gruzzolo.

"Come si chiama il tuo fondo?" chiedo, ricordando la domanda di Kendall, mentre l'auto si ferma di fronte a un piccolo ristorante dall'aspetto accogliente. La mia amica senza dubbio m'interrogherà su questo, quindi farò meglio a raccogliere tutti i dati.

"Carelli Capital Management" risponde Marcus, mentre apre la portiera e scende, per poi tenerla aperta per me. Mentre scendo, mi stringe delicatamente il gomito, assicurandosi che non inciampi, e il calore m'inonda di nuovo le guance. Nonostante la spessa lana del cappotto invernale, sento la forza trattenuta nella sua presa, la potenza che potrebbe essere devastante, se rilasciata.

Non mi lascia andare il braccio, quando sono fuori dalla macchina, e il cuore mi batte forte, mentre lo guardo. I lampioni gli illuminano la bocca e la mascella dura, lasciando gli occhi nell'ombra, e per un breve momento, mi sento come un animaletto finito nella trappola di un cacciatore. Qualcosa di caldo ed elettrico s'insinua tra noi, un momento carico di tensione—poi mi libera il braccio e si gira, offrendomi il gomito.

"Andiamo?" Il suo tono è calmo, come se non fosse affatto turbato da ciò che è appena successo tra noi, ma vedo la sua mascella flettersi, e capisco che l'ha sentito anche lui.

Ho la bocca asciutta, mentre faccio scivolare la mano nell'incavo del suo gomito, cercando di non pensare a quanto sia forte e solido il suo braccio. È come aggrapparsi a un tronco d'albero curvo—anche se è coperto da una costosa lana di cashmere.

"Vieni spesso in questo ristorante?" chiedo, cercando di non ansimare, mentre camminiamo verso il ristorante. Le gambe di Marcus sono così lunghe che devo fare due passi per ciascuno dei suoi, e lo sforzo, combinato con il calore che mi martella sotto la pelle, mi fa sentire come se avessi appena corso tre rampe di scale.

"Sono stato qui un paio di volte" risponde, aprendo la porta per me. Entro e inalo l'aroma ricco e saporito di basilico, aglio soffritto e impasto appena sfornato. Il profumo è come quello di Papa Mario, ma l'atmosfera è infinitamente migliore. Il ristorante è piccolo, ma pulito e accogliente, con circa una dozzina di tavoli coperti da tovaglie di lino bianche sotto dei vasi con fiori veri. Anche se è giovedì sera, ogni tavolo è occupato tranne quello nell'angolo più lontano.

Questa cena potrebbe valere tutto il mio budget.

Sbottonandomi il cappotto, gli sorrido. "Sembra un posto molto carino. Grazie per averlo suggerito."

"Il piacere è tutto mio. Ecco, lascia che ti prenda il cappotto." Lo raggiunge, e non ho altra scelta che lasciarmi aiutare. Le sue dita mi sfiorano le spalle e, nonostante il maglione, un fremito di calore s'irradia dal punto in cui mi ha toccata.

Cavolo, se mai mettesse le mani sulla mia pelle nuda... Il solo pensiero mi fa stringere le viscere.

Un uomo basso e con i capelli scuri dell'età indeterminabile si avvicina a noi. "Signor Carelli, benvenuto." Il suo accento italiano è forte, e i suoi occhi scuri brillano intensamente sul viso magro. "Prego, mi segua."

Ci conduce al tavolo all'angolo. Mentre camminiamo, Marcus mi mette la mano sulla schiena, e io respiro, sbalordita dal gesto inaspettatamente possessivo. Il mio cuore batte più forte, e il caldo fremito si diffonde in tutto il corpo, centrandosi in basso, nel mio intimo. Il tocco di Marcus è leggero, affettuoso, ma non posso confondere l'intento puramente maschile dietro di esso. Mi sta rivendicando, annunciando agli altri clienti del ristorante che, almeno per questa sera, appartengo a lui.

È qualcosa che un uomo potrebbe fare con una donna con cui ha fatto sesso—o con cui intende fare sesso molto presto.

Smettila, Emma. Sta solo facendo il gentiluomo. Pur ripetendomi questo, il mio battito aumenta ulteriormente, e le immagini del sogno erotico riaffiorano in tutta la loro gloria.

"Tutto bene?" chiede, guardandomi, e mi rendo conto che il viso in fiamme deve riflettere i miei capelli.

"Sì, certo" rispondo, cercando di ignorare la sensazione del suo grande palmo appoggiato sulla mia schiena. "Ho solo un po' fame, tutto qui."

"Allora, mangiamo" replica, lasciando cadere la mano, mentre il cameriere tira fuori una sedia per me. Marcus si avvia verso il suo posto e io mi siedo, grata per la tregua dalla sua devastante vicinanza.

"Che cosa vi porto da bere?" chiede il cameriere, incombendo sul nostro tavolo.

"Solo acqua naturale per me, per favore" dico.

"Lo stesso per me" replica Marcus senza perdere un colpo.

Sorrido, contenta che non abbia provato a farmi optare per una bevanda alcolica. Ad alcuni uomini piace farlo, come se una donna che beve acqua naturale offendesse in qualche modo la loro virilità. Non sono estranea all'alcol—al college mi sono ubriacata fino a vomitare più di una volta—ma il gusto del vino e della birra non mi piace abbastanza da indurmi a consumarne a ogni pasto.

Prendendo il menu, lo studio attentamente. L'unica cosa che sembra rientrare nella mia fascia di prezzo è l'antipasto di pizza, quindi questo facilita la mia scelta. Sollevo lo sguardo e studio Marcus, che mi sta osservando con una strana intensità.

"Che cosa c'è?" chiedo, sentendomi a disagio.

"Niente." Un angolo della sua bocca si piega. "Sei molto carina, quando ti concentri."

Il calore insidioso mi sboccia di nuovo nelle guance. "Uhm, grazie." Le parole escono in un borbottio imbarazzato. Schiarendomi la gola, chiedo con tono più deciso: "Che cosa prendi?"

"Stavo pensando ai calamari come antipasto e al risotto al nero di seppia come primo. Puoi condividere uno o entrambi con me" dice, chiudendo il suo menu. "E tu? C'è qualcosa in particolare che ti attira? Se vuoi, posso consigliarti un paio di piatti, a seconda di cosa desideri."

"Oh, no, sto bene così, grazie. Prenderò l'antipasto di pizza."

Sorride. "Ottima scelta. È fantastico qui. E per primo?"

"Non ho *molta* fame, quindi l'antipasto andrà bene." Non è una bugia, perché ho mangiato un panino al burro di arachidi, prima di uscire di casa. È il mio modo per assicurarmi di non farmi salire il nervosismo da fame, mentre aspetto che arrivi il cibo, e per non sprecare il mio budget mensile destinato al cibo in un pasto.

"Sei sicura?"

Sta aggrottando le sopracciglia, così gli rivolgo il mio miglior sorriso. "Sì. L'antipasto di pizza è sufficiente per me."

"Va bene, se è quello che vuoi."

Fa cenno al cameriere di venire, e ordiniamo il nostro cibo. Poi, lui se ne va, e siamo solo noi due al tavolo all'angolo semi-privato. Ci guardiamo e provo di nuovo quella tensione elettrica, che cresce e si espande, fino a quando non ci avvolge in uno strano tipo di bolla. Siamo in un ristorante affollato, ma è come se fossimo completamente soli. Sono consapevole della sua presenza a un livello che mi spaventa; ogni movimento delle sue mani, ogni respiro che gli espande il petto—lo sento così completamente che è come se fossimo uniti da una corda invisibile. Nel disperato tentativo di spezzare l'incantesimo, dico: "Allora, Marcus—"

"Allora, Emma—" inizia a dire nello stesso momento, ed entrambi scoppiamo a ridere, con la bolla di tensione che scoppia come un pallone troppo gonfio.

"Prima tu" dice, sorridendo, e io quasi mi sciolgo in una pozzanghera sul sedile. Ha il miglior sorriso, con i denti bianchi e forti e le scanalature sexy nelle guance magre. Gli addolciscono i lineamenti duri e scaldano i freddi occhi azzurri, trasformando il suo bell'aspetto intimidatorio in uno assolutamente sexy. Non è nemmeno un'esagerazione, perché in realtà sento le mutande bagnarsi. Se avessi il mio vibratore in questo momento, impiegherei meno di due minuti a venire. Forse tre al massimo.

Accidenti, Emma, riprenditi.

Combattendo un rossore che minaccia di colorarmi di nuovo la faccia, dico: "Stavo solo per chiederti se alla fine hai incontrato Emmeline. Sai, la donna che dovevi conoscere quella sera."

Il suo sorriso svanisce. "L'ho fatto, sì."

"Davvero?" Il mio petto si stringe per qualche motivo. "E cos'è successo?"

Scrolla le spalle. "Abbiamo cenato. E tu? Hai mai incontrato Mark?"

"No, non l'ho mai visto" rispondo, con la tensione nel petto che s'intensifica, mentre ricordo l'avvertimento di Kendall. "Penso che si sia arrabbiato per quello che è successo, perché non ha mai risposto alla mia e-mail di scuse."

"Capisco." Marcus beve un sorso d'acqua. Il suo sguardo è imperscrutabile, mentre mi studia dal bordo del bicchiere. "Sei delusa da questo? Chi era questo Mark, a proposito?"

"Solo un ragazzo trovato su un'app di appuntamenti" rispondo. Marcus sta chiaramente cercando di concentrarsi su di me, ma con le parole della mia amica che mi risuonano nelle orecchie, non mi scoraggia così facilmente. "Che mi dici di questa tua

Emmeline?" chiedo, mantenendo un tono indifferente. "Chi era e com'è andata la cena?"

"Anche lei proveniva da qualcosa come un'app di appuntamenti" spiega, appoggiandosi allo schienale della sedia. Il suo viso è inespressivo e questo, combinato con la sua mancanza di risposta alla mia seconda domanda, mi rende ancora più curiosa sull'argomento.

"Che cosa intendi dire con 'qualcosa come un'app di appuntamenti'?" Stavo solo scherzando con Kendall sul fatto di mettere Marcus sulla graticola, ma un istinto mi spinge a insistere.

"Un'organizzatrice di incontri" dice senza mezzi termini.

Mi strozzo su un sorso d'acqua, farfugliando. "Che cosa?"

"Un'organizzatrice di incontri" ripete, con gli occhi azzurri di nuovo gelidi. "Non è così diversa da un sito di incontri o un'app, solo più personalizzata ed esclusiva."

"Giusto." Deglutisco altra acqua per nascondere il mio shock. Non avevo davvero riflettuto sul perché lui avrebbe dovuto incontrare una donna che non conosceva. Avevo solo supposto che un amico gli avesse fissato un appuntamento al buio o che avesse un profilo su un'app di appuntamenti, come me. Molte persone ce l'hanno adesso; i siti di incontri non sono più solo per gli sfigati. Un'organizzatrice di incontri, tuttavia, è una questione diversa.

Un'organizzatrice di incontri implica che vuole qualcosa di serio—e forse abbastanza particolare.

"Stai, uhm..." Cazzo, come posso dirlo senza farlo irritare? "Stai cercando di sposarti o qualcosa del genere?"

"Certo." La sua espressione si raffredda ulteriormente. "Non è la definizione stessa del servizio fornito da un'organizzatrice di incontri?"

"Beh, sì..." So di sembrare un'idiota, ma non posso farci niente. Non ho mai conosciuto un maschio della specie che cercasse una relazione con l'obiettivo del matrimonio. Da quello che ho visto, se un ragazzo si propone, o è perché vuole far felice la sua ragazza o perché ha trovato la persona giusta e si rende conto che è il passo logico successivo. Sono sicura che ci siano uomini che vogliono il matrimonio per amore del matrimonio, ma non avevo mai conosciuto una tale creatura personalmente. Perfino il mio ex super appiccicoso al college non pensava molto all'istituzione; voleva solo che fossimo sempre insieme. Certo, la mia esperienza è con ragazzi adolescenti e ventenni. Marcus ha trentacinque anni—un uomo nel fiore degli anni, non un ragazzo che sta ancora cercando di trovare se stesso.

Prima che riesca a trovare qualcosa di intelligente da dire, il cameriere ci porta gli antipasti. Posiziona sia la pizza che i calamari al centro del tavolo, probabilmente supponendo che li condivideremo. Mi viene l'acquolina in bocca al profumo delizioso. Aspetto impazientemente che il cameriere se ne vada, quindi afferro una fetta di pizza, quasi bruciandomi le dita.

"E così, hai fame, dopotutto" osserva Marcus, infilzando un anello di calamari con la forchetta.

"Di pizza? Sempre." Mordo la fetta e chiudo gli occhi, quasi gemendo forte, mentre il gusto del formaggio fuso e della salsa di pomodoro perfettamente condita mi riempie la bocca. Deglutendo il boccone, apro gli occhi per leccarmi la goccia di salsa sulle dita—e mi fermo davanti allo sguardo affamato sul viso di Marcus.

"Vuoi una fetta?" chiedo, rendendomi conto che mi sto comportando in modo scortese tenendo tutta la pizza per me. È piccola, ma ciò non significa che non la possa condividere. L'uomo mi sta guardando mangiare così intensamente che è come se volesse divorare me invece della pizza.

"No, grazie." La sua voce è leggermente rauca, mentre allunga la mano verso il suo bicchiere d'acqua. "Sei la benvenuta con i calamari, però."

"Sto bene, grazie." Mordo di nuovo la pizza. Il sapore è orgasmico come prima, ma questa volta riesco a tenere gli occhi aperti—e vedo la sua mascella stringersi, mentre mi osserva masticare e ingoiare.

Non sta mangiando; mi sta solo fissando, e questo mi mette decisamente a disagio.

"Sei sicuro di non volerne un po'?" chiedo, dopo aver ingoiato il terzo boccone. "Sono felice di condividere, dico davvero."

"No, sto bene. Goditi il pasto." Prende di nuovo la

forchetta e inizia a mangiare i calamari. Decido che ricambiare sia un gioco onesto, così lo osservo apertamente, mentre consuma il suo cibo. È incredibile, ma in qualche modo fa sembrare virile anche il banale atto del mangiare. I muscoli della sua mascella si flettono, mentre mastica, e la gola si muove a ogni deglutizione, attirando la mia attenzione sulla forte colonna del suo collo. Non ho mai considerato il mangiare un atto sessuale, ma con lui mi ritrovo ipnotizzata dal modo in cui porta ogni anello di calamari nella bocca e lo tritura con denti bianchi e dritti. Il mio respiro accelera, e l'umidità nella biancheria intima s'intensifica, mentre immagino la sua bocca impegnata in altre attività molto più sporche.

Per distrarmi dal bizzarro bisogno di leccargli una briciola di pane dal labbro, mi concentro per divorare la mia pizza. Quando rimane solo la crosta, sollevo lo sguardo.

"Non mi hai mai raccontato com'è andata la tua cena con Emmeline" dico. "La tua organizzatrice di incontri ha fatto un buon lavoro?"

Spinge giù forchetta e finisce i calamari. "Sì" risponde, tamponando le labbra con un tovagliolo.

"E?" chiedo, quando non approfondisce.

"E niente." Il suo viso è inespressivo. "Emmeline soddisfa determinati criteri che ho, tutto qui."

Tutto qui? La pizza nel mio stomaco si trasforma in un mattone. "Se è così perfetta, allora perché—"

"Ecco qui. Il risotto al nero di seppia" annuncia il cameriere, mettendo il piatto al centro del tavolo con un ampio gesto, mentre un aiuto cameriere porta via i resti degli antipasti. Chiudo le labbra, sforzandomi di rimanere in silenzio, mentre il cameriere mette i piatti puliti davanti a ciascuno di noi.

Appena se n'è andato, apro la bocca per continuare con le mie domande, ma Marcus mi sorprende allungandosi sul tavolo e coprendomi la mano con la sua. Il suo palmo è asciutto e caldo, e così grande che mi sento avvolta dal calore. Il respiro mi si blocca nella gola e il battito del cuore sale alle stelle, mentre si china in avanti, con gli occhi azzurri fissi sul mio viso.

"Emma, ascoltami" dice con calma. "Emmeline non ha nulla a che fare con questo. L'ho incontrata solo una volta, e non ci sono impegni di alcun tipo tra di noi. Come avrai intuito, sono attratto da te—*molto* attratto —e se non sbaglio, nemmeno tu sei completamente indifferente nei miei confronti." Il suo pollice mi sfiora il polso, che martella selvaggiamente, confermando le sue parole. Deve sentirlo, perché i suoi occhi si scuriscono e la voce si fa più profonda, diventando bassa e seducente, mentre mormora: "Perché non ci godiamo questo pasto e vediamo dove vanno le cose?"

Deglutisco duramente. Non so cosa dire o cosa pensare. Una parte di me è stranamente ferita dal fatto che quest'altra donna soddisfi alcuni dei suoi criteri prestabiliti, ma anche quello che sta dicendo ha senso. Una cena non la rende la sua ragazza, non più di quanto dia a *me* alcun diritto su di lui. Semmai, la sincerità è un punto a suo favore; avrebbe potuto mentire sull'incontro con Emmeline, e io non avrei mai scoperto la verità. Allo stesso tempo, sono consapevole che non sto riflettendo lucidamente, che il suo tocco mi sta riscaldando dall'interno e sta trasformando il mio cervello in poltiglia.

"Io, uhm..." Allontanando la mano, cerco di ritrovare la calma. "Penso che dovresti mangiare il tuo risotto. Probabilmente si sta raffreddando."

Mi guarda ironicamente, e ho la sensazione che sappia esattamente quale effetto mi fa. "Certo, il risotto. Non vogliamo che si raffreddi" dice, e faccio un respiro sollevato, mentre raggiunge il piatto.

Affondando il cucchiaio nel risotto, prende il mio piatto.

"Oh, no, sto bene, grazie." Sposto il piatto fuori dalla sua portata. "È tutto tuo."

"Non vuoi nemmeno assaggiarlo?"

"Sono davvero sazia, grazie." È una bugia; ho di nuovo l'acquolina in bocca davanti ai frutti di mare dall'aspetto succulento nel risotto, ma non voglio confondere le acque, quando arriverà il momento di pagare il conto. "È tutto tuo."

Dopo un momento di esitazione, mette il risotto nel suo piatto e scava con evidente piacere. "Non sei una fan dei frutti di mare?" chiede dopo il primo boccone, e io scrollo le spalle in risposta. Li adoro, ma se lo ammettessi, il mio rifiuto di provare il suo piatto lo confonderebbe ancora di più.

"Penso che siano buoni" ribatto, quando solleva le sopracciglia, spingendomi silenziosamente a elaborare. "Sono abbastanza aperta a tutti gli alimenti, in realtà."

"Ah, un'onnivora. Mi piace." Sorride, mostrando quelle scanalature sexy sulle guance, e provo di nuovo quell'attrazione magnetica. Non è giusto che i ragazzi più belli siano spesso quelli non disponibili, o perché sono degli stronzi o perché sono gay. Marcus sicuramente non appartiene alla seconda categoria, ma sono ancora indecisa sulla prima.

"Allora" dico, appoggiandomi allo schienale della sedia per frapporre un po' di distanza tra noi. "Quali sono i tuoi criteri? Hai una lista con tutte le qualità che vorresti nella tua futura moglie?"

Solleva le sopracciglia. "Non ce l'hanno tutti? Non vorresti che il tuo futuro coniuge fosse in un certo modo? Qualche qualità che vorresti lui avesse?"

"Credo di sì" rispondo dopo averci riflettuto per un momento. "Sicuramente vorrei che fosse gentile e rispettoso con gli animali... specialmente con i gatti. Vorrei che amasse i gatti."

"Tutto qui? Solo gentile e amante degli animali?"

"Beh, sarebbe bello se condividesse anche alcuni dei miei interessi. Più cose abbiamo in comune, maggiori sono le probabilità che funzionerebbe nel lungo termine."

Marcus mi guarda con un sorriso curioso. "Non credi nell'attrazione degli opposti?"

"No—non in modo sostenibile, almeno" replico, mentre si allunga per raccogliere altro risotto. "Penso che due persone incompatibili possano essere fisicamente attratte l'una dall'altra, ma per costruire una relazione duratura c'è bisogno di una base più solida. Devono esserci credenze e valori, obiettivi e interessi condivisi... Se non ci sono, la relazione sarebbe come un fiammifero: fragile e destinato a spegnersi presto."

Il suo sorriso svanisce, con l'espressione che diventa insolitamente seria. "Hai ragione. Non potrei essere più d'accordo." Beve un sorso d'acqua, prima di scavare di nuovo nel cibo, e osservo stupita, mentre consuma una porzione considerevole del risotto a tempo di record.

"Allora, non mi hai detto quali sono i tuoi criteri" dico, quando il suo piatto è quasi vuoto. "Sono altezza, peso, colore degli occhi... livello di istruzione?"

Mette giù la forchetta, fissandomi. "L'istruzione è decisamente importante per me. Lo stesso vale per l'intelligenza, l'educazione e una certa ambizione. Ovviamente, voglio essere attratto da lei, ma sto anche cercando una donna che sia una risorsa per le funzioni sociali, qualcuna che si trovi a proprio agio nell'interagire con i miei investitori esistenti e potenziali e a cui non dispiacerebbe farlo. E soprattutto, voglio una moglie che capisca che una carriera di successo richiede sacrifici, che devi lavorare sodo per andare da qualche parte nella vita."

Lo guardo affascinata. La sua schiettezza è sia entusiasmante che scoraggiante. Quella che sta descrivendo sembra più una partner commerciale che un interesse amoroso. Per qualche ragione, immagino la moglie di *House of Cards* (*Gli Intrighi del Potere*)—la bella ed elegante Claire, che è la metà femminile dell'intrigante e potente coppia in quella serie di

Netflix. Marcus non è un politico, ma i suoi requisiti sembrano simili. Non so a quale tipo di eventi partecipi, ma il fatto che vi si riferisca come "funzioni sociali" implica che non sono barbecue nel cortile di Brooklyn.

"E per quanto riguarda la sua personalità e i suoi interessi?" chiedo, scacciando lo sgomento. Non so perché mi senta delusa dalle sue rivelazioni; non è che non sapessi che siamo completamente diversi. Quando mi ha chiesto di uscire, sapevo che la cena sarebbe stata un avvenimento unico, e non dovrebbe darmi fastidio sapere che desideri una donna che è il mio opposto. Non sono più socialmente ansiosa come lo ero da adolescente, ma sono introversa al punto tale che un incontro tranquillo con gli amici può stancarmi. Il solo pensiero di un grande evento formale mi fa venire voglia di chiudermi in casa, e non saprei come iniziare a fare conversazione con quegli investitori.

Posso parlare con gli sconosciuti dei libri, ma questo è tutto.

"Personalità e interessi?" Marcus sembra rifletterci, mentre il cameriere porta via i piatti e mette un menu con i dessert davanti a ciascuno di noi. "Sì, ovviamente sono importanti anche quelli. Vorrei che fosse equilibrata e ragionevole, non una testa calda. Anche sincera. La sincerità e la lealtà sono molto importanti per me."

"Anche per me" dico annuendo. "Penso che la fiducia sia la chiave in ogni relazione."

Sorride. "Sono contento che siamo d'accordo su questo."

"E per quanto riguarda gli interessi?" chiedo. "Che cosa ti piace fare nel tempo libero?"

"Non ne ho molto, ma mi piace collezionare cose e anche il fitness. Mi diverto a mettermi alla prova fisicamente, quindi faccio un paio di maratone e triathlon ogni anno, e pratico arti marziali quando posso."

"Oh, wow." Questo spiega la sua corporatura atletica —e conferma la mia impressione generale su di lui. Marcus è davvero il tipo di uomo che realizza più in una settimana rispetto a quanto non faccia la maggior parte della gente in una vita. "Ti alleni moltissimo."

"E tu?" mi chiede, mentre guardo il menu dei dessert, più per abitudine che per un reale interesse. "Hai qualche hobby?"

"Mi piacciono i libri" rispondo imbarazzata, sollevando la testa per incontrare il suo sguardo. Vorrei potergli dire che mi piace qualcosa di figo e sportivo, come lo sci o l'arrampicata su roccia, ma camminare è il mio esercizio preferito. L'unica volta in cui corro è quando devo prendere il treno. "Quando non edito libri, di solito li leggo" rifletto, quando continua a guardarmi. "Mi piacciono anche i programmi TV e i film. Sai, roba abbastanza normale. Oh, e i gatti. Adoro i miei gatti, ovviamente."

"Ovviamente" ripete, con un angolo della sua bocca che si solleva in un sorriso. "Anche a me piacciono i libri. Infatti—"

"Gradite un dessert?" chiede il cameriere, avvicinandosi al nostro tavolo, e io scuoto la testa.

"Sto bene così, grazie."

"Anch'io, grazie" dice Marcus al cameriere.

"Solo il conto" aggiungo, prima che si allontani.

Il cameriere annuisce e scompare, e mi giro per trovare Marcus che mi sta guardando con un'espressione accigliata.

"Hai fretta di andartene?"

"No, ma ho pensato che tu potessi averne" spiego sinceramente. "Chiaramente, non abbiamo molto in comune, e tu sei un uomo impegnato, quindi..." La mia voce si affievolisce, mentre il suo cipiglio si fa più intenso.

"Emma, ascoltami" inizia, ma prima di poter finire, il cameriere ritorna e posiziona discretamente una cartellina nera al centro del tavolo. Con una mossa praticata, la afferro e la apro, scrutando rapidamente le cifre sul conto per avere la conferma che la mia parte è effettivamente ciò che mi aspettavo.

"Che cosa stai facendo?" chiede Marcus, mentre prendo il mio portafogli e tiro fuori ventotto dollari—il costo del mio antipasto di pizza, più la mancia.

Alzo lo sguardo per trovare i suoi occhi azzurri socchiusi e la mascella serrata.

"Pago sempre la mia parte" spiego, mettendo i soldi nella cartella. "Non credo sia giusto che l'altra persona paghi per me, quando sono perfettamente in grado di pagare il mio pasto." Comincio a spostare la cartella al centro del tavolo, ma lui allunga la mano e prende la mia.

"Emma..." La sua presa sulle mie dita è delicata, ma gli occhi brillano duramente, mentre afferma in tono uniforme: "Ti ho chiesto di cenare con me, e pagherò io. Fine della storia."

Il mio respiro accelera al suo tocco, e non posso fare altro che replicare con fermezza: "Capisco la consuetudine, ma non mi sento a mio agio con questo. Preferisco pagare la mia parte."

Un muscolo pulsa nella sua mascella. "Perché? Una cena non significa che mi devi qualcosa. Non devi venire a letto con me solo perché ti sto pagando la pizza."

Il dolore tra le cosce ritorna, quando le sue parole richiamano le immagini del mio sogno. "Lo so." Le parole mi escono strozzate. Il suo palmo è caldo e forte, tenendomi la mano bloccata senza sforzo, e mi sento come se stessi bruciando per il calore dentro di me. "È solo la mia politica di appuntamenti, tutto qui."

Mi fissa, trafiggendomi con lo sguardo, e il resto del ristorante svanisce di nuovo. È come se fossimo completamente soli, con la tensione che pulsa tra noi come un filo scoperto. Mi sento catturata, completamente impotente a spezzare il suo incantesimo, mentre si china fino a quando il viso è a meno di un metro dal mio.

"Non finirà qui, gattina" dice piano. "Lo sai, vero? Non importa se pagherai la cena o meno, perché finiremo comunque nello stesso posto."

Posso sentire letteralmente le mie mutandine bagnarsi. "Q-quale posto?"

"Il mio letto." I suoi occhi si scuriscono. "O il tuo—o un letto d'albergo, se preferisci. Cavolo, non deve nemmeno essere per forza un letto. Ti scoperei sul tavolo, sul pavimento o contro un muro. Dimmi solo quando e dove, e lo farò accadere."

Il mio respiro si blocca nei polmoni. Non ho mai ricevuto una proposta così brusca, e sicuramente mai in quei termini. La maggior parte degli uomini cerca di esprimere il proprio intento in termini di romanticismo o non ne parla affatto. Certamente, il mio ex ragazzo sarebbe diventato più rosso dei miei capelli, se quelle parole gli fossero uscite dalla bocca. Probabilmente dovrei sentirmi insultata, ma sono troppo eccitata per sentirmi davvero indignata. Qualcosa nella sua rudezza impenitente intensifica il calore umido tra le mie gambe, rendendo le parti interne morbide e liquide. Voglio esattamente quello che mi sta offrendo: lui, che spinge dentro di me... sul letto, sul tavolo, sul pavimento... Anche contro il muro, sebbene non riesca a immaginarlo, vista la differenza di altezza.

È tutto sbagliato per me, e lo voglio. Lo voglio più di quanto abbia mai desiderato qualcos'altro.

"Io... devo andare." La mia voce suona soffocata, mentre strappo la mano dalla sua presa e mi alzo, quasi rovesciando la sedia nella fretta di scappare. Voltandomi, mi affretto verso il guardaroba per prendere il cappotto come la codarda che sono, con le scene evocate che turbinano nella mia mente come un film porno.

Ho quasi raggiunto il cappotto, quando una grossa mano mi supera, afferrandolo prima che possa farlo io. Alzo lo sguardo, con il battito che accelera ulteriormente, mentre incontro quei freddi occhi azzurri.

"Lascia che ti porti a casa" dice Marcus sottovoce, e lo guardo, impossibilitata a fare qualsiasi altra cosa, mentre mi avvolge l'indumento intorno alle spalle, sfiorandomi le dita calde sulla clavicola. Mi fa male il collo a forza di inarcarlo per sostenere il suo sguardo, ma non riesco a distogliere il mio da quegli occhi magnetici, non riesco a concentrarmi su altro che non sia l'oscura promessa celata lì dietro... e la mia risposta impotente.

"Non ti spingerò a fare nulla che non vuoi" mi assicura dolcemente, e io gli credo.

Inghiottendo il mio cuore nel petto, gli permetto di abbottonarmi il cappotto e condurmi fuori verso la macchina.

 arcus

EMMA È SILENZIOSA DURANTE IL BREVE TRAGITTO VERSO casa sua, con lo sguardo concentrato sulle strade fuori dal finestrino e il culetto succulento posizionato il più lontano possibile da me, per quanto permette la larghezza della macchina. La lascio stare, anche se è quasi impossibile resistere alla tentazione di toccarla, per ricordarle la chimica incandescente che ci lega. Ma resisto, perché ho promesso di non costringerla a fare qualcosa per cui non è pronta.

È già abbastanza grave che mi sia avvicinato a lei come un barbaro, con tutte le mie capacità sociali guadagnate duramente decimate da un tossico mix di lussuria e rabbia confusa.

L'ho invitata a un appuntamento, e lei ha pagato la sua parte.

Ha pagato la sua fottuta pizza.

Anche adesso, non riesco a credere che l'abbia fatto—o che gliel'abbia permesso. È solo che mi ha preso alla sprovvista, afferrando il conto così rapidamente e con così poca esitazione. Normalmente, quando una donna si offre di dividere il conto o di pagare la propria parte, viene fatto più come un gesto di cortesia, come un segno dei tempi moderni e del movimento di liberazione delle donne. È un modo che la donna usa per dimostrare che non ha *davvero* bisogno di un uomo che paghi per lei, anche se, ovviamente, segretamente è abbastanza contenta, se lui non accetta la sua offerta e paga comunque.

Almeno, le cose stavano così quando ero uno studente e non avevo un soldo in tasca. Dopo aver iniziato a guadagnare soldi veri, le offerte si sono esaurite, e quando ho guadagnato i miei primi dieci milioni, ho dimenticato cosa significasse far provare quel gioco alle donne che frequentavo. Ora danno per scontato che pagherò io, sia perché sono un uomo sia perché sono incredibilmente ricco, e non mi dispiace. È così che dovrebbe essere: se sto con una donna, mi prendo cura di lei.

Non con Emma, però. Non l'ha dato per scontato—né è sembrato un gioco con lei. Non si è offerta di pagare; semplicemente l'ha fatto, mettendo giù i suoi soldi, prima che potessi dare un'occhiata al conto. Era assolutamente seria. Non era uno scherzo; per qualche motivo, era importante per lei.

Faccio un respiro per calmarmi e cerco di distogliere lo sguardo dal suo profilo delicato. Sta ancora guardando fuori dal finestrino, con le piccole mani strette sul grembo e i ricci selvaggi e indisciplinati attorno al viso lentigginoso. Non la capisco, e non capisco la mia reazione nei suoi confronti. Vorrei allungare la mano e prenderla in braccio, metterla sul mio grembo, in modo da poter sentire la morbida curva del suo sedere formoso contro il mio inguine. Vorrei intrecciare le dita in quella selvaggia criniera di capelli e inarcarle la testa all'indietro, per poi baciarle la carnagione pallida della gola, assaggiare il battito che pulsa sotto quella pelle dall'aspetto lucido.

Come ho fatto a non realizzare prima quanto possano essere sexy le donne piccole e con le curve? Quando era lì, davanti al guardaroba, guardandomi con quegli occhi grigi spaventati, ho dovuto davvero trattenermi per non chinarmi e afferrarla. Per non sollevarla e portarla via come il delizioso piccolo premio che è. Nessun'altra donna ha mai suscitato quel bisogno in me—e certamente non Emmeline, con la sua bellezza elegante e raffinata.

Faccio un altro respiro e finalmente riesco a distogliere lo sguardo dalla ragazza. È inutile confrontare le due donne, perché quello che voglio da loro è diverso. Emma è un capriccio, un'anomalia in una vita di autodisciplina e rigida pianificazione, mentre Emmeline è ciò che ho sempre desiderato, per cui ho lavorato fin da quando ero un bambino.

Da quando ho giurato di non innamorarmi mai e poi mai di una donna come mia madre.

Non che Emma sia come lei—almeno per quanto ne so in base alla nostra breve conoscenza. Mia madre era impulsiva ed egoista, e vedo poche prove di quei tratti nella mia compagna. Né Emma è alcolizzata. A cena ha bevuto solo acqua—una scelta che approvo. Non ho nulla contro il bere moderato nelle situazioni sociali, ma non posso negare che quando vedo una donna trangugiare più di un paio di bicchieri di vino, rivivo fastidiosi flashback della mia infanzia intrisa di vodka e vomito.

Ancora oggi, non sopporto la vodka, nemmeno della varietà esclusiva.

Il mio telefono vibra nella tasca e lo tiro fuori, lanciando un'occhiata allo schermo.

Fanculo.

La mia casella di posta è piena di messaggi urgenti da parte di Jarrod Lee, il mio Responsabile degli Investimenti. Devo aver dimenticato di controllare il telefono durante la cena, perché ci sono cinque e-mail di fila. L'opportunità di investire in buoni obbligazionari comunali ad alto rischio è nelle nostre mani, e ha bisogno di sapere se dobbiamo agire, date le nostre opinioni sui tassi di interesse. Esamino rapidamente le specifiche delle obbligazioni e digito una risposta che autorizza l'investimento di 700 milioni di dollari.

I nostri analisti si aspettano che il comune effettui con successo un aumento di capitale prima della prossima riunione della Fed, il che significa che il nostro investimento dovrebbe raddoppiare il suo valore, prima che il mercato obbligazionario faccia aumentare i tassi di interesse.

Finisco con l'e-mail proprio mentre la macchina si ferma accanto al marciapiede di fronte all'appartamento di Emma. Scendendo, le apro la portiera e l'aiuto. La sua mano sfiora leggermente la mia, mentre scende dalla macchina, e non posso fare a meno di stringere le dita attorno a quel palmo, tenendolo un secondo troppo a lungo.

Il suo sguardo sorpreso si sofferma di nuovo sul mio, e sento un tremore attraversarla, mentre allontana la mano. "Marcus..." La sua voce è decisamente instabile. "Ho davvero bisogno di—"

"Certo." Le sorrido mentre l'accompagno alla porta, anche se il cavernicolo appena risvegliato dentro di me urla frustrato. "Devi andare. Lo capisco."

Annuisce, frugando nella sua borsa, mentre ci fermiamo davanti alla porta. Estraendo le chiavi, alza lo sguardo, adorabilmente rossa in volto. "Sì. I miei gatti hanno bisogno di cibo, e domani mi devo alzare presto per lavoro, e—"

"Emma." Interrompo il suo blaterare con un altro sorriso apparentemente calmo. "Non aggiungere altro. Ho promesso di non farti pressione e manterrò la promessa."

Il suo rossore s'intensifica. "Oh. Beh, grazie. Sono stata molto bene."

"Anch'io. Che cosa farai domani sera?"

Sbatte le palpebre. "Domani?"

"Venerdì" dico per aiutarla. "Sai, il giorno prima del fine settimana?"

"Oh, io—" Si ferma e si morde il labbro. "Mi vuoi vedere domani?"

"Sì." E il giorno dopo, e quello successivo, mi rendo conto con shock. Questa cena è stata troppo breve per soddisfare la mia curiosità e il suo effetto su di me. Voglio scoparla, sì, ma sono anche intrigato da lei.

Voglio capire che cosa la renda speciale, e perché è importante per me.

"Credo..." Esita, poi continua: "Credo che andrebbe bene."

"Fantastico." Devo fare appello a tutto il mio autocontrollo per nascondere la selvaggia soddisfazione. "Qualche preferenza alimentare specifica?"

"Non sono schizzinosa, ma ho una preferenza economica" replica, e io sospiro, rendendomi conto che combatteremo una nuova battaglia.

Ora non è il momento, così annuisco e dico: "Lo terrò a mente. Vengo a prenderti alle sette?"

"Va bene." Mi sorride. "Alle sette, allora. Grazie ancora."

E prima di poterle baciarle la guancia, si gira, apre la porta e scompare in un coro di miagolii indignati.

17

Emma

"MI STAI SERIAMENTE DICENDO CHE HAI UN SECONDO appuntamento con Marcus Carelli della Carelli Capital Management?" Gli occhi di Kendall sembrano quasi esplodere attraverso lo schermo del mio telefono.

"Sì, perché? Lo conosci?" Inclino leggermente il telefono e mi guardo intorno per assicurarmi che la libreria sia ancora vuota. Il mio capo è fuori per un lungo pranzo, e sebbene sarebbe stato intelligente sfruttare questo periodo di inattività per editare il racconto che stavo procrastinando, non sono riuscita a resistere alla videochiamata di Kendall sul mio appuntamento.

"Se conosco Marcus Carelli?" La sua voce si alza. "Mi stai prendendo in giro? Sei così ignara del mondo?"

"Uhm..."

"Non importa." Il suo viso cresce nella fotocamera del telefono, mentre si china in avanti. "Dovrei saperlo ormai. Se non è in un libro o non ha una coda, non esiste per te."

Sospiro. La mia amica non è altro che una regina del dramma. "Dimmelo tu e basta. Che cosa sai di Marcus? Perché lo rivedrò stasera, e—"

"Non potresti cercarlo su Google?"

"Non ne ho avuto la possibilità. Sono tornata a casa abbastanza tardi, ho dovuto dare subito da mangiare ai gatti e poi rispondere ad alcuni clienti di editing. E oggi ho avuto un turno di mattina con un sacco di consegne, quindi sto riprendendo fiato solo ora." Ho trascorso anche un po' di tempo con il mio vibratore ieri sera, sentendo il bisogno di alleviare la tensione dell'appuntamento, ma non c'è bisogno che lei lo sappia. Immagino che avrei potuto passare quel tempo a informarmi su Marcus online, ma sinceramente non mi è passato per la mente.

Non ho mai frequentato qualcuno che avesse qualcosa di interessante da farmi cercare.

Kendall alza gli occhi al cielo, assicurandosi che la telecamera riprenda il suo gesto. "Sì, okay, come vuoi. Ascolta, Miss Ignoranza." Si china fino a quando il suo naso perfettamente modellato domina lo schermo. "Chiunque abbia mai dato un'occhiata a *The Wall Street Journal* o guardato la CNBC—cioè tutti a New York, con la possibile eccezione di te e dei tuoi gatti— conosce Marcus Carelli. È una delle persone più influenti di Wall Street. Il suo fondo ha un numero folle di miliardi gestiti, e le sue indicazioni possono far salire o precipitare un titolo. Non ricordi quella storia della società di pneumatici corrotta un paio di anni fa, in cui un importante gestore di hedge fund aveva scommesso che le azioni sarebbero scese a zero—ed è andata così? Era su tutti i notiziari e hanno persino realizzato un documentario su Netflix."

"Forse." Aggrotto le sopracciglia, perché si accende un lumicino. "Quello era il fondo di Marcus?"

"Sì. Ha esposto il caso contro la società in una di quelle grandi conferenze di investimento, e il titolo è sceso del sessanta percento quel giorno. Il CEO ha gridato allo scandalo su tutti i giornali, ma i regolatori si sono rifiutati di fare qualunque cosa, e pochi mesi dopo, la società ha presentato istanza di fallimento."

"Wow." Ora ricordo la storia. Era su tutti i giornali, al punto che nemmeno io ho potuto perderla. L'azienda produttrice di pneumatici—un vecchio leader del settore molto rispettato—era stata accusata da alcuni hedge fund di tutto, dai difetti di produzione alle condizioni di lavoro nelle sue fabbriche simili a quelle degli schiavi, e la pubblicità che ne è derivata ha riempito di scorte i magazzini dell'azienda, accelerandone la fine.

E quel personaggio era Marcus.

L'uomo che mi ha chiamata "gattina" e che mi ha detto apertamente di volermi scopare.

L'uomo con cui uscirò stasera.

Per la seconda volta.

"—è stato sulla lista dei miliardari di Forbes" continua Kendall, e sbatto le palpebre, rendendomi conto di essere rimasta in silenzio per un po'.

"Miliardari?" La mia voce sembra soffocata, ma non posso farci niente. Sapevo che Marcus era ricco, ovviamente—tutto in lui urlava soldi—ma c'è un'enorme differenza tra un gestore patrimoniale ordinario e un titano di hedge fund, in grado di distruggere un'enorme società pubblica con alcune diapositive di PowerPoint.

Marcus non è solo un pezzo grosso; è un campione olimpico.

"Sì, è stato sulle liste per diversi anni consecutivi" m'informa la mia amica. "Non posso credere che non lo sapessi. Deve averti portata in un posto carino. Lo ha fatto, vero?" Socchiude gli occhi.

"Sì, molto carino." Sembra che io abbia ingoiato una rana, ma sono orgogliosa di riuscire a parlare. "Era quel piccolo ristorante italiano a Bensonhurst, e—"

"A Brooklyn?" Le sopracciglia di Kendall si uniscono. "Sei seria?"

"Sì, perché no?" Sembro sulla difensiva, ma non posso farci niente. Kendall è una vera snob, quando si tratta di distretti. Non le importa che alcune zone di Brooklyn ora siano più fighe e più costose di alcune parti di Manhattan; pensa ancora che sia una zona sperduta.

Sospira e scuote la testa. "Sei senza speranza. Ti prego, dimmi solo che non hai provato a trascinarlo in quella discarica di pizzeria vicino casa tua."

Sento la mia faccia avvampare.

"L'hai fatto? Oh mio Dio, Emma!"

"Non lo sapevo, okay?" scatto, sentendomi insolitamente imbarazzata. "Ovviamente, non l'avrei invitato lì, se l'avessi saputo. Ma non siamo finiti lì—siamo andati in un posto che ha suggerito *lui*—quindi va tutto bene."

Si pizzica la punta del naso. "Dimmi che almeno l'hai lasciato pagare."

La fisso, senza battere ciglio.

"Emma!"

"Che cosa?" Serro la mascella. "Sai come la penso sugli scrocconi."

"Non si tratta di scroccare—è la tradizione per un uomo pagare, quando invita una donna fuori—e probabilmente ha guadagnato più del tuo stipendio mensile nel tempo che ti è servito per aprire il portafogli."

Faccio un rapido calcolo nella mia testa. Non c'è andata lontano.

"Non m'interessa quanto guadagna" dico. "Non è di questo che si tratta per me."

La sua espressione si addolcisce. "Lo so, Ems. Ma lasciare che un ragazzo paghi la cena non è paragonabile a—"

"Lo so. Non sono un'idiota. Ma non riesco proprio a—" Mi fermo e respiro, poi guardo l'orologio. "Ascolta, devo andare. Il mio capo tornerà presto dal pranzo."

"Okay, ma poi mi racconterai com'è andata stasera,

vero? Promettimi che mi chiamerai non appena sarai a casa."

"Lo farò—a meno che non sia troppo tardi."

Sgrana gli occhi. "Stai pensando di—"

"No! Voglio dire, non lo so. Voglio dire—oh, non importa. Ti chiamo appena posso."

E riattacco, prima che possa farmi il terzo grado *al riguardo.*

MENTRE ORDINO E ORGANIZZO I ROMANZI ROSA NELLA parte posteriore del negozio, non posso fare a meno di pensare a ciò di cui non ho voluto discutere con Kendall.

Ho intenzione di farlo?

So cosa vuole Marcus, cosa sta cercando.

Sesso. Io e lui, corpi sudati intrecciati—proprio come le immagini mentali con cui mi sono masturbata la scorsa notte.

La domanda è: lo farò? Andrò a letto con lui, sapendo che molto probabilmente non succederà un'altra volta?

Anche se non c'era una perfetta Emmeline nella sua cerchia, un uomo bello e ricco come lui è destinato a essere circondato da donne. Donne stupende, alte, con i fianchi magri, i cui capelli non si arriccerebbero mai e che gli avrebbero permesso di pagare il loro pasto senza farsi scrupoli.

Chiamerebbe "gattina" anche loro, con quella sua

voce di velluto, o quel nomignolo è riservato solo a me? Come gli è venuto in mente, a proposito? È perché mi piacciono i gatti? Come per quella proposta, probabilmente dovrei sentirmi insultata, ma il modo in cui l'ha detto, il modo in cui mi ha guardata…

"Emma? Puoi venire qui, per favore?"

Mi fermo, mentre sto sistemando una nuova storia d'amore, e grido: "Sto arrivando, Signor Smithson," quindi mi affretto verso la parte anteriore, dove il mio superiore sta battendo alla cassa l'acquisto di una cliente.

"Puoi per favore consigliare una nuova serie urban fantasy alla Signora Wilkins?" chiede, facendo un cenno verso di lei—una vecchia così piccola che Mr. Puffs potrebbe trascinarla via. "Le piacciono i lettori di pensieri e cose del genere."

"Oh, nessun problema" dico, sorridendo alla donna. "Me ne intendo."

E mettendo da parte tutti i pensieri sul mio dilemma, mi concentro sul lavoro.

18

Marcus

Mentre il venerdì pomeriggio prosegue, mi ritrovo a guardare l'orologio, al punto che sto contando i minuti durante la revisione settimanale della performance del fondo con i miei gestori di portafoglio. Sono quasi le cinque del pomeriggio, il che significa che tra due ore rivedrò Emma.

Non vedo l'ora, cazzo.

"—e quindi penso che questo sarà un grande passo per la tua presentazione dell'Alpha Zone il prossimo mese" afferma il Project Manager delle telecomunicazioni, riportando la mia attenzione sulla riunione. "Se vuoi, ti farò inviare dal mio analista le sue ricerche tramite e-mail."

Non ho idea di quale titolo stia parlando,

essendomi perso nelle mie fantasie come uno scolaretto, che sogna ad occhi aperti la sua cotta, ma non posso assolutamente ammetterlo davanti a tutti. "Sì, fagliele inviare per e-mail" dico freddamente. "Darò un'occhiata nel fine settimana."

L'Alpha Zone è un'associazione con i più influenti operatori di Wall Street, e la conferenza di dicembre sarà il suo lancio. Lì, ognuno di noi proporrà la sua migliore idea—che si tratti di un'opportunità nel mondo valutario, di un investimento azionario o di qualcosa di noioso come andare lungo su un determinato titolo—e l'investimento che avrà avuto il miglior risultato verrà premiato durante l'evento dell'anno successivo. Il premio in sé non è alcunché di speciale—un viaggio a Bora Bora o qualcosa del genere—ma la spinta della propria reputazione non ha prezzo.

La proposta del Project Manager delle telecomunicazioni dovrebbe essere qualcosa di buono.

Jarrod, il mio Responsabile degli Investimenti, mi rivolge una strana occhiata—non è abituato a vedermi concentrato meno del centodieci percento—e mi sforzo di farlo per il resto dell'incontro, mettendo il naso nelle posizioni principali del fondo con la stessa accuratezza di sempre. Sebbene ieri il team del settore sanitario abbia avuto una grossa operazione in controtendenza, il fondo è complessivamente aumentato di un altro mezzo punto percentuale questa settimana, portandoci a quasi novantatré miliardi di patrimonio gestito.

Se questa serie positiva continua, infrangeremo la barriera dei cento miliardi in pochissimo tempo.

Normalmente, il pensiero mi riempirebbe di grandi aspettative, ma l'unica cosa che sto aspettando con ansia in questo momento è andare a prendere Emma tra due ore. Posso già immaginare come si svolgerà questo appuntamento: suonerò il campanello, e lei salterà fuori, tutta adorabilmente rossa, mentre scappa dai suoi gatti. Le stringerò la mano nella mia, tirandola verso di me per un bacio attentamente controllato—il nostro primo—e poi saliremo sulla mia macchina. Lì, ci baceremo, mentre Wilson ci condurrà al mio ristorante greco preferito nell'East Village—uno che ha un prezzo ragionevole, come da sua richiesta.

Quando arriveremo al ristorante, il cibo sarà l'ultima cosa nella nostra mente, e non appena il pasto sarà finito, la porterò nel mio attico di Tribeca e la scoperò fino a farle perdere i sensi.

Trascorreremo il fine settimana a letto, e lunedì l'avrò dimenticata.

Mi sbarazzerò di questa malsana brama una volta per sempre.

mma

CHIUDO L'ACQUA E APRO LA TENDA DELLA DOCCIA PER trovare il pavimento del bagno come se avesse nevicato. Alcuni pezzetti di carta sono così piccoli che fluttuano nell'aria, mentre esco, gridando: "Puffs!" a pieni polmoni.

Quel dannato gatto. Deve aver intuito che sto per lasciare lui e i suoi fratelli da soli per la seconda serata consecutiva, così ha distrutto l'intero rotolo di carta igienica, mentre ero sotto la doccia.

Imprecando, saltello su un piede, cercando di togliere dall'altro i pezzi appiccicosi di carta igienica umida con un asciugamano. Impiego un'eternità per farlo, per non parlare della pulizia del bagno, e il campanello suona, mentre sto applicando freneticamente il mascara.

Cazzo. Sono ancora in mutande.

"Un secondo!" urlo, mentre mi precipito attraverso la stanza per prendere i miei vestiti dall'armadio. Mr. Puffs soffia dal ripiano più in alto e Cottonball emette un miagolio lamentoso, colpendomi la gamba con la sua zampa, in modo che possa coccolarlo davanti alla TV, com'è nostra abitudine il venerdì sera.

"Mi dispiace, non stasera, amico. Ho un appuntamento." Mi chino per grattargli la testa in segno di scusa, quando Mr. Puffs salta giù dal ripiano in alto—proprio sulle mie spalle.

"Ahh!" Mi piego in avanti con un grido spaventato, sbilanciata da sette chili di felino, che si abbattono su di me da un'altezza di quasi due metri. Queen Elizabeth salta giù dal letto e corre, miagolando con evidente preoccupazione, mentre atterro carponi e, allo stesso tempo, il campanello suona di nuovo, seguito da una voce profonda, che grida il mio nome.

È Marcus, e sembra preoccupato.

Mr. Puffs è ancora sulle mie spalle, in qualche modo in equilibrio senza affondare gli artigli nella mia pelle, e lo butto giù, mentre mi alzo, gridando: "Arrivo!"

Solo che inciampo su Cottonball e volo con un grido in preda al panico.

Atterro sullo stomaco, con l'impatto che mi fa uscire tutta l'aria dai polmoni. Sibilando, mi lascio cadere sulla schiena e sento la voce profonda di Marcus, che grida: "Emma, va tutto bene?" proprio prima che qualcosa sbatta contro la mia porta, facendola traballare sui cardini.

Santo cielo. Ha provato a buttarla giù?

Un altro duro colpo, e i cardini della porta scricchiolano, quasi cedendo.

Vorrei urlare che sto bene, ma non riesco a raccogliere abbastanza aria. Tutto quello che riesco a fare è emettere un flebile rantolo per indicare che sto bene, e con tutti e tre i gatti che miagolano rumorosamente intorno a me, non riesco a sentire nemmeno io quello che sto dicendo.

Rotolando sullo stomaco, mi spingo carponi, in modo da poter strisciare e fermarlo, quando il successivo calcio o il corpo sbattono facendo uscire completamente la porta dai cardini.

Vola all'interno, come durante un'incursione SWAT in un film d'azione, e dietro di essa c'è Marcus, vestito con un completo e un altro cappotto sbottonato dall'aspetto costoso. I suoi occhi azzurri si restringono su di me con inconfondibile preoccupazione, e si precipita verso di me, accucciandosi, mentre Queen Elizabeth e Cottonball si riparano sotto il letto. Solo Mr. Puffs rimane al mio fianco, inarcando la schiena e sibilando all'intruso, prima di scappare via per nascondersi sotto il letto anche lui.

"Stai bene? Che cos'è successo?" chiede Marcus, afferrandomi le braccia per aiutarmi, mentre provo ad alzarmi in piedi. Con il suo aiuto, ci riesco, anche se il mio ginocchio sinistro si lamenta rumorosamente—devo averlo sbattuto sul pavimento.

"Sto bene" gracchio, mentre inizia a esaminarmi, alla ricerca di eventuali lesioni. Le sue grandi mani sono calde sulla mia pelle nuda e, con un'ondata di mortificazione, mi rendo conto che non ho avuto la possibilità di indossare dei vestiti.

Sono di fronte a lui in nient'altro che il mio reggiseno e le mutandine di pizzo blu—senza dubbio, il mio set più bello.

"Che cos'è successo?" chiede di nuovo, mentre indietreggio, con le guance in fiamme, e mi avvolgo le braccia attorno allo stomaco—che è un po' più morbido di quanto vorrei. Lui è indubbiamente abituato alle modelle del fitness con gli addominali scolpiti e—

Aspetta un minuto. Perché sto pensando alla mancanza di addominali, quando ha appena *buttato giù la mia porta*?

"Sono inciampata, okay? Sono inciampata." Sembro ancora senza fiato, ma non so ancora bene quanto questo sia dovuto alla caduta rispetto al modo in cui mi fissa—con una preoccupazione che si sta gradualmente trasformando in qualcos'altro.

Qualcosa di più caldo e infinitamente più pericoloso.

"Quindi, non sei ferita?" chiarisce con un tono più roco, e scuoto la testa, con il viso che brucia, mentre il calore nei suoi occhi s'intensifica. E non è solo il mio volto—tutto il mio corpo sembra andare in fiamme, mentre fa un passo verso di me, con le potenti mani che si flettono ai lati.

Non sembra che la mia mancanza di addominali sia deludente per lui—almeno a giudicare dall'oscuro desiderio in quello sguardo.

"La porta..." La mia voce è fina e alta. "Tu... uhm, hai buttato giù la porta."

"La porta?" Non sembra sapere di cosa sto parlando, mentre fa un altro passo verso di me, con lo sguardo che si posa sul mio reggiseno—che mi sta spingendo su i seni pesanti, come se li offrisse in sacrificio.

Deglutisco, mentre allunga una mano verso di me, una grossa mano che si piega dolcemente intorno alla mia mascella, mentre l'altra si posa sulla spalla nuda, stringendomi leggermente. Il suo tocco brucia dentro di me, facendomi accelerare il battito e provocandomi un brivido caldo lungo la schiena. Incombendo su di me, è così alto che devo piegare il collo per sostenere il suo sguardo, e mi viene in mente che non mi sono mai sentita così piccola e vulnerabile... o così desiderata.

"Emma." La sua voce è bassa e roca, mentre le dita scivolano nei miei capelli, avvolgendomi sensualmente la nuca. "Gattina, posso baciarti?" Sta piegando la testa mentre parla, e l'ultima parola è mormorata sulle mie labbra, con il respiro caldo e leggermente dolce che si mescola alle mie esalazioni superficiali.

Non ho la possibilità di rispondere, perché le mie mani si allungano per stringergli le spalle larghe, e chiudo gli occhi, mentre le mie labbra premono sulle sue—apparentemente di propria iniziativa. Non c'è alcuna logica nella mia decisione, alcuna ragione. Siamo completamente sbagliati l'uno per l'altra, e mi farò male, se procediamo, ma per la prima volta in vita mia non m'importa del rischio che sto correndo.

Non c'è spazio per la paura nel bisogno ardente che mi consuma.

Approfondisce il bacio, inarcandomi di nuovo sul suo braccio, e il mio seno si modella sulla dura superficie del suo torace, mentre la mia testa cade all'indietro, sostenuta solo dal suo palmo. Le sue labbra sono calde e morbide, con la lingua che esplora la mia bocca con sensuale abilità, e un piccolo gemito mi sfugge dalla gola, mentre le sue labbra lasciano le mie e mi scorrono sulla mascella per mordicchiare il lobo dell'orecchio—dove il calore del suo respiro mi fa venire la pelle d'oca lungo il braccio. Sento l'odore di pulito e del legno della sua pelle, come il pino mescolato con la fresca brezza autunnale, e il mio corpo s'irrigidisce, con la tensione che cresce nell'intimo. Mi sento così eccitata che sono sull'orlo dell'orgasmo, e le mie mani strattonano i risvolti del suo cappotto, nel disperato tentativo di toglierlo in modo da—

Un miagolio mi fa sussultare, distogliendomi dalla foschia sensuale. Aprendo gli occhi, spingo sul petto di Marcus, e lui mi lascia andare, anche se ha le palpebre pesanti e la sua pelle di solito uniforme è macchiata da una vampata di eccitazione.

Ansimando, ci fissiamo, mentre Mr. Puffs si avvolge attorno alle mie gambe, soffiando all'uomo e miagolando a me.

"Il tuo gatto" dice Marcus con voce rauca. "Non scapperà?"

Lo guardo senza espressione, poi ricordo la porta rotta. I miei gatti non hanno l'abitudine di provare a scappare, ma non hanno mai avuto la tentazione di un ingresso senza porte. "Non dovrebbe" replico, ma solo per esserne sicura, mi chino e raccolgo Mr. Puffs, cullandolo contro il mio petto.

La bestiolina malvagia inizia a fare le fusa, e io lo accarezzo, grata per lo scudo che il suo grande corpo peloso fornisce. Non ho ancora i vestiti addosso, e con l'aria gelida di novembre che soffia attraverso la porta aperta, l'appartamento si sta rapidamente raffreddando.

Inoltre, sono semi-nuda di fronte a Marcus.

"Allora" dico goffamente, avanzando verso il mio armadio con Mr. Puffs tra le braccia. "Per quanto riguarda la porta—"

"La farò riparare, non ti preoccupare." Il suo sguardo mi segue con malcelato desiderio, mentre torno all'armadio, e poi metto giù Mr. Puffs per potermi vestire. "Sembrava che fosse giunto il momento di cambiarla, comunque."

"Puoi girarti, per favore?" sbotto, tenendo i jeans davanti a me, quando non mostra alcun segno di voler distogliere lo sguardo. So che è sciocco—ha già visto la maggior parte di me—ma non voglio che guardi il mio sedere oscillare, mentre eseguo le manovre necessarie per indossare i pantaloni attillati.

C'è un po' troppo sedere che oscilla per i miei gusti.

Apre la bocca per dire qualcosa, poi apparentemente ci ripensa e si volta. "Fai pure" dice con decisione. "Non guarderò."

M'infilo rapidamente i jeans, poi indosso la mia seconda camicetta più bella—la più bella è quella che ho indossato ieri. Completo il tutto con il maglione e gli stivali nuovi, e quando mi guardo allo specchio del corridoio, mi rendo conto che il mio abbigliamento è identico a quello di ieri, con l'unica differenza della camicetta. Peggio ancora, dopo tutti i miei recenti sforzi, il mascara si è rovinato, lasciando una macchia simile a un procione sotto l'occhio sinistro, e i capelli sembrano aver lottato con un gatto selvatico—cosa che, date le dimensioni di Mr. Puffs, non è lontana dalla verità.

Altro che fare una buona impressione su un miliardario.

Sto borbottando imprecazioni sottovoce e sto cercando di eliminare la macchia di mascara, quando Marcus chiede: "Posso girarmi adesso?"

Cazzo. Mi liscio le mani sui capelli, mi guardo di nuovo allo specchio, e dico cupamente: "Fai pure."

Avrei bisogno di un'ora per sistemare il casino che vedo nello specchio, non di pochi minuti—non che sia importante, comunque. Ora che non sono così spaventata e che il mio cervello non è offuscato dalla lussuria, mi viene in mente un fatto ovvio.

Con la porta rotta, non posso lasciare il mio appartamento e i gatti.

Non andrò all'appuntamento di stasera.

Marcus

La mia erezione sta ancora minacciando di scavare un buco nei pantaloni, mentre mi giro e guardo Emma —che, con mia grande delusione, ora è completamente vestita. Quasi non importa, però. L'immagine di lei con nient'altro che la biancheria intima di pizzo è impressa in modo permanente nel mio cervello—e sarà presente in ogni mio sogno bagnato e fantasia d'ora in avanti.

Il termine "sexy" non è nemmeno sufficiente per descrivere il suo corpicino sinuoso. Ogni centimetro morbido e femminile sembra pensato per le mie preferenze appena scoperte. La sua pelle cremosa è punteggiata in alcune parti con una manciata accattivante di lentiggini, e il sedere è il migliore che abbia mai visto: sodo e a forma di cuore, infinitamente comprimibile. O almeno immagino che lo sia—sono riuscito in qualche modo a spostare le mani da esso, mentre le divoravo la bocca.

E poi, naturalmente, ci sono quei suoi seni succulenti, il sensuale buco dell'ombelico e i piccoli piedi perfettamente modellati con le unghie dipinte di rosso.

Fanculo, anche i suoi mignoli mi eccitano.

"Quindi, per quanto riguarda la porta" ricomincia, quando rimango in silenzio, guardandola con bramosia. "Dovrei chiamare un riparatore o...?" Non finisce la domanda.

"Lo farò io" replico con voce roca e, sforzandomi di distogliere lo sguardo dalla tentazione che è, tiro fuori il telefono.

Il mio maggiordomo, Geoffrey, risponde al primo squillo e lo informo sulla situazione. "Ho bisogno di qualcuno qui entro un'ora" gli dico, e lui promette che sarà fatto.

Riattacco e vedo Emma, che mi fissa a bocca aperta, con il grosso gatto di nuovo tra le braccia.

"Qualcuno verrà qui di venerdì sera?" chiede incredula. "Cioè, immediatamente?"

"Certo. Non puoi rimanere senza una porta."

Ha perfettamente senso per me, ma mi sta guardando come se mi fosse spuntato un corno sulla fronte—e lo stesso vale per il suo gatto. "Di venerdì sera" mormora, accarezzando la soffice creatura. "Sì, ovviamente."

"Resteremo qui fino a quando non avranno finito"

dico, togliendomi il cappotto. Anche se sta entrando il freddo, fa ancora troppo caldo all'interno dell'appartamento per indossarlo. Poggiandolo sullo schienale dell'unica sedia che vedo, le dico: "Ci vorrà un po' di tempo per ripararla, quindi tanto vale organizzarci per mangiare. Qualche preferenza per la consegna o l'asporto da queste parti?"

Sbatte le palpebre. "Tu... vuoi cenare qui?"

"Certo." Aggrotto la fronte. "A meno che tu non abbia fame."

"Oh, no, ho fame" mi assicura, sistemando il gatto più in alto sul petto. "Solo che pensavo che, visto quello che è successo, avremmo riprogrammato la cena."

Oh, no. Col cavolo che la lascerò da sola in un monolocale di Brooklyn con una porta rotta che si affaccia sulla strada. Certo, questo non è quello che immaginavo per il nostro secondo appuntamento, ma non mi dispiace questo sviluppo—anche se mi ha quasi fatto venire un infarto con tutti quei rumori e le urla.

Pensavo che si fosse gravemente ferita, e la paura agghiacciante che ho provato è stata completamente sproporzionata rispetto alla durata della nostra conoscenza.

Non voglio analizzarne il motivo o la ragione per cui non ho alcuna voglia di lasciare il suo angusto monolocale nel seminterrato. Mi ricorda l'appartamento in cui io e mia madre vivevamo quando andavo alle medie, e detestavo quel posto, quindi, secondo la logica, dovrei odiare anche questo. Ma qui provo una sensazione completamente diversa. Anche se l'unica finestra nel monolocale di Emma è la stessa piccola fessura vicino al soffitto che avevamo, e anche la vernice sulle sue pareti si sta staccando in alcuni punti, mancano il fetore dell'alcol e la disperazione.

Il suo appartamento è fatiscente e minuscolo, ma è accogliente. Una casa, non solo un posto dove dormire.

Certo, se non ci fossero gatti, sarebbe ancora meglio. Vedo altre due creature pelose e bianche fare capolino da sotto il letto, con dei grandi occhi verdi che mi fissano. A giudicare da tutto il miagolio che ho sentito quando la ragazza è caduta, ho il forte sospetto che loro—o quello enorme tra le sue braccia—siano stati in qualche modo responsabili.

"Non riprogrammeremo nulla" le dico fermamente. "Sono qui, e tu sei qui, e quella"—indico la sua piccola scrivania—"fungerà da tavolo. Tutto ciò di cui abbiamo bisogno è il cibo, e se mi dici che cosa vuoi, posso farlo consegnare o chiedere al mio autista di portarcelo."

Prima che lei possa rispondere, il grosso gatto miagola, agitando la soffice coda da una parte all'altra, mentre mi lancia un'occhiata minacciosa dal suo trespolo sul petto di Emma. Lo guardo storto a mia volta. So che ha fatto quella cosa di soffiare-e-miagolare mentre ci stavamo baciando per farmi staccare da lei.

Se non fosse stato per quello, io e lei saremmo riusciti a raggiungere il suo letto stretto, e ora sarei con le palle in profondità nel suo corpo bello e rigoglioso.

"Scusa" dice, accarezzando la creatura per calmarla. "È solo..."

"Possessivo, lo so." Lo sarei anch'io, se mi accarezzasse così. In realtà, già solo guardare la sua piccola mano muoversi sulla pelliccia bianca del gatto mi rende geloso.

Voglio che tocchi *me* in quel modo, che faccia scorrere le sue mani morbide su tutto il mio corpo.

"Quindi, sì, per quanto riguarda il cibo" dice Emma, quando il gatto inizia a fare le fusa. "Sono davvero flessibile. C'è un negozio di gastronomia all'angolo che fa degli ottimi panini, e c'è anche un posto che mi piace, dove fanno i gyros, a un paio di isolati. Nessuno dei due consegna a domicilio, ma—"

"Li porterà Wilson; non è un problema. Quindi, panini o gyros?"

Esita, poi dice: "Facciamo i gyros. Il posto si chiama Gyro World."

Bene, d'accordo. Ceneremo insieme.

Nascondendo la mia soddisfazione, tiro fuori il telefono e istruisco Wilson. Lui risponde immediatamente che sta arrivando, e metto via il telefono—solo per vedere la ragazza, che mi guarda con una strana espressione.

"Che cosa c'è?" Mi acciglio. "Ho fatto qualcosa di male?"

Scuote la testa, poi chiede: "È sempre così facile per te? Schiocchi le dita e le cose si avverano sempre?"

"Vuoi dire, posso sempre far consegnare i gyros? Sì, di solito. È una brutta cosa?"

Mette giù il gatto. "No, certo che no. È solo... non è quello a cui sono abituata, tutto qui."

Si avvicina per sedersi sul letto, e i due gatti escono da sotto per sistemarsi sul suo grembo. Quello grande che ha appena messo giù mi guarda con sospetto per un momento, come se stesse riflettendo sulla mia capacità di preparare un buon pasto, poi si avvicina per unirsi agli altri sul letto, con la coda gonfia tenuta alta.

Decido di ignorare il suo disprezzo. Dopotutto, è un gatto.

Sedendomi sulla sedia su cui ho appeso il cappotto, studio Emma, cercando di capire che cosa trovi di così attraente in lei. Il suo aspetto, sicuramente—non vedo l'ora di affondare il cazzo in profondità nel suo delizioso corpicino—ma esso conta solo in parte.

C'è anche qualcosa di dolce e tenero in lei, qualcosa che mi attira in un modo che non comprendo del tutto.

"Come si chiamano?" chiedo, immaginando che dato che i gatti sono una parte così importante della sua vita, posso almeno provare a conoscerli. "Hai detto che quello è Mr. Puffs, giusto?" Faccio un cenno verso il gigante irascibile, che si è seduto sulla sua gamba sinistra spingendo via il concorrente più piccolo.

Lei sorride, con gli occhi che s'illuminano e le fossette che escono fuori in piena forza. "Sì, è giusto. Questo"—si guarda la gamba destra, dove un gatto di medie dimensioni sta facendo le fusa—"è Cottonball. E quella"—fa un cenno verso la gatta in disparte, la più piccola del gruppo, che ora si sta leccando delicatamente la zampa—"è Queen Elizabeth."

"Come li hai avuti?" chiedo. "E perché tre? Il tuo appartamento... non è molto grande." Per quanto mi riguarda, c'è a malapena spazio a sufficienza per una donna minuta.

Fa una smorfia. "Lo so. Detesto il fatto che siano rinchiusi in questo monolocale. Ci sono abituati, essendo cresciuti qui, ma non va bene. Spero di potermi permettere un appartamento più grande un giorno, ma per ora, tutto ciò che posso fare è intrattenerli nel miglior modo possibile." Rivolge un'occhiata alle sue spalle, verso la parete dall'altra parte del letto, e mi rendo conto che quella che pensavo fosse una strana libreria vuota, in realtà è un labirinto per gatti, che va dal pavimento al soffitto—un lusso folle in un posto con uno spazio limitato come questo.

Ha *davvero* a cuore i suoi animali domestici.

"Quindi, li hai da quando erano piccoli?" chiedo, e lei annuisce, con l'espressione che si rabbuia per qualche motivo.

"Avevano appena due settimane, quando li ho trovati."

"Trovati?"

"Sono entrati a far parte della mia vita per caso; non avevo in programma di prendere animali domestici, quando ho trovato questo posto" spiega. "Io e la mia amica Janie stavamo guidando verso Woodbury Common—sai, il grande centro commerciale nel nord dello Stato—e ci siamo fermate davanti a una stazione di servizio lungo la strada. Sono andata sul retro per usare il bagno, e ho sentito dei deboli miagolii provenire dal bidone della spazzatura. Quando ho guardato dentro, c'era una scatola di gattini lì—così piccoli da avere a malapena gli occhi aperti." La sua delicata mascella si stringe, e una feroce occhiata le attraversa il viso grazioso. "Qualche stronzo li aveva abbandonati lì, come se fossero spazzatura."

Un vero stronzo. Non mi considero un amante degli animali, ma ho voglia di pestare chiunque abbia fatto questo fino a ridurlo in poltiglia. "E così, li hai presi?" chiedo, facendo del mio meglio per tenere la rabbia fuori dalla voce, e lei annuisce di nuovo.

"Certo. Che cos'altro avrei potuto fare? Janie è allergica, e nessuno alla stazione di servizio li avrebbe presi. Ho pensato di portarli in un rifugio—il veterinario a cui li ho portati ha detto che erano persiani di razza e che sarebbero stati adottati rapidamente—ma a quel punto stavano cominciando ad affezionarsi a me, e non volevo causar loro ulteriori traumi. In realtà, non essendo stati adeguatamente svezzati dalla madre, hanno continuato a cercare di succhiare tutto ciò che trovavano per i primi due anni di vita. È solo di recente che si sono calmati." Li guarda con un tenero sorriso, con tutta la ferocia svanita, mentre gratta una creatura pelosa dietro l'orecchio, e poi accarezza le altre due.

Tutti e tre fanno le fusa forte, e combatto di nuovo un'ondata di gelosia per il fatto che stia toccando *loro*, non *me*.

Fanculo.

Forse dovrei consultare uno strizzacervelli. Questo non può essere sano.

Sto per farle un'altra domanda, quando sento

bussare sulla cornice della porta, e un aroma speziato e saporito riempie l'appartamento.

È Wilson con il nostro cibo.

Mi avvicino per prendergli le buste e, mentre lo ringrazio, Emma si avvicina.

"Ecco qua" dice allegramente, mettendo quelli che sembrano venti dollari nelle mani dell'uomo. "Questi dovrebbero coprire la mia parte."

E, ignorando l'espressione sbalordita sul viso del mio autista, torna a unirsi ai suoi gatti sul letto.

mma

MARCUS MI STA GUARDANDO COME SE NON AVESSE MAI visto una donna divorare un gyro—e forse non l'ha mai visto. Scommetto che tutte le top model che frequenta sopravvivono con succo di cavolo e broccoli. Ma mi sta guardando in questo modo da quando ho pagato la mia parte, quindi forse ha qualcosa a che fare con quello.

Il suo autista di sicuro è sembrato scioccato, quando gli ho dato i venti dollari.

Certo, è anche possibile che non sia abituato a vedere una donna che mangia sul proprio letto, circondata da gatti, che non si fanno scrupoli a rubare pezzi di carne direttamente dal suo gyro. Cerco di allontanarli dal mio piatto, ma è inutile.

Ce ne sono tre, e il gyro ha troppi punti di accesso.

"Sei sicura di non voler sederti qui?" chiede di nuovo dal suo posto alla mia scrivania, e io scuoto la testa, con la bocca troppo piena per rispondere verbalmente. La scrivania è dove mangio sempre, e oltre al ripiano della cucina, è l'unica superficie simile a un tavolo nel mio appartamento. Se mi fossi seduta lì, sull'unica sedia che possiedo, lui sarebbe dovuto stare in piedi o avrebbe dovuto mangiare sul mio letto e, in quest'ultimo caso, i gatti avrebbero attaccato il *suo* cibo —non una buona situazione.

Mi sento già in colpa per averlo sottoposto all'angusto casino che è il mio appartamento.

"Sarebbero tutti su di te" spiego, dopo aver deglutito. "A loro piacciono molto i gyros."

"A chi non piacciono? Sono squisiti" concorda, e dà un altro grosso morso alla succosa pita che tiene in mano.

Mi rilasso un po'. "Dici davvero?" Ero preoccupata che questo tipo di cibo fosse troppo di basso livello per lui—il modesto locale in cui abbiamo ordinato è solo un gradino più in alto di un carretto ambulante—ma sembra che si stia davvero divertendo. In generale, sembra molto più a suo agio nel mio monolocale di quanto immaginavo sarebbe stato un miliardario— anche se la sua grande figura con le spalle larghe sembra piuttosto ridicola sulla mia piccola sedia IKEA.

"Sì, ottima scelta" risponde, abbassando la mano sul suo gyro, e gli rivolgo un grande sorriso.

Forse questo appuntamento non è un totale disastro, dopotutto.

Consuma il suo cibo a tempo di record. Si alza, porta il suo piatto in cucina, e poi sento l'acqua del lavandino aprirsi.

Lo sta davvero lavando?

Prima di potermi meravigliare per quanto accaduto —il mio ex ragazzo non sapeva nemmeno che esistesse il detersivo per piatti—qualcun altro bussa all'ingresso.

Gli operai sono arrivati.

Sono due. Uno sembra il fratello minore di Babbo Natale, con le guance rosse e la barba quasi bianca, mentre l'altro è un bel ragazzo ispanico della mia età. Ha un sorriso contagioso sul viso, e ricambio il sorriso, mentre mi alzo e metto il mio gyro mangiato per metà sulla scrivania.

"Ciao" dico, avvicinandomi per salutarli. "Sono Emma. Grazie mille per essere venuti così in fretta."

Tendo la mano, e il giovane la afferra avidamente, dandogli una stretta energica. "Juan" dice, con il sorriso che si allarga. "Piacere di conoscerti, Emma."

"E io sono Rodney" dice il fratello di Babbo Natale, stringendomi la mano. "Questa è la porta che dobbiamo sistemare?" Lancia un'occhiata alla porta sul pavimento, poi studia il telaio, dove noto grosse crepe dov'erano fissati i cardini.

Cavolo, quant'è forte Marcus per essere riuscito a fare un tale danno?

"Proprio quella" rispondo, cercando di non sussultare, mentre immagino i danni al mio conto bancario per la fattura di questa riparazione. "Avete idea di quanto costerà?"

"Oh, uhm..." Juan lancia un'occhiata confusa a Rodney.

"Niente" replica Marcus, uscendo dalla cucina. La sua voce è dura, assolutamente intransigente—come lo è la sua espressione, quando mi guarda. "Non ti costerà assolutamente nulla, poiché sono stato io a romperla."

"Ma l'hai fatto per *salvarmi*—perché pensavi che fossi nei guai" sostengo, ma lui non sta ascoltando.

"Invierete la fattura a me" ordina, rivolgendo a Rodney un'occhiata tagliente, e l'uomo annuisce con fermezza.

"Sì, certo, Signor Carelli."

Uh. Sono tentata di combattere ulteriormente, ma non ho nemmeno un centinaio di dollari da parte in questo momento, e sospetto che la fattura sarà più alta. Sarebbe molto imbarazzante, se insistessi per occuparmi del pagamento e poi dovessi chiedere una dilazione. Inoltre, Marcus ha ragione: è stato il *suo* complesso del salvatore a metterci in questo casino.

Tuttavia, il mio petto sembra spiacevolmente stretto, mentre torno al mio cibo, lasciandolo dialogare con gli operai. So che lasciare che Marcus paghi per la porta che ha rotto non mi rende come mia madre— logicamente, lo so—ma non posso fare a meno di sentirmi come se stessi approfittando di lui.

Come se lo stessi usando, nel modo in cui lei usava sempre i suoi amanti e chiunque altro le volesse bene.

Scacciando i ricordi, mi siedo davanti alla scrivania e faccio allontanare Mr. Puffs da ciò che rimane del mio gyro—che non è molto. I gatti hanno rubato la maggior parte della carne, mentre ero via. Sospirando, mando giù rapidamente il resto e porto il piatto sporco in cucina, dove il lavandino è davvero pulito.

Marcus non solo ha lavato il piatto, ma lo ha anche asciugato e riposto.

Faccio lo stesso con il mio e poi verso un po' di caffè, nel caso ne volesse una tazza. Tiro fuori anche la mia ultima pinta rimasta di gelato al caramello e due scodelle, pensando che almeno gli devo un dessert.

Entra in cucina proprio mentre iniziano i rumori martellanti all'ingresso.

"Gelato?" offro, scavando una generosa porzione da una vaschetta, e lui scuote la testa.

"Niente per me, grazie."

"Non ti piace?"

Fa spallucce. "Non mangio dolci."

Naturalmente. Il gelato è per i barboni ordinari come me, non per le persone di successo come lui, che annoverano il "fitness" tra i propri hobby. Sono sorpresa che abbia mangiato il grasso gyro; probabilmente è disciplinato nella sua dieta come sembra esserlo in tutto il resto.

"Che ne dici di un caffè?" chiedo, ed è d'accordo.

Nero, ovviamente—niente zucchero o latte per lui.

Verso a ciascuno una tazza, poi riporto il mio caffè e la vaschetta del gelato nella camera. All'inizio, i gatti non si vedono da nessuna parte, ma poi noto la punta di una soffice coda bianca che sporge da sotto il letto.

Evidentemente si stanno nascondendo dal rumore,

che ora include sia il martellamento che la perforazione.

Mettendo il caffè sul comodino, mi siedo sul letto per mangiare il gelato e, con mia grande sorpresa, Marcus si unisce a me con il suo caffè invece di sedersi davanti alla scrivania. Si siede accanto a me, a meno di un metro di distanza, e sebbene entrambi siamo completamente vestiti, sento la vicinanza del suo grande corpo acutamente come se fossimo nudi. La mia mente ripensa al bacio che abbiamo condiviso, e una vampata di calore mi attraversa la pelle, con il battito del cuore che salta come se mi fossi lanciata in uno sprint.

Oh, Dio. Quel bacio.

Ho cercato di non pensarci, per non arrossire e balbettare, ma non posso più evitarlo. Baciarlo doveva essere l'esperienza più sexy della mia vita, migliore di qualsiasi sesso abbia mai fatto—o su cui abbia mai fantasticato. Tutto in esso è stato così sbagliato, eppure così incredibilmente giusto. Il modo in cui mi ha stretta, come se non volesse mai lasciarmi andare, il sapore delle sue labbra... Mi ha toccato solo la schiena e la testa, ma ero sul punto di esplodere, così eccitata che posso ancora sentire l'umidità nella biancheria intima.

Non aiuta il fatto che mentre ci sediamo sul letto, il suo peso spinge sul mio vecchio materasso, creando un avvallamento nella superficie morbida, che mi rende difficile stare dritta, e facendomi inclinare verso di lui. È come le illustrazioni della gravità, in cui un grande corpo celeste crea una rientranza nello spazio-tempo, che impedisce a un corpo più piccolo di sfuggire alla sua orbita.

Questo è Marcus per me.

Non riesco a sfuggire alla sua attrazione—né sono sicura di volerlo fare.

I nostri occhi s'incontrano, e il rumore della perforazione s'intensifica, rendendo impossibile qualsiasi tentativo di conversazione. Tuttavia, nessuno di noi distoglie lo sguardo. Con gli uomini che riparano la porta, non abbiamo privacy, ma il lavoro potrebbe anche svolgersi a miglia di distanza. Tutto ciò di cui sono consapevole è lui, la sua vicinanza, e il calore crescente nei suoi occhi.

La mia mano è instabile, mentre immergo il cucchiaio nella vaschetta e raccolgo un po' di gelato. Portandolo alla bocca, chiudo le labbra attorno alla fresca e cremosa dolcezza e la lascio scivolare lungo la gola, mentre gli occhi di Marcus si rabbuiano, con i suoi lineamenti rigidi che si stringono, mentre si allunga su di me e poggia la tazza di caffè accanto alla mia. Sento il suo desiderio per me, ne percepisco la pericolosa, potente attrazione, e il mio respiro accelera, con i capezzoli che s'induriscono nei confini del reggiseno.

"Emma..." La sua voce è bassa e rauca, in qualche modo udibile nonostante il frastuono. "Penso che... voglio il gelato, dopotutto."

La mia gola si secca. "Vuoi che vada a prendertene un po'?"

Sostenendo il mio sguardo, scuote lentamente la testa. "Dammi un po' del tuo."

Oh, Dio. È impossibile che stia parlando solo del gelato—non con quello sguardo negli occhi.

Tuttavia, mi sposto per passargli la vaschetta, ma lui mi ferma, posando una grossa mano sul mio ginocchio.

"Dammelo tu" ordina bruscamente.

Tutto il mio corpo ora sembra in fiamme, con il formicolio dell'energia elettrica che mi attraversa la gamba, dov'è poggiato il suo palmo. I rumori di perforazione cessano, sostituiti da altri martellamenti, ma il rumore di ricostruzione non è nulla in confronto al ruggito del mio polso nelle orecchie.

Vuole che lo imbocchi.

Va bene.

Mi trema la mano, mentre raccolgo un cucchiaio di gelato e glielo porto alla bocca.

La sua bocca dura, virile, così abile nel baciare.

Le sue labbra si stringono intorno al cucchiaio, pulendo tutto il gelato, e il respiro mi si blocca nella gola, mentre la sua lingua scivola fuori per leccare la gocciolina cremosa rimasta sul manico—a meno di mezzo centimetro da dove le mie dita stanno afferrando spasmodicamente il cucchiaio.

"Delizioso" mormora, con lo sguardo che mi brucia viva, e ricordo con ritardo che devo respirare.

Mandando giù aria rumorosamente, tiro indietro il cucchiaio, facendo quasi rovesciare il gelato.

"Wow, fa' attenzione..." La sua mano copre la mia, stabilizzando la vaschetta, e un barlume di oscuro divertimento nei suoi occhi mi suggerisce che sa esattamente quale effetto mi fa—e che ne sta godendo.

Stronzo.

Vorrei essere arrabbiata con lui, ma non riesco a indignarmi quanto dovrei. Non sono mai stata così eccitata. Mai. La mia biancheria intima è fradicia, e il mio sesso sta letteralmente pulsando per il film erotico che mi passa per la mente. Riesco a immaginare la sua abile bocca che si chiude sul mio capezzolo, per poi riempirmi di baci infuocati sullo stomaco, prima che quelle labbra calde ed elastiche si stringano intorno al clitoride e—

"Mi scusi, Signor Carelli. Abbiamo finito."

La voce di Rodney è come un secchio d'acqua ghiacciata sulla faccia.

Mi ero completamente dimenticata della presenza degli operai.

Mortificata, mi alzo in piedi, stringendo la vaschetta davanti a me come se potesse nascondere il rossore ardente, che mi copre le guance. A che diavolo stavo pensando? Un altro paio di minuti, e io e Marcus ci saremmo sdraiati, ignari del gelato e del nostro pubblico.

I pensieri di Juan devono essere in linea con i miei, perché sorride accanto a Rodney.

Marcus non sembra turbato. Camminando verso la porta risistemata, ispeziona il lavoro, quindi annuisce bruscamente. "Ottimo lavoro, grazie."

"Sì, grazie" faccio eco, combattendo il mio imbarazzo, mentre gli uomini raccolgono i loro strumenti e se ne vanno salutando amichevolmente nella mia direzione.

Sono sollevata, quando la porta si chiude dietro di loro—cioè fino a quando mi rendo conto che io e Marcus ora siamo soli nel mio appartamento.

Un appartamento con una porta che si può chiudere e bloccare.

arcus

IL MIO CUORE STA BATTENDO FORTE PER UN'OSCURA attesa, mentre chiudo a chiave la porta e mi giro verso Emma, che è in piedi accanto al letto e mi guarda con enormi occhi grigi, il gelato che si scioglie nella vaschetta che sta ancora stringendo con entrambe le mani.

Le cose stanno così.

Finalmente è mia.

So che sto dando per scontate tante cose, ma l'attrazione è reciproca. Ho sentito la sua reazione, quando l'ho baciata, ho visto il rapido battito del polso nel collo, quando le ho posato una mano sul ginocchio.

Mi vuole.

Ha bisogno di questo tanto quanto me.

Sostenendo il suo sguardo, attraverso la stanza e mi fermo davanti a lei. Il mio fallo è dolorosamente duro, ma i movimenti sono attentamente controllati, mentre prendo la vaschetta dalle sue mani tremanti e la poggio sul comodino accanto alle nostre tazze di caffè. Poi, afferro le sue piccole mani e la tiro verso di me.

Mi fissa, con gli occhi spalancati e il respiro rapido e irregolare.

Stupenda.

È così fottutamente stupenda.

La sua pelle leggermente lentigginosa è così delicata da apparire quasi lucida, con il rossore dell'eccitazione che le tinge le guance di un caldo bagliore color pesca. Le sue labbra rosa sono socchiuse, rivelando piccoli denti bianchi, e i ricci sono come spirali di fuoco attorno al viso grazioso, leggermente arrotondato.

Tutto in lei è morbido e carino, delizioso come quel cucchiaio di gelato che ho appena assaggiato.

Mettendole una mano sulla vita, piego l'altro palmo attorno al lato del suo viso e abbasso la testa, sul punto di baciarla, quando un altro forte miagolio interrompe il silenzio.

Oh, cazzo... Distolgo lo sguardo e osservo il gatto grande, che è emerso da sotto il letto ed è seduto sul suo sedere peloso, con la coda folta che ondeggia da un lato all'altro, mentre mi fissa con gli occhi verdi a fessura.

Torno a rivolgere l'attenzione alla ragazza, determinato a ignorare la bestia rompipalle, ma lei si sta già liberando della mia presa, sembrando a disagio.

Non ci siamo.

Non ci siamo proprio.

Le afferro le mani, prima che possa tirarsi indietro. "Vieni a casa mia." È un ordine, non una richiesta, ma non posso evitarlo. Non ho mai desiderato una donna così tanto, non mi sono mai sentito così fuori controllo come ora. È impossibile essere seducenti con la brama violenta che mi dilania, che mi spinge a prenderla, a fare tutto il necessario per renderla mia.

Nell'epoca primitiva, l'avrei già gettata sopra la mia spalla e l'avrei portata nella mia caverna.

Strabuzza gli occhi grigi per lo shock. "A... a casa tua?"

"Sì." Sostengo il suo sguardo, senza preoccuparmi di nascondere l'oscura lussuria che mi avvolge. "A casa mia. Adesso."

C'è un modo migliore per farlo, lo so. Potrei portarla fuori a bere qualcosa; poi, dopo essere entrambi piacevolmente sbronzi, potrei offrirmi di mostrarle la rara collezione di libri nel mio attico. Sapremmo entrambi che cosa succederebbe davvero una volta arrivati lì, ma non avremmo bisogno di discuterne. Potrebbe fingere di voler solo vedere alcuni libri, e sarebbe tutto bello e civile, assolutamente romantico.

Solo che non sono in grado di essere civile in questo momento. Tutte le mie capacità sociali sembrano avermi abbandonato di nuovo, con la facciata di perbenismo che sta scomparendo. Per qualche motivo, non posso fare questi giochini con

Emma, non posso stare tranquillo come lo sono con altre donne.

Con lei, sono guidato dal puro istinto, e quell'istinto vuole che la porti nel mio letto *proprio* adesso, cazzo.

La sua piccola lingua si sporge in fuori per inumidire le labbra, e io quasi gemo per la tentazione. "Che mi dici..." Deglutisce visibilmente. "Di Emmeline?"

Fanculo. "Che cosa c'entra lei?" ringhio, avvicinandola. "Ti ho detto che non ci sono impegni tra noi." E non ci saranno—non finché non mi sarò tolto Emma dalla testa.

Non sono il tipo di uomo che tradisce.

"Ma tu... vuoi uscire con lei, giusto?" La sua voce è senza fiato, mentre la parte inferiore del corpo si modella contro la mia, e la mia erezione preme sul suo ventre molle. "Quindi, forse potresti sposarla?"

"È un grande forse" mormoro, e incapace di resistere ancora per un secondo, le afferro il viso tra i palmi delle mani e chino la testa per baciarla.

Le sue labbra sono morbide come la prima volta che le ho assaggiate, morbide, soffici e così fottutamente dolci che tutto il sangue lascia il mio cervello e si riversa direttamente nel membro. In lontananza, sento un altro miagolio, ma non me ne frega più niente del gatto—o di Emmeline e delle mie ambizioni di una vita. Tutti i miei sensi sono pieni di Emma... con la sua lingua bagnata contro la mia e il lieve odore di caramello nel suo respiro, con il modo in cui le sue morbide curve si sentono contro di me e con il modo in cui le sue mani si stringono ai miei lati, mentre la sposto verso il suo letto.

Fanculo a casa mia. Qui andrà bene lo stesso.

La parte posteriore delle gambe tocca il materasso, e all'improvviso s'irrigidisce. Afferrandomi i polsi, si dimena, mentre la bacio. "Aspetta!"

Mi blocco, facendo appello a ogni grammo della mia forza di volontà per rimanere immobile, mentre lei striscia via dalla mia presa e indietreggia, senza fermarsi finché non è il più lontano possibile dal letto —e da me.

"Ascolta, Marcus" dice, togliendosi i ricci dal viso con una mano tremante. "Non sono... Questo non è..." Sussulta. "Ovviamente siamo attratti l'uno dall'altra, ma questo non funzionerà."

E mentre la guardo incredulo, prende il suo gatto dal pavimento e sussurra: "Vattene, per favore. Voglio che tu te ne vada."

Emma

"HAI FATTO *COSA*?" LA VOCE DI KENDALL SALE DI un'ottava, mentre mi fissa, con il suo croissant consumato per metà stretto tra le mani.

"Gli ho detto di andarsene" ripeto, sfregandomi le tempie, mentre il terribile mal di testa peggiora.

Ho dormito a malapena, dopo che Marcus se n'è andato ieri sera—la mia seconda notte insonne questa settimana—e anche se stamattina ho assunto abbastanza caffeina da svegliare un cavallo, mi sento come se avessi il cranio stretto in una morsa. Detto questo, probabilmente non sarei dovuta andare a casa della mia amica per colazione, ma avevo bisogno di qualcuno di diverso dai miei gatti con cui parlare.

"Okay, fa' un passo indietro." Kendall lascia cadere il croissant sul tovagliolo e gira lo sgabello per guardarmi. "Ricapitoliamo. Ha buttato giù la porta per salvarti, dopo che sei inciampata sul tuo gatto, e vi siete baciati, mentre eravate quasi nudi. Poi, ha mangiato i gyros con te, mentre i suoi operai la sistemavano. Dopo di ciò, vi siete baciati *di nuovo*, e ti ha invitata a casa sua. *E gli hai detto che non avrebbe funzionato e che sarebbe dovuto andarsene?*"

"Tecnicamente, mi ha baciata *dopo* avermi invitata a casa sua, ma sì."

"Emma! Che diavolo hai fatto?"

Sbatto le palpebre. "Che cosa? Ha ancora intenzione di uscire con Emmeline, e sei tu quella che mi ha detto di stare attenta. 'Gli uomini sono dei maiali,' ricordi?"

"Stupidina! Questo *prima* che sapessimo che è un miliardario."

"Kendall—"

"No, ascoltami." Si appoggia al tavolo, con il gomito che quasi schiaccia il croissant. "Questo non è uno stronzo a caso di Wall Street—è *Marcus Carelli, dannazione.* Ed è abbastanza interessato a te da buttare giù una porta e mangiare gyros da asporto nel tuo piccolo monolocale di merda."

"Giusto. Perché vuole entrare nelle mie mutande." Mi massaggio la fronte come se ciò potesse alleviare la pressione dietro di essa. Non sarei assolutamente dovuta venire qui, mi rendo conto ora. Se avessi fatto un pisolino questo pomeriggio, sarei stata equipaggiata meglio per affrontare Kendall e le sue folli idee sugli appuntamenti. Ma a questo punto—

"E allora?" La mia amica salta giù dallo sgabello e mi fissa, con le mani appoggiate sui fianchi. "Anche tu vuoi entrare nei *suoi* pantaloni, no?"

"Beh, sì, ma—"

"Niente ma! È ricco, sexy, ti vuole e tu vuoi lui. *Ed*"—si china in avanti fino a quando il suo naso sfiora quasi il mio—"è stato completamente sincero su questa storia di Emmeline. Non sono ancora sposati, né si frequentano ancora, quindi cosa importa che *potrebbe* frequentarla un giorno?"

Uh. Socchiudo gli occhi e vorrei essere a casa con i miei gatti. Non so che cosa mi aspettassi, quando mi sono presentata nell'appartamento di Kendall con i croissant e il caffè del carretto ambulante sotto casa, ma il rimprovero per non essere andata a letto con Marcus non era nella lista.

È abbastanza brutto che abbia passato tutta la notte a riflettere sulla decisione e mi senta di merda ogni volta che ricordo l'espressione sul viso dell'uomo, quando gli ho detto di andarsene. Per un attimo, è sembrato quasi ferito, ma poi il suo sguardo si è indurito, con il volto trasformato in una maschera di pietra. Senza dire una parola, si è voltato e se n'è andato, e ho davvero dovuto sforzarmi per rimanere sul posto invece di corrergli dietro.

Invece di pregarlo di tornare e finire ciò che avevamo iniziato.

"Emma, ascoltami" continua Kendall, e con riluttanza apro gli occhi, mentre torna sul suo sgabello. "A Marcus ovviamente piaci. Quindi, che cosa importa se non rispecchi i suoi requisiti di moglie? Ciò non significa che tu non possa divertirti con lui. Hai fatto sogni erotici sul ragazzo, santo cielo. E pensaci: *Marcus Carelli*. Sai quali porte ti si aprirebbero, se fossi al suo fianco? I luoghi in cui potrebbe portarti, le persone che potresti conoscere?" Quando la guardo senza espressione, lei alza gli occhi al cielo e dice acutamente: "Quel lavoro nell'editoria che hai sempre sognato? Potrebbe procurartelo in qualsiasi momento. Accidenti, il suo fondo probabilmente potrebbe *rilevare* qualsiasi editore desideri con qualche spicciolo."

Sussulto. "Kendall—"

Solleva una mano. "Lo so, lo so. Sei determinata a cavartela da sola, e questo è ammirevole. Ma sai una cosa, Ems? Il terreno sotto i nostri piedi può essere un prato verde o una palude, e non possiamo sceglierlo—a meno che non siamo molto fortunati e il destino ci consenta un modo per attraversarlo. E tu, mia cara, hai appena avuto tra le mani l'equivalente del Golden Gate Bridge. Marcus Carelli può condurti ai pascoli più verdi che si possano immaginare; tutto quello che devi fare è dire di sì."

Durante il tragitto di ritorno a casa in

metropolitana, faccio del mio meglio per dimenticare le parole di Kendall, ma il sapore amaro nella bocca persiste. Le ho parlato della mia infanzia più di una volta, ma ancora non capisce, non proprio. Per lei, lo status di miliardario di Marcus è un vantaggio, mentre per me è un enorme svantaggio. I suoi soldi e le sue connessioni sono l'ultima cosa che voglio, e quel fatto da solo avrebbe rovinato qualsiasi relazione avremmo mai potuto iniziare.

Non che lui voglia avere una relazione con me. Sono abbastanza sicura che sarebbe stato solo un affare di una o due notti, al massimo. E pur avendo preso in *considerazione* l'idea, quando mi si è presentata—quando non ha negato che alla fine avrebbe potuto sposare Emmeline—non sono riuscita a farlo, sebbene il mio corpo mi abbia implorato di farlo.

Ero troppo sopraffatta dal modo in cui mi faceva sentire—e decisamente terrorizzata da come sarebbe stato, una volta uscito inevitabilmente dalla mia vita.

Quindi, ho fatto benissimo a comportarmi in quel modo ieri. È così. Quindi, che cosa importa se mi sono sentita di merda dopo averlo rifiutato al punto da non riuscire a dormire? Era troppo per me—*lui* era troppo per me—ed è bello conoscere i propri limiti.

O, almeno, questo è quello che mi sono ripetuta dal momento in cui Marcus è andato via, chiudendo la porta riparata dietro di lui. Senza la sua presenza, il mio monolocale è subito sembrato più freddo, più vuoto... in qualche modo meno vitale.

No, non è vero. Rifiuto di soffermarmi su quel pensiero. Per quanto sia vulcanica la nostra attrazione, siamo assolutamente incompatibili. Ho fatto la scelta giusta, a prescindere dall'opinione di Kendall o di chiunque altro.

Tutto quello che devo fare è convincermene.

arcus

Trascorro il resto del venerdì sera cercando di convincermi che quella che è successa sia stata la cosa migliore, che sono contento che Emma abbia staccato la spina di questa follia, prima che andasse oltre. Certo, sarebbe stato bello fotterla e alleviare la tensione che mi ha sopraffatto dal momento in cui l'ho vista, ma alla fine non saremmo potuti andare da nessuna parte.

Emmeline—o un'altra donna come lei—è ciò di cui ho bisogno, ed Emma sarebbe stata solo una distrazione. È già stata una distrazione, in realtà, incasinando la mia attenzione sul lavoro e altrove.

Nonostante quel ragionamento perfettamente lucido, dormo a malapena venerdì sera, sentendomi teso e irrequieto, nonostante due docce fredde e un incontro con il mio pugno. Ogni volta che chiudo gli occhi, vedo Emma nella sua biancheria intima di pizzo, e il mio corpo brucia per il bisogno di averla, di sentire le sue morbide curve sotto i palmi delle mani e di assaggiare la dolcezza delle sue labbra.

Alla fine, mi arrendo sul sonno e vado a fare una corsa di quindici chilometri. Il duro ritmo che ho impostato è sufficientemente estenuante, e quando mi siedo per consumare la colazione gourmet che il mio maggiordomo ha preparato per me, un po' della frustrazione si è attenuata. Tuttavia, decido di chiamare Emmeline per schiarirmi le idee.

Abbiamo un'altra piacevole conversazione. Scopro che verrà a New York per un viaggio d'affari a dicembre, e ci accordiamo per incontrarci per cena la sera in cui è libera. È tutto molto appropriato e civile, e quando riattacco, non sento il minimo bisogno di perseguitarla o trascinarla in una caverna.

E così dovrebbe essere, mi ripeto, mentre mi reco nel mio ufficio di casa per portarmi un po' avanti con il lavoro. Con Emma, ero costantemente sul punto di perdere il controllo e dimenticare ciò che è veramente importante. Il desiderio che la piccola rossa ha risvegliato in me era troppo potente, troppo pericoloso. Voglio essere attratto dalla donna con cui sto, ma non così.

Non al punto in cui ruota tutto intorno a lei.

Lavoro tutta la mattina e gran parte del pomeriggio, e poi, dato che l'irrequietezza sta tornando, chiamo il mio amico Ashton per una sessione di sparring nella nostra palestra di arti marziali.

È libero, e ci vediamo un'ora dopo. È bravo nelle arti marziali quanto me, e dopo un'ora di botta e risposta continuo, il punteggio è pari e siamo entrambi grondanti di sudore.

"Che ne dici di una birra dopo esserci cambiati?" propone, mentre ci dirigiamo verso gli spogliatoi, e accetto volentieri.

Qualsiasi cosa pur di non pensare a Emma.

"ALLORA, COM'È ANDATA CON L'ORGANIZZATRICE DI incontri?" chiede Ashton, mentre ci sediamo al bar. Sono appena le sei, quindi anche se è sabato, il posto è abbastanza tranquillo per continuare una conversazione. "Mia zia mi ha detto che hai contattato Victoria" continua, mentre il barista ci consegna le birre. "Ti ha già trovato una moglie?"

Sollevo la birra e bevo un lungo sorso nel tentativo di non scattare. Questa è l'ultima cosa di cui voglio parlare adesso, ma dato che è stato lui a farmi conoscere Victoria Longwood-Thierry, gli devo una risposta.

"Mi ha messo in contatto con una candidata promettente—una donna di nome Emmeline Sommers" dico, poggiando la mia birra. "Ma è a Boston, quindi vedremo come va."

"Vedremo? Te l'ho detto." Sorride, mostrando i suoi

denti bianco perla. "Quella roba funziona—almeno se lo vuoi. Non potresti pagarmi abbastanza per stare con una ragazza per il resto della mia vita, ma se è quello che cerchi, tanto vale assicurarti che la figa sia di prim'ordine."

Sembra lo stronzo che è, ma le due donne in piedi accanto al bancone sembrano abbagliate dal suo sorriso. È sempre così con lui. Ashton Vancroft ha molti soldi—proviene da una ricca famiglia—e lo ostenta. La sua innata arroganza da ragazzo ricco, unita al fisico atletico e all'aspetto da surfista, attira le donne come una calamita, e lo fa da quando lo conosco—che presto sarà ben oltre un decennio.

Ci siamo conosciuti in una scuola di economia, dove stavamo entrambi conseguendo i nostri MBA—io, che dovevo convincere gli investitori a fidarsi di me per i loro soldi, e Ashton, perché è quello che ci si aspettava da lui. Come mi ha spiegato una volta, le sue opzioni di carriera erano avvocato, medico o consulente finanziario; qualsiasi altra cosa sarebbe stata considerata inaccettabile per un Vancroft. Alla fine, si è ribellato abbandonando la scuola di economia per diventare un personal trainer, ma il danno ormai era fatto.

Aveva acquisito troppo il senso degli affari per vivere la vita povera e spensierata che aveva sempre desiderato.

Ciò che era iniziato con pochi clienti nei fine settimana è diventato rapidamente un business redditizio, grazie al passaparola sul suo approccio hardcore e concreto al fitness e all'app creata da lui per allenare i suoi clienti da remoto durante i loro viaggi. In poco tempo, ha ottenuto migliaia di clienti in tutto il mondo e, mentre le loro foto del prima e dopo invadevano Instagram, la sua app di allenamento è esplosa in popolarità, salendo in cima a tutti gli app store. Ora è multimilionario anche senza i soldi dei suoi genitori—e nega tutto.

"Come vanno gli affari?" chiedo, perché so che non gli piacerà—il che è giusto, visto quanto mi ha infastidito la sua indiscrezione nella mia vita relazionale.

Com'era prevedibile, fa una smorfia. "Malissimo. Il fatturato è cresciuto di un altro venti percento il mese scorso, e sono sommerso dalle offerte degli sponsor. Non voglio niente di tutto questo, ma mi ascoltano? No. Sono convinti che dovrei morire dalla voglia di smerciare i loro integratori di merda, l'attrezzatura da palestra o qualsiasi altra stronzata vendano. Non importa che nessuna di quelle cazzate a soluzione rapida funzioni. Ci vogliono solo una corretta alimentazione e sfidare il proprio corpo, e—"

Mi distacco automaticamente, mentre si lancia nella sua solita ramanzina contro i pantofolai alla ricerca di soluzioni magiche alla loro pigrizia, e i miei pensieri si spostano su Emma. Mi chiedo che cosa stia facendo questo sabato sera. Sta coccolando i suoi gatti col suo pigiama o è da qualche altra parte?

Forse a un appuntamento?

Stringo la mano sul boccale di birra, mentre la

immagino seduta in un ristorante con qualche coglione, sorridendogli con il suo sorriso grazioso e le fossette. Lui si ecciterebbe, gli verrebbe quasi l'acquolina in bocca, mentre lei mangia la sua fetta di pizza economica o altro, e poi dividerebbero amichevolmente il conto, prima di andare insieme a casa sua, e—

Cazzo, no. Non voglio pensarci.

Mi sento già omicida così come stanno le cose.

Non è tua, mi dico, mentre trangugio la birra. Ha tutto il diritto di vedere chi vuole e fare quello che vuole. Non stiamo più insieme—non lo siamo mai stati. Due appuntamenti non stabiliscono una relazione, e nemmeno un paio di baci... almeno, una volta finito il liceo.

Quindi, non ha senso che mi sia sentito come se questa fosse stata una vera rottura, come se avessi perso qualcosa, quando ha detto che era finita e di andarmene. Al massimo, il mio orgoglio dovrebbe essere ferito dal suo rifiuto, niente di più.

Eppure, quando le due donne al bancone ci si avvicinano, flirtando e sbattendo le loro lunghe ciglia, tutto ciò a cui riesco a pensare è Emma e il suo sorriso con le fossette. E quando mi scuso per tornare a casa, sono le sue curve sinuose che immagino, mentre sono sotto la doccia, con il pugno avvolto intorno all'asta dolorante.

È il suo volto che vedo nella mia mente, mentre vengo.

25

Emma

GLI UNDICI GIORNI SUCCESSIVI SI TRASCINANO AL RITMO di una lumaca. Vado al lavoro, torno a casa, e mi occupo del mio sito di editing. Dal punto di vista finanziario, le cose stanno migliorando: ottengo un paio di nuovi clienti attraverso i referral, uno dei miei clienti abituali mi ha appena inviato un nuovo romanzo su cui lavorare, e un autore che aveva avuto problemi finanziari alla fine ha effettuato il pagamento che mi doveva per aver editato il suo romanzo fantasy di mille pagine. I miei gatti non hanno avuto bisogno di costosi viaggi dal veterinario, quindi, per una volta, il saldo del mio conto bancario è a quattro cifre. Ho addirittura ripagato una piccola parte dei miei prestiti studenteschi, rendendo il recente picco dei tassi di interesse un po' meno doloroso.

Quindi, non c'è motivo di sentirmi come se stessi annegando in una palude con una pietra di venti chili sulla schiena.

"Chiamalo" mi esorta di nuovo Kendall mercoledì mattina, quando mi lamento che mi sento male e ho avuto problemi a dormire. "Digli che hai cambiato idea e che vuoi rivederlo. O almeno mandagli un breve saluto. Forse è ancora interessato e risponderà."

Scaccio i suoi suggerimenti, sostenendo che il mio cattivo umore non ha nulla a che fare con *quello*, ma per tutto il mercoledì, il telefono si fa beffe di me, con la custodia rosa brillante che sembra il mantello rosso su un toro. Non telefono—eroicamente, resisto all'impulso—ma quella notte, sogno di aver ceduto... e che Marcus è immediatamente venuto da me.

Mi sveglio bagnata e dolente, in fiamme per il mio sogno più sporco. Mettendomi a sedere, accendo la lampada sul comodino, e i gatti mi guardano dal cuscino, infastiditi dal rumore nel sonno.

"Sì, come vuoi; ricordi il vaso che hai rotto nel cuore della notte la scorsa settimana?" borbotto a Mr. Puffs, e lui agita la coda, riconoscendo la mia ragione.

I gatti tornano prontamente a dormire, ma io mi alzo, troppo nervosa per rimanere immobile. Il telefono è sul mio comodino, tentandomi, attirandomi a sé. Lo raggiungo, ma tiro indietro la mano all'ultimo momento, dicendomi che è una cattiva idea.

Una pessima idea.

Tuttavia, non riesco a distogliere lo sguardo dal dispositivo, e la mia mano lo raggiunge di nuovo, sollevandolo.

Non farlo, Emma.

Mi blocco, cercando di ascoltare la voce della ragione, ma un secondo dopo, le mie dita si muovono di loro spontanea iniziativa, scorrendo sullo schermo per leggere i messaggi scambiati con Marcus. Il cuore mi batte furiosamente nel petto, mentre scrivo: "Ehi..."

Non inviarlo. Cancellalo, cancellalo, cancellalo!

Mi mordo il labbro, fissando lo schermo, con il dito che incombe sul pulsante Elimina. Lo invio o no?

Un debole miagolio mi distoglie dal dilemma esistenziale e sollevo lo sguardo per vedere Queen Elizabeth, che cammina verso di me sopra la coperta.

"Pensi che dovrei inviarlo?" le chiedo, e lei miagola di nuovo.

"Davvero?"

Mi rivolge un'occhiata che mi dice che sono stupida parlando con una gatta di questo.

"Beh, con chi altro posso parlare nel cuore della notte?"

Si siede e inizia a leccarsi la zampa.

"Okay, va bene, continua pure." Infastidita, guardo in basso verso il mio telefono—e il mio stomaco si contorce.

In qualche modo, mentre stavo parlando con la gatta, il mio dito è scivolato e ha premuto "Invia."

26

IL MIO TELEFONO VIBRA ALLE 2:49 DI GIOVEDÌ, svegliandomi meno di due ore dopo essere tornato a casa dal lavoro. Imprecando, lo prendo—e vedo che è un messaggio.

Da parte di Emma.

Sono immediatamente sveglio, con tutto il corpo vibrante di adrenalina, mentre mi metto a sedere e scorro sullo schermo.

Ehi...

Questo è tutto.

Getto via la coperta e accendo la luce. Vedo i tre punti danzare sullo schermo, che mi avvisano che Emma sta per inviare un secondo messaggio.

Ehi... vuoi venire a casa mia?

Ehi... mi sei mancato.

Ehi... mi sono resa conto di aver commesso un errore.

Ehi... che fai stasera?

Le possibilità sono infinite, e sto morendo dalla voglia di vedere che cosa dirà.

I tre punti scompaiono, come se avesse smesso di scrivere e cancellato il messaggio. Cinque secondi dopo, riappaiono.

Fisso il telefono, con il cuore che batte all'impazzata per l'insopportabile attesa. Non vedo l'ora che ammetta che mi vuole, che ha cambiato idea sul fatto di mandarmi via. Ho un incontro importante con un investitore in mattinata, ma se lei vuole che io vada subito, lo farò.

Se potessi, mi teletrasporterei a Brooklyn, in modo da poter presentarmi alla sua porta non appena ricevuto quel messaggio.

Si sta prendendo il suo tempo per comporlo, così mi alzo, incapace di stare fermo. Stringendo il telefono, mi dirigo in bagno per prepararmi nel caso, come spero, di una telefonata.

Ho quasi finito di radermi, quando finalmente il telefono vibra per un nuovo messaggio. Posando il rasoio, scorro lo schermo con un dito semi-asciutto.

Scusa, l'ho inviato alla persona sbagliata.

Rileggo le parole incredulo—e con la rabbia che cresce.

Che cazzo sta succedendo?

Stava mandando un messaggio a *qualcun altro* alle tre del mattino?

Combattendo l'impulso di spaccare il dispositivo contro il tavolo di marmo, asciugo grossolanamente i resti della crema da barba e lancio l'asciugamano nel lavandino. Teoricamente, questo qualcuno potrebbe essere un amico o un parente, ma in pratica le possibilità sono pari a zero.

C'è solo una persona a cui manderesti messaggi a quest'ora—ed è qualcuno che ti scopi o che stai pensando di scopare.

E quel qualcuno non sono io.

La furia che mi attraversa, mentre immagino il ragazzo—probabilmente uno stronzo appena uscito da Peace Corps, che possiede un milione di gatti. Non avrebbe idea di come soddisfare una donna, eppure *finirebbe* nel letto di Emma, perché è un amante degli animali e fottutamente "simpatico."

Beh, *io* non sono simpatico—e non ho mai rinunciato a qualcosa che desidero davvero. Negli ultimi dodici giorni, ho fatto del mio meglio per dimenticarla, per convincermi ad andare avanti, ma ogni notte l'ho sognata e ogni mattina mi sono svegliato indurito e frustrato, incapace di concentrarmi finché non mi soddisfacevo con il pugno. Che mi piaccia o meno, questa mia nuova ossessione non scomparirà, ed è giunta l'ora che la accetti.

Tristemente, apro la mia e-mail e scrivo un messaggio all'investigatore privato che utilizzo per tenere sotto controllo i dirigenti di livello C delle società in cui abbiamo investito pesantemente. Lui opera legalmente e può annusare uno scandalo anni prima che qualsiasi straccio di gossip ottenga un indizio. Non l'ho mai fatto indagare su una donna che m'interessasse prima d'ora, ma c'è sempre una prima volta.

Mossa da stalker o meno, devo sapere chi sta frequentando Emma—perché ho finito di giocare secondo le regole.

In un modo o nell'altro, la piccola rossa sarà mia.

mma

I FIORI ARRIVANO GIOVEDÌ POMERIGGIO, PROPRIO MENTRE il mio capo mi sta raccontando tutto sulla sua nuova dieta. Il vaso è così grande che il ragazzo delle consegne si sforza di sollevarlo sul tavolo e, quando finalmente ci riesce, l'enorme mazzo di tulipani rosa, gialli e rossi quasi blocca il registratore di cassa.

"Oggi è il tuo compleanno?" chiede il Signor Smithson, guardando confuso i fiori, mentre cerco un biglietto nella foresta di steli e foglie. "Avrei giurato che fosse a settembre."

"Uhm... è a settembre." La mia faccia diventa di un rosso acceso, quando trovo il biglietto e leggo il messaggio di una sola parola. Il capo mi sta ancora guardando con aria interrogativa, così mento: "È solo un pensierino da parte dei miei nonni. Adoro i tulipani, e loro me li regalano ogni tanto, per farmi sapere che mi pensano."

"Oh." Il Signor Smithson sbatte le palpebre. "Okay, beh, goditeli."

Si allontana per sistemare i thriller, e sospiro, con la mano che trema per un mix di trepidazione ed eccitazione, mentre sollevo il biglietto e rileggo il messaggio.

C'è scritta una sola semplice parola.

Ehi.

Sono quasi calma, quando torno a casa dal lavoro, essendomi convinta che il bouquet fosse la rivalsa di Marcus per i miei stupidi messaggi di ieri sera. È stata sicuramente una mossa codarda da parte mia affermare di aver inviato quell'"ehi" alla persona sbagliata, ma ero in preda al panico e non sapevo cos'altro fare.

Non avevo motivo di mandargli un messaggio alle tre del mattino, a parte l'ovvio—e non sono pronta per *affrontarlo.*

Sono tentata di chiamare Kendall e parlarle dei messaggi e dei tulipani—che, per una strana coincidenza, sono i miei fiori preferiti—ma resisto. Ci ricamerebbe sopra, e poi, penserei che Marcus sia ancora interessato a me invece di essere sulla buona strada per sposare Emmeline o un'altra donna altrettanto perfetta.

No, devo dimenticare tutto di lui e del suo strano messaggio di rivalsa. Non significa nulla—e certamente non che sia ancora interessato. Questa cosa tra noi è finita, e ora che mi ha fatto sapere quanto erano stupidi i miei messaggi, sono sicura che non avrò più sue notizie.

La mia convinzione dura finché non suona il campanello, mentre sto dando da mangiare ai gatti.

"Un attimo!" urlo, cercando di non inciampare su Mr. Puffs, mentre poggio la ciotola e mi precipito verso la porta. Non vorrei ripetere quanto accaduto la scorsa settimana.

Non c'è nessuno alla porta quando la apro, ma *c'è* un pacco sullo zerbino.

Il mio battito accelera.

Non stavo aspettando una consegna.

La scatola è piccola e leggera, quindi non ho problemi a sollevarla. Con il cuore in gola, la porto in cucina e la poso sul tavolo, poi afferro un coltello per tagliare il nastro.

All'interno c'è un'altra scatola, una molto più bella con sopra il logo Saks Fifth Avenue. Aprendola, rimango a bocca aperta per il contenuto.

Una sciarpa in cashmere bianca, proprio come la marca cinese economica che ho messo nella mia lista dei desideri di Amazon per Natale—però è di uno stilista italiano e sembra mille volte più costosa.

Che diavolo sta succedendo?

Rovisto nella scatola e trovo un biglietto.

Dalla tua persona sbagliata, c'è scritto.

"OKAY, RICAPITOLIAMO" DICE KENDALL VENERDÌ mattina, quando mi arrendo e la chiamo dal lavoro, dopo un'altra notte insonne. "Gli hai mandato un messaggio per sbaglio alle tre del mattino di giovedì, e lui ti ha già inviato *due* regali?"

"Sì!" Una donna che sta sfogliando la sezione dei misteri mi lancia un'occhiata infastidita, e affondo nella sedia, per poter essere mezza nascosta dietro il bancone. "Perché l'avrebbe fatto?" continuo in tono sommesso. "E con quei biglietti? Pensi che stia solo giocando con me?"

"Perché dovrebbe? Emma, tira fuori la testa dalla sabbia. Ovviamente, ti vuole ancora. Ti ha mandato... che cosa? Un mazzo di fiori e una sciarpa?"

"Sì. Un enorme bouquet di tulipani e una sciarpa di cashmere bianca, proprio come quella che speravo mi regalassero i nonni per Natale, ma infinitamente più elegante. Come faceva a sapere che avevo bisogno di una sciarpa? O che adoro i tulipani?"

"Alla maggior parte delle persone piacciono i tulipani, e deve averti vista senza sciarpa. Ad ogni modo, che importa?" La voce di Kendall si alza per l'esasperazione. "Ti ha inviato dei *regali*. Ciò significa che è ancora molto preso da te. Gli hai almeno mandato un messaggio di ringraziamento?"

Mi mordo il labbro. "Volevo farlo, ma—"

"Okay, sul serio? Devi farlo. Subito. Ringrazialo e digli che vuoi rivederlo."

"Kendall—"

"Non ricominciare. Mandagli un messaggio e richiamami quando hai fatto."

"Scusa." La donna che stava sfogliando la sezione dei misteri si avvicina al bancone, con il viso solcato da una smorfia di disapprovazione. "Non riesco a trovare l'ultimo di James Patterson."

"Certo." Riattaccando il telefono, salto su, felice per l'interruzione. "Lasci che le mostri dove si trova."

Mentre conduco la donna attraverso la libreria, provo a dimenticare tutto sulle istruzioni della mia amica—e sull'uomo che è la causa del mio tumulto interiore.

QUANDO TORNO A CASA, NON SONO ANCORA RIUSCITA A trovare il coraggio di chiamare o mandare un messaggio a Marcus. In parte è perché non ho idea di cosa dire. Mi sta prendendo in giro o è tutto vero? Dovrei essere arrabbiata o contenta? I regali che mi ha inviato sono esageratamente costosi—lo so, perché ho controllato il prezzo di quella sciarpa online—quindi dovrei rifiutarli, almeno. Ma ciò significherebbe entrare in contatto con l'uomo, il che mi riporta al dilemma riguardo alle sue intenzioni.

Che cosa sta cercando?

Vuole ancora uscire con me o è solo un gioco per lui?

Ho dato da mangiare ai gatti e sono a metà della mia cena, quando suona di nuovo il campanello.

Salto su e mi precipito, ma il ragazzo della FedEx che ha lasciato il pacco sulla porta di casa sta già salendo sul suo furgone.

La scatola è pesante per le sue dimensioni. La porto in cucina e taglio il nastro con le mani che mi tremano.

All'interno ci sono dei libri, ognuno avvolto in un sacchetto di plastica sigillato ermeticamente.

I viaggi di Gulliver, *Via col vento* e *Il conte di Montecristo*.

Le mie tre storie preferite di tutti i tempi—e ognuna di esse è una prima edizione firmata.

PER LA PRIMA VOLTA, CAPISCO LE PERSONE CHE VANNO A correre, quando sono stressate.

Non riesco a stare ferma—e non ci riesco da un'ora. Lo stesso vale per la mia cena. Vago per il mio minuscolo appartamento, passando dalla cucina alla camera da letto al bagno e ritorno. I miei gatti mi stanno fissando come se avessi perso la testa, ed è possibile che abbiano ragione.

È impossibile che dei libri rari dal valore di un fantastilione di dollari siano sul tavolo della mia cucina, insieme a un biglietto che dice: "Vengo a prenderti alle 7 stasera."

È uno scherzo. Dev'essere così.

Per la ventesima volta, afferro il telefono e inizio a scrivere un messaggio a Marcus.

Grazie mille per i tuoi doni follemente generosi, ma temo di non poterli accettare—e ho altri piani per stasera. Inoltre, mi stai prendendo in giro?

Cancello il messaggio, prima di poterlo inviare, proprio come ho cancellato i diciannove tentativi precedenti.

Nulla di ciò che compongo suona bene. Posso modificare un romanzo con una precisione spietata, suggerendo parole e frasi che trasmettono perfettamente il significato, ma non riesco a scrivere questo messaggio.

Non sono mai stata così sconvolta. E, peggio ancora, il tempo passa, avvicinandosi inevitabilmente alle sette. Tra diciassette minuti, Marcus verrà a prendermi, e non sono ancora riuscita a trovare il coraggio di chiamarlo o mandargli un messaggio per assicurarmi che ciò non accada.

Probabilmente è meglio che gliene parli di persona, penso, cercando di sentirmi meglio in merito alla mia inspiegabile codardia. Forse, se riesco a vedere la sua espressione, saprò cosa sta cercando, invece di azzardare ipotesi stupide. Perché nulla di tutto ciò—i regali, i biglietti ambigui—ha senso.

Ovviamente, non ho intenzione di andare a un appuntamento con lui—se "vengo a prenderti" significa un appuntamento. E se è così, quale stronzo *dice* a una donna che verrà a prenderla invece di chiedere? E se avessi avuto altri piani? Certo, non ce li ho, ma non può saperlo, no?

Inoltre, come fa a sapere quali sono i miei libri o i fiori preferiti? O che tipo di sciarpa volevo? Non ne abbiamo mai parlato.

La testa inizia a farmi male a causa dell'eccesso di pensiero, così mi fermo vicino al letto per raccogliere Cottonball, che inizia subito a fare le fusa.

"Lo so, piccolo." Cullandolo sul mio petto, gli accarezzo la morbida pelliccia. "Non ti ho coccolato stasera, e mi dispiace. Forse Marcus non si presenterà. Potrebbe essere tutto un enorme scherzo, sai? I libri potrebbero non essere nemmeno reali, ma una sorta di riproduzione—anche se non ho idea del perché avrebbe fatto una cosa del genere."

Queen Elizabeth solleva la testa dal mio cuscino e mi guarda con gli occhi a fessura.

"*Non* pensi che sia uno scherzo?" chiedo sulle forti fusa di Cottonball, e lei sbadiglia come se fosse annoiata.

"Sì, okay, non sarà così divertente, ma che cos'altro potrebbe essere? Gli ho detto che non funzionerà tra noi, e sono sicura che abbia un milione di donne in fila per uscire con lui."

Sbadiglia di nuovo e appoggia la testa sul cuscino.

"Lo so. È tutto così confuso, non è vero?" Sospiro e mi siedo sul letto accanto a lei—cosa che Mr. Puffs interpreta come un invito a spingere Cottonball giù dalle mie ginocchia. Diventa geloso, quando interagisco con i suoi fratelli, così lo gratto dietro le orecchie, sapendo che se non lo facessi, i miei accessori rimanenti proverebbero molto dolore.

Continuando ad accarezzare Mr. Puffs, guardo di soppiatto il mio telefono.

18:53

Se questo fosse un appuntamento, starei impazzendo, visto che indosso ancora i miei vecchi pantaloni della tuta e una maglietta coperta di peli di gatto, ma le cose non stanno così. Proprio per niente. Perché questo non è un appuntamento. Anche se Marcus si presentasse alla mia porta come promesso, gli restituirei i libri follemente costosi e spiegherei con calma che non andrò da nessuna parte. Gli direi di smettere di mandarmi regali con messaggi beffardi e— oh, chi sto prendendo in giro?

Ignorando l'offeso miagolio di Mr. Puffs, lo spingo giù dalle mie ginocchia e mi precipito nell'armadio, tirando giù freneticamente un vestito dopo l'altro. Non mi farò bella per Marcus; lo farò per me, mi dico. Voglio essere presentabile, perché è la cosa giusta da fare. Lo farei per chiunque, anche per Kendall. Soprattutto per Kendall, ora che ci penso. Non smetterebbe mai di rimproverarmi, se mi vedesse conciata come una vagabonda.

Certo, come il caso vuole, questo sabato è il giorno della lavanderia, e non ho quasi nulla nel mio armadio. Ma qualsiasi cosa è meglio di quello che indosso in questo momento, quindi infilo i jeans attillati—così chiamati perché dovrei essere più magra per indossarli comodamente—e afferro un maglione grigio, che ha solo un po' di peli di gatto sopra.

Ecco. Fatto. Non importa se riesco a malapena a chiudere il bottone dei jeans o che indossare il maglione ha creato staticità, facendo sembrare i miei capelli colpiti da un fulmine. Mi liscio i palmi delle mani sui ricci incredibilmente arruffati, applico un po' di cipria sulle guance per dare un tocco di colore, e passo un lucidalabbra rosa sulle labbra—per ogni evenienza.

Il campanello suona, mentre sto per indossare gli stivali al posto delle pantofole.

Cazzo, cazzo, cazzo.

Speravo che non si sarebbe presentato.

No, è una bugia. Sarei stata delusa, se non l'avesse fatto—ma solo perché voglio dirgli come la penso. Chi diavolo crede di essere? Mandarmi quei regali schifosamente costosi—anche quel bouquet dev'essergli costato un occhio della testa—e ordinarmi di andare a un appuntamento con lui?

Sono così agitata che m'incammino verso la porta e la apro con uno scatto—e solo allora ricordo le scolorite pantofole rosa che ancora indosso.

"Ciao" mormora Marcus, guardandomi, e dimentico tutto sulla mia indignazione e le pantofole, con il respiro che si blocca nel calore oscuro di quei freddi occhi azzurri.

In qualche modo, nelle ultime due settimane, ho dimenticato quanto sia grosso, e quanto siano splendidi i suoi duri lineamenti virili. Col suo abbigliamento intimidatorio costituito da un completo perfettamente cucito su misura, camicia blu, cravatta a righe sottili e cappotto sbottonato lungo fino al ginocchio, sembra una specie di re dei giorni nostri, che emana ricchezza e potere—e più della giusta dose di potente magnetismo animale. Riesco letteralmente a sentire il mio sangue che scorre veloce nelle vene, riscaldando ogni centimetro di pelle, fino a quando le raffiche gelide del vento all'esterno non sembrano che una mite brezza estiva.

"C-ciao" balbetto, rendendomi conto che lo sto fissando a bocca aperta. "Voglio dire... ciao." L'incapacità di usare le parole che mi aveva afflitta con i messaggi non è scomparsa, noto con la piccola parte del mio cervello che funziona ancora. Il resto della mente è vuoto. Non riesco a ricordare alcun discorso che avevo preparato, mentre attraversavo la camera, o il perché l'avessi preparato. Tutto ciò a cui riesco a pensare mentre lo guardo è la sensazione di quelle grandi mani calde sulla mia pelle e di come quelle morbide labbra mascoline mi avevano mordicchiato l'orecchio, provocandomi brividi di piacere in tutto il corpo.

"Emma." La sua voce è bassa e profonda, così vellutata che è come un massaggio con un lieto fine per le mie orecchie. "Gattina, sei pronta?"

"Pronta?" *Oh Dio, riprenditi, Emma! Non può intendere sessualmente!* A meno che non sia così, nel qual caso la risposta è sì, mille volte sì. Forse altre femmine umane non vanno in calore, ma è esattamente quello che sembra succedere a me, quando sono con Marcus. Le mie mutandine sono già umide, e devo davvero sforzarmi di stare ferma invece di chinarmi e sfregarmi contro di lui come un gatto che segna il proprio territorio.

"Per andare" chiarisce, abbassando lo sguardo, e seguo i suoi occhi sulle mie pantofole—che sono rosa e scolorite come sempre.

Con un enorme sforzo, cerco di far funzionare il mio cervello confuso. "Andare dove? Non sono—"

"Al ristorante greco che non siamo riusciti a provare l'altra settimana" afferma senza mezzi termini. "È davvero buono, lo giuro—e non è affatto caro."

"Ma—"

"È anche molto informale" continua. "Ma è comunque meglio indossare le scarpe. Ecco, quelle andranno bene." Fa un passo in avanti, e io istintivamente indietreggio, lasciandolo entrare nell'appartamento e chiudendo la porta dietro di lui automaticamente.

Ignorando Mr. Puffs che gli soffia, Marcus mi passa accanto e raccoglie gli stivali che avevo preso dall'armadio. Poi, ritorna e s'inginocchia davanti a me, come un commesso in un negozio di scarpe. Stringendomi la caviglia con una grossa mano, mi toglie la pantofola e inizia a infilarmi il piede coperto da un calzino nello stivale.

Ciò che rimane dei miei cortocircuiti cerebrali è la sensazione delle sue dita dure e calde sulla mia caviglia, erotica come se avesse iniziato a succhiarmi le dita dei piedi. Oh Dio, è una mia nuova fantasia? Perché, all'improvviso, non riesco a pensare a qualcosa che desidererei di più che vedere l'uomo togliermi il calzino e premere le labbra sulla mia caviglia, per poi riempire di baci caldi e bagnati la parte superiore del mio piede nudo—

"Ecco, dammi l'altro piede" mormora, risvegliandomi dal mio depravato sogno ad occhi aperti, e sbatto le palpebre, con una vampata di calore che s'insinua nel mio collo, mentre mi rendo conto che uno stivale è già sul mio piede—e che è stato lui a mettermelo.

Sentendomi come una Cenerentola pervertita, sbotto: "Posso farlo da sola," e mi chino per intercettarlo, mentre raggiunge l'altro mio piede. Solo che ho fatto male i calcoli, e lo alzo proprio mentre sto abbassando la testa.

Con un grido di sorpresa, mi spingo in avanti—solo per ritrovarmi sulle ampie spalle di Marcus. Stringe immediatamente le mani intorno alla mia vita, stabilizzandomi, e finiamo naso contro naso, così vicini che posso sentire il suo respiro caldo sulle mie labbra e odorare il lieve accenno di brezza e pino fresco—il suo dopobarba, molto probabilmente.

I suoi occhi non sono solo azzurri, noto con stupore, mentre mi tira su in ginocchio accanto a lui. Le sue iridi hanno delle sfumature argentate, alcune abbastanza chiare da essere quasi bianche. Sono bellissime, e il modo in cui le pupille si dilatano mi sta incantando, anche se la crescente eccitazione accelera il mio respiro e m'inonda il sesso di calore liquido.

"Emma." Il timbro delicato e profondo della sua voce vibra dentro di me, aggiungendosi all'effetto ipnotico, mentre una delle sue mani mi lascia la vita per piegarsi attorno alla mascella, con il gesto sia tenero che possessivo. Chinandosi di un altro centimetro, mormora rauco: "Gattina, se non vuoi, dimmelo adesso."

Sì, diglielo. Solo che la mia bocca si rifiuta di cooperare, di formulare le parole necessarie per fermare questa follia. Perché lo voglio. Lo voglio così tanto che fa male. So che ci sono ragioni per cui questa non è una buona idea, ma non riesco a ricordare quali siano.

Interpreta correttamente il mio silenzio, e le sue labbra incombono vicino alle mie solo per un momento, prima di abbandonarsi a un bacio teneramente esigente. La sua lingua scorre sopra la cucitura chiusa delle mie labbra, cercando di entrare, e glielo lascio fare con un gemito sommesso, chiudendo gli occhi e stringendo le mani nei risvolti del suo cappotto, mentre il piacere infuocato attraversa il mio corpo.

In lontananza, sento un miagolio incazzato, ma non riesce a penetrare la nebbia sensuale che mi avvolge il cervello. La tensione sta crescendo nel mio intimo, aumentando a ogni abile carezza della sua lingua, e le mie mani scivolano sul suo collo per indulgere nella sensazione dei folti capelli setosi. Il mio tocco sembra piacergli, e un gemito gli rimbomba nella gola, mentre mi tira in piedi e sposta entrambi verso il letto, gettando via il cappotto e la giacca.

Sento altri miagolii arrabbiati, mentre i gatti saltano giù dal letto, liberando lo spazio per noi, e poi mi distendo sulla schiena, con Marcus sopra di me, le sue labbra che divorano le mie, mentre le mani vagano avidamente sul mio corpo vestito. Una grande mano si avventura sotto il mio maglione, il palmo è caldo e ruvido sulla mia pelle nuda, e rabbrividisco dal piacere, mentre le sue dita si chiudono sul mio seno sinistro, massaggiandolo attraverso il reggiseno con una forte pressione. Il suo pollice mi sfiora il capezzolo con la punta, e io m'inarco nel suo tocco, desiderando di più, avendo bisogno di più.

Avendo bisogno di tutto.

Dev'essere così che ci si sente, quando si viene spazzati via dalla passione, realizzo debolmente, strattonando il nodo della sua costosa cravatta, nel disperato tentativo di togliergliela, in modo da potergli strappare la camicia e sentirne il petto nudo. Ho sempre pensato che la parte sull'essere spazzati via fosse solo un giro di parole poetico, un'esagerazione romantica. Ma è proprio così che ci si sente: come un'ondata inarrestabile, uno tsunami di sensazioni su cui non ho alcun controllo. Tutto il mio corpo è in fiamme, i miei capezzoli tesi e doloranti, il clitoride palpitante, mentre il bisogno cresce nell'intimo.

Non so come riesca a togliergli la cravatta e la camicia in questo stato, ma lo faccio, e il calore dentro di me si trasforma in una conflagrazione, mentre le mie mani scivolano sugli ampi e muscolosi strati del suo petto e della schiena. È caldo e duro dappertutto, con la pelle liscia irruvidita solo dal groviglio di peli rudi vicino ai capezzoli piatti e dalla pista dell'amore che gli scorre lungo lo stomaco scolpito. I suoi addominali sembrano essere stati intagliati nella pietra, ciascuno delineato così perfettamente che voglio rallentare le cose in modo da poterlo fissare e bramare. Ma mi sta già togliendo il maglione e i jeans troppo attillati, insieme ai calzini e all'unico stivale, e tutti i pensieri sul rallentare svaniscono, mentre affonda la mano tra i miei capelli e mi bacia di nuovo, con la lingua che scava nella mia bocca con feroce desiderio, mentre la mano libera scivola sul mio corpo e scava sotto le mutandine bagnate.

Sì, oh Dio, sì, proprio lì. Vorrei urlare le parole a squarciagola, mentre trova infallibilmente il mio clitoride palpitante, ma tutto ciò che riesco ad emettere è un sussulto irregolare sulle sue labbra, con le corde vocali che si bloccano insieme a tutti i muscoli del mio corpo. Chiudo gli occhi, e m'inarco contro di lui, contorcendomi e ansimando, scavando con le unghie nei suoi fianchi, mentre il suo pollice preme sul fagotto gonfio di nervi e inizia a muoversi in un cerchio stuzzicante e crudele. Sono vicina, molto, molto vicina—

"Guardami" ordina, sollevando la testa, e i miei occhi si aprono di scatto, incontrando il suo sguardo, mentre il suo indice si abbassa, espandendo l'umidità lungo il bordo del mio ingresso, con il pollice che continua a tormentarmi squisitamente il clitoride. I suoi occhi sono scuri e affamati, mentre dice rauco: "Voglio vederti venire."

Sì, oh sì, per favore. La nota possessiva nella sua voce profonda si aggiunge alla tensione insopportabile che mi avvolge, e rimango sospesa per un delizioso secondo, prima che la pressione del suo pollice aumenti e io scoppi in un grido soffocato.

Il rilascio è come una bomba che esplode nel mio corpo, facendo scattare tutto lungo il percorso. Il piacere pulsa violentemente attraverso le mie terminazioni nervose, con i residui della sensazione che martellano in ogni cellula. E per tutto il tempo in cui mi osserva, il suo sguardo è fisso sul mio con oscuro trionfo—e il bisogno sempre più feroce.

28

Emma

I RESIDUI DELL'ORGASMO MI STANNO ANCORA martellando nell'intimo, quando Marcus si alza e mi sgancia il reggiseno, quindi abbassa la testa per chiudere le labbra attorno al mio capezzolo destro non appena il seno è scoperto. La sferzata della sensazione è quasi crudele, con la sua bocca calda e umida che succhia così forte che grido, afferrandogli i capelli in un piacere agonizzante, mentre i miei occhi si chiudono di nuovo. Ma è implacabile, e con mio grande shock, un rinnovato pulsare inizia nel mio intimo, e la tensione aumenta di nuovo. Non sono mai venuta due volte durante il sesso, soltanto da sola con il mio vibratore, ma mi rendo conto che è possibile con lui.

Anzi, è inevitabile.

Rivolge l'attenzione all'altro mio seno, succhiando il capezzolo duramente, mentre sposta la mano verso il basso, verso la mia biancheria bagnata. Mi tira le mutandine lungo le gambe; poi le sue dita tornano sulle mie pieghe. Solo che questa volta non mi stuzzica. Accarezzandomi il capezzolo con la lingua, mi penetra con un dito lungo e spesso, spingendo in profondità, mentre il pollice preme sul clitoride.

Esplodo. Non c'è altro termine per questo.

In qualche modo, il mio primo orgasmo mi aveva solo preparata a questo, e tutto il mio corpo si contorce per il piacere incandescente mentre grido, piegandomi sotto di lui. Il calore umido della sua bocca sul mio seno, la sensazione del suo dito grosso così in profondità dentro di me, il suo peso che preme sulle mie gambe—è troppo e non abbastanza allo stesso tempo.

Ho bisogno di più.

Ho bisogno di averlo dentro di me.

"Sì, così" ringhia, e apro gli occhi per incontrare il suo sguardo ardente.

Devo aver pronunciato le parole ad alta voce. Normalmente, quella consapevolezza mi farebbe arrossire dappertutto, ma sono troppo andata per preoccuparmene—e, a giudicare dai duri lineamenti di Marcus, deridermi è l'ultima cosa nella sua mente.

Indossa ancora i pantaloni e la cinta, e le nostre mani si scontrano, mentre raggiungiamo la fibbia nello stesso tempo. Sarebbe divertente, se non fosse per il fatto che sono così eccitata che l'attesa è il peggior tipo di tortura. Mi sento come se i due orgasmi mi avessero appena stuzzicato l'appetito, come se ora che ne ho avuto un assaggio, non potessi fermarmi fino a quando non avrò divorato il piatto principale.

E che piatto. Il mio respiro si blocca, mentre si sbottona i pantaloni, liberando finalmente l'erezione, ed estrae un preservativo dalla tasca. Avevo sentito quel duro rigonfiamento premuto contro di me l'altra settimana, e mi era sicuramente sembrato impressionante, ma non mi aspettavo *questo*.

"Sei mai stato nel porno?"

Le parole mi escono dalla bocca, prima di poterle rimangiare, e questa volta arrossisco—perché *non* intendevo sembrare la semi-vergine che sono. È indubbiamente abituato a donne con un'esperienza sessuale estesa come la sua, non alle gattare di ventisei anni, che sono andate a letto con due fidanzati in tutta la vita.

Le sue sopracciglia scure si sollevano in un cipiglio, ma con mio sollievo non sembra incline a ridere di me. Invece, borbotta: "No" e finisce di mettere il preservativo. Poi, si sposta su di me, coprendomi con il suo grande corpo. Incorniciandomi il viso con un palmo, reclama le mie labbra con un altro bacio appassionato e sconvolgente, e, allo stesso tempo, il suo ginocchio s'incunea tra le mie cosce, divaricandole. L'ampia punta del suo membro sfiora la mia parte interna della coscia, e sento la forte pressione all'ingresso.

Santo cielo, sembra grosso anche nel mio stato iper-eccitato.

Troppo grosso.

Allontano le labbra dalle sue. "Uhm, Marcus..."

Si ferma immediatamente, con la punta del fallo a meno di un quarto di centimetro dentro di me. Sollevandosi su un gomito, chiede con voce roca: "Ti sto facendo male?"

Deglutisco, incontrando il suo sguardo. "Un po'."

La sua mascella si flette. "Vuoi che mi fermi?"

"Che cosa? Oh, no. Solo... vai piano, okay?"

Un intenso sollievo lampeggia nei suoi occhi azzurri. "Recepito" promette, poi piega la testa e mi bacia di nuovo. Nello stesso tempo, i suoi fianchi iniziano a muoversi avanti e indietro, entrando dentro di me un millimetro alla volta. Il tratto brucia ancora, ma sono così eccitata che non mi dispiace il leggero dolore—e la sensazione della sua lingua che si aggroviglia con la mia si aggiunge alla scivolosità che gli facilita la strada.

All'inizio, sono grata per il ritmo lento, ma un minuto dopo, quando è ancora a meno di metà strada, sono pronta a graffiargli la schiena.

Ho bisogno di averlo dentro di me. Fino in fondo. Subito.

Affondando i denti nel labbro inferiore, sollevo i fianchi, prendendo un altro paio di centimetri—e mi si ferma il respiro nei polmoni, mentre spinge dentro di me con un gemito basso, penetrandomi fino in fondo.

Oh, cazzo. Quant'è *grosso.*

Devo averlo detto di nuovo ad alta voce, perché si

blocca e alza la testa. "Ti ho fatto male?" La sua voce è tirata, con tutti i muscoli del grande corpo tesi, mentre è completamente immobile. "Emma, gattina... dimmelo. Vuoi che mi fermi?"

Riesco a scuotere leggermente la testa. "No. Non fermarti." I miei muscoli interni stanno fluttuando nel panico, cercando di abituarsi alle sue dimensioni schiaccianti, ma la ninfomane appena risvegliata in me pretende di più.

Voglio quel terzo orgasmo, e lo voglio ora.

Mi fissa, con la carnagione leggermente abbronzata coperta da un sottile strato di sudore, e sento il momento esatto in cui il suo autocontrollo si spezza. Con un ringhio basso, si tira indietro e spinge dentro di me, così forte che sussulto. Ma questa volta non si ferma. Con gli occhi socchiusi e lo sguardo fisso sul mio, assume un ritmo duro e deciso.

Il fuoco che brucia dentro di me diventa un po' più caldo, con ogni colpo del suo enorme fallo che mi avvicina a quel delizioso limite. Ansimando, gli affondo le unghie nei fianchi e vado incontro alle sue spinte, con la tensione erotica che sale a livelli insopportabili. Sto per venire, ed è diverso, più intenso con lui dentro di me. Il cuore mi batte violentemente, con la pelle che brucia, e tutti i muscoli sono così tesi che tremo. È come se un treno stesse sfrecciando verso di me, e non riuscissi a fermarlo, a rallentarlo. Ogni volta che arriva in fondo a me, il suo bacino sbatte sul mio clitoride gonfio, e delle grida ansimanti mi escono dalla gola. È troppo, troppo intenso, eppure voglio di più.

"Vieni con me" sbotta, con il viso che si contorce, mentre martella senza pietà dentro di me, e il rilascio mi colpisce così forte che urlo. I miei muscoli interni lo avvolgono, mentre il piacere attraversa ogni terminazione nervosa nel mio corpo, e sento il suo pene sussultare e pulsare profondamente dentro di me, mentre sbatte, con gli occhi che si chiudono e la testa piegata all'indietro con un gemito orgasmico.

I residui dell'orgasmo sono come una serie di mini terremoti nel mio corpo, mentre collassa sopra di me, poi rotola su un fianco, tenendomi ancorata a lui in una presa possessiva, mentre il suo fallo che si sta lentamente afflosciando scivola fuori da me. Il sudore incolla la nostra pelle e il nostro respiro irregolare è udibile nella stanza silenziosa, mentre un solo pensiero mi frulla nella testa.

Sono davvero rovinata.

arcus

STRINGO LA PRESA SU EMMA, MENTRE LEI SI SPOSTA, cercando di allontanarsi. Dovrei lasciarla andare, in modo da poter rimuovere il preservativo e ripulirmi, ma non riesco a farlo. Il mio cuore sta battendo come un motore a vapore oberato di lavoro e, nonostante il rilassamento indotto dall'orgasmo, che si diffonde attraverso i muscoli, sto vibrando per un eccesso di adrenalina.

In tutta la mia vita, non ho mai provato qualcosa del genere—non mi sono mai perso in una donna così completamente. Dal momento in cui si è aggrappata alle mie spalle, sono stato spinto da un unico impulso primordiale: entrare dentro di lei, reclamarla e farla mia. Dimentico tutti i miei piani per una seduzione elaborata, su come avrei usato ciò che l'investigatore aveva scoperto per convincerla a darmi un'altra possibilità.

Stasera l'avrei corteggiata come un gentiluomo, ma invece l'ho aggredita con tutta la finezza di un detenuto affamato di sesso, senza fermarmi nemmeno quando ho sentito la sua estrema tensione e ho capito che le stavo facendo male.

"Va tutto bene, gattina?" mormoro, avvicinandola fino a quando non l'avvolgo da dietro, con una mano che le culla il seno e l'altro braccio disteso sotto il collo. Il suo corpo piccolo e sensuale sembra così giusto, così perfetto per me. Il suo sedere è deliziosamente sodo e tondo, mentre mi sfrega l'inguine, e il morbido globo del seno mi riempie il palmo come se fosse stato creato per questo.

Mi ricorda davvero una gattina, una dolce, calda, coccolona.

"Sto bene." Un rossore visibile s'insinua sopra la sua spalla nuda, tingendole la pelle con una delicata sfumatura color pesca, mentre cerca di allontanarsi di nuovo, borbottando: "Dovrei lavarmi."

Questa volta, non ho altra scelta che lasciarla andare. Con riluttanza, sollevo il braccio e lei salta giù dal letto, tutta ricci rossi selvaggi e curve pallide, mentre si dirige verso il bagno. Mi metto a sedere anch'io e prendo un fazzoletto dalla confezione sul comodino. Appena in tempo—il preservativo mi sta già scivolando via. Mentre avvolgo il fazzoletto usato con il preservativo all'interno, noto due gatti—i più piccoli

—che mi fissano, con i loro occhi verdi accusatori. Il loro fratello maggiore, per fortuna, non si vede da nessuna parte.

Forse si è offeso che ho preso il suo posto sul letto?

"Che cosa c'è?" ringhio contro di loro, quando continuano a fissare, e poi realizzo che sto parlando con dei fottuti *gatti*.

Alzandomi, mi chiudo i pantaloni e mi dirigo verso il bagno, dove sento scorrere l'acqua di una doccia.

"Emma?" Busso. "Posso entrare?"

Nessuna risposta.

Lo prendo come un sì e apro la porta. Come la maggior parte delle persone che vivono sole, non è abituata a chiudere la porta del bagno.

All'interno, la piccola stanza è immersa nel vapore, con lo specchio appannato. Attraverso la tenda blu semitrasparente sospesa sopra la sua vasca, vedo il contorno del corpo della ragazza sotto il getto d'acqua, e anche se mi sto ancora riprendendo dal potente orgasmo che ho appena avuto, il fallo si contrae con rinnovato interesse.

Fanculo. Dovevo stare meglio una volta averla avuta.

Esito, fissandola per un momento, poi mi tolgo le scarpe, seguite dai pantaloni e gli slip. Appendendo i vestiti sopra l'asta degli asciugamani, apro la tenda. "Posso unirmi a te?"

Si blocca, mentre sta versando un po' di bagnoschiuma nella mano, con gli occhi strabuzzati per lo shock. "Che cosa?"

"Posso unirmi a te?" ripeto, con la voce che si fa più rauca, mentre altro sangue mi raggiunge l'inguine. Con le meravigliose spirali dei suoi capelli vagamente raccolte sulla testa e l'acqua che scorre sulla sua pelle liscia e chiara, è la cosa più scopabile che abbia mai visto. Sono abituato alle donne rasate, ma è accuratamente ordinata, e la piccola chiazza di peli luminosi come una fiamma tra le sue gambe attira i miei occhi come un faro.

Una rossa naturale—non che avessi avuto qualche dubbio.

La sua pelle deliziosa diventa di una bella sfumatura di rosa, mentre realizza dove sto guardando. "Uhm... sì." Sembra soffocata, e quando sollevo lo sguardo, la vedo fissare il mio fallo, che s'indurisce rapidamente. "Puoi... entrare se vuoi."

Oh, lo voglio. Entrando nella vasca, chiudo la tenda, inclino il getto in modo che non sia diretto su di noi, e prendo il flacone del bagnoschiuma dalle sue flebili dita. "Ecco, lascia fare a me."

Sbatte le palpebre, senza capire.

"Voglio lavarti" spiego, versando il liquido nel palmo della mano, prima di posare il flacone nell'angolo della vasca. "Girati."

Obbedisce, e le spalmo la schiuma sulle spalle pallide, poi faccio scorrere le mani sulla pelle morbida della sua schiena, con il battito cardiaco che accelera con crescente eccitazione. Ha le fossette più sexy alla base della colonna vertebrale, dove la minuscola vita si allarga in un sedere deliziosamente sodo. Le mie mani scivolano giù per lavare quei globi morbidi e rotondi, e non riesco a evitare di stringerli in modo possessivo.

Mio.

Questo bel culetto è mio ora, come ogni altra splendida parte di lei.

È un pensiero assolutamente atavico—scopare una donna non significa possederla—ma non riesco a scacciarlo. È una convinzione che arriva fino all'osso.

Emma è mia ora. L'ho rivendicata, e non mi tirerò indietro.

La vasca in cui ci troviamo è stretta, specialmente per qualcuno della mia taglia, ma riesco a inginocchiarmi dietro di lei, mentre le spalmo il sapone sulle gambe, con il membro che s'irrigidisce ulteriormente, mentre i suoi muscoli del polpaccio si flettono al mio tocco. Quel suo delizioso culetto ora è più vicino al mio livello degli occhi, e mi viene l'acquolina in bocca dalla voglia di mordere quella carne cremosa ed elastica, di affondarci i denti come se fosse una mela.

"Voltati." La mia voce è talmente carica di lussuria che la riconosco appena. Non capisco che cosa mi stia succedendo, perché senta questo schiacciante bisogno di rivendicarla, di marchiarla come appartenente a me. Non ho mai avuto il minimo desiderio di fare del male a una donna, ma qualcosa di oscuro in me—qualcosa che non sapevo esistesse—assapora l'idea di rovinare la sua carnagione pallida, di vedere i segni del mio possesso sulla sua carne liscia.

Sopprimendo la bizzarra inclinazione sadica,

aspetto che si giri, e quando lo fa, le afferro i fianchi e la tiro verso di me. Anche con le gambe piegate sotto di me, sono troppo alto—o lei è troppo bassa—per raggiungere il mio obiettivo. Così, le sollevo la gamba, finché non è in equilibrio sulle dita dei piedi, aggrappandosi al muro piastrellato per sostenersi, e poi mi appoggio all'indietro, fino a quando la sua figa non è proprio sulla mia faccia.

I suoi occhi grigi sono spalancati, mentre mi fissa. "Che cosa stai—" inizia a dire, ma mi sto già tuffando nel banchetto, lambendo le sue pieghe rosa come se non ne avessi abbastanza. Ed è così. È come se il suo sapore fosse stato creato appositamente per me. Devo assaggiarla, sentire la sua carne morbida e liscia sotto la lingua.

Grida, agitando le gambe nella mia presa, mentre raggiungo il clitoride, e assaporo la sua eccitazione, mentre ulteriore umidità riveste la sua entrata.

Mi vuole.

Cazzo, sì, mi vuole.

Dimenticando ogni controllo, le divoro la figa, spronato dalle grida erotiche e dai gemiti che emette con la gola. È dolce come avevo immaginato, con la carne morbida come seta sotto la mia lingua. Il suo clitoride è gonfio per le mie precedenti premure, e lo succhio, sentendo la sua coscia tremare a ogni suzione. Un'umidità più deliziosa ricopre la mia lingua e uso la mano libera per penetrarla con due dita, premendo le dita sul punto G della sua parete interna.

Le sue grida s'intensificano, con l'intero corpo che

trema ora, e sento il momento preciso in cui accade. I suoi muscoli si stringono sulle mie dita, e un violento tremore la attraversa. Riduco la suzione e inizio a leccarla delicatamente, mentre rabbrividisce per i residui dell'orgasmo, quindi ritiro le dita, abbasso la gamba e torno in posizione inginocchiata di fronte a lei.

Ondeggia un po', come se fosse debole per il rilascio, e io le afferro i fianchi per stabilizzarla, mentre mi alzo in piedi, girandomi in modo che sia di nuovo sotto la doccia. Il suo sapore è sulle mie labbra e il mio membro è così rigido che fa male. Ma non ho un preservativo a portata di mano, e potrebbe essere dolorante a causa della nostra prima scopata, così mi sforzo di lasciarla andare e avvolgo le dita attorno al fallo.

Con lei che mi guarda stordita, pompo il pugno su e giù, lasciando che i miei occhi vaghino sul suo corpo sinuoso.

Impiego solo pochi secondi a venire, segnando la sua pallida coscia con spesse gocce bianche del mio seme.

30

*E*mma

LA MIA MENTE È ANCORA ANNEBBIATA, CON I PENSIERI ingarbugliati dalle endorfine post-sesso, mentre fisso le gambe, dove il seme di Marcus sta lentamente scivolando lungo la parte anteriore della mia coscia sinistra, mescolandosi con l'acqua che scorre su di me. Mi sento come se fossi in qualche modo atterrata in un film porno—uno particolarmente lungo, con l'attore più sexy che abbia mai visto.

È venuto su di me.

Sulla mia gamba

Mentre lo guardavo.

È stato così sporco—e così incredibilmente erotico. Proprio come i sogni che ho avuto, solo meglio, perché questo era il mio quarto orgasmo. *Il quarto.* Non sono mai venuta quattro volte di seguito, nemmeno con il vibratore. E avevo ragione sul fatto che la sua lingua fosse incredibilmente abile. *Accidenti, è davvero esperto. Il modo in cui mi ha aggredito il clitoride—*

"Va tutto bene?" mormora, e io sbatto le palpebre, arrossendo, mentre alzo lo sguardo.

"Che cosa?"

"Va tutto bene?" ripete, inarcando le sopracciglia folte, e mi rendo conto di essermi completamente distratta, come se fossi sotto la doccia da sola.

Come se questo fosse uno di quei miei sogni sporchi, invece di un vero incontro sessuale con l'uomo che volevo cacciare non appena si è presentato alla mia porta.

"I libri" sbotto, con la mente che finalmente si attacca a qualcosa di diverso dal fatto di avere il suo seme su di me.

È appena stato *dentro di me*, così in profondità che mi sento ancora dolorante per il suo duro possesso.

"Qual è il problema?" Sembra divertito, mentre riprende il lavaggio del corpo e versa un po' di bagnoschiuma sul palmo, per poi procedere a insaponarsi dappertutto, con movimenti indifferenti come un atleta in uno spogliatoio.

"Non posso..." Deglutisco, con gli occhi che si posano sulla colonna del suo sesso che si sta afflosciando, mentre la lava accuratamente. Anche così, è di dimensioni impressionanti, più grosso di quello di entrambi i miei ex. Mi sforzo di guardare in alto. "Non posso accettarli."

La sua espressione si rabbuia. "Perché no? Ti piacciono i libri, no?"

"Certo. Ma quelle sono le prime edizioni. Devono costare più del mio appartamento. E la sciarpa—non posso accettare neanche quella. È troppo."

Ecco, l'ho detto. Mi sento stranamente orgogliosa di me—almeno fino a quando non si avvicina, mettendosi sotto il getto con me, e ricordo che avrei dovuto dirgli quello *prima* che accadesse qualcosa del genere.

Il punto era cacciarlo via in modo che non mi arrendessi a questa pericolosa attrazione.

Deve pensare la stessa cosa, perché un angolo della sua bocca si piega in modo sardonico, mentre inclina il flusso per far sì che l'acqua lo colpisca più direttamente. "Sono regali, gattina. Hai familiarità con il concetto, vero?"

È così vicino ora che i miei capezzoli gli sfiorano il torace coperto di peli, e il mio respiro si blocca, mentre si allunga con quella casualità inquietante e cancella i resti del suo seme dalla mia coscia, spazzolando leggermente il mio sesso.

"Ecco" dice con voce roca. "Tutto pulito adesso."

Voltandosi, sciacqua rapidamente la schiuma rimanente dal suo corpo ed esce dalla doccia, lasciandomi in piedi sotto il getto a raccogliere i brandelli della mia compostezza.

∽

Mi aspetto quasi che Marcus se ne vada quando esco dal bagno—dopotutto, ha ottenuto quello che voleva—ma è lì, seduto sul mio letto con il completo da lavoro, come se non fosse successo nulla.

Cioè, se s'ignora il calore possessivo nei suoi freddi occhi azzurri, mentre vagano sopra la mia corta vestaglia rosa e le gambe nude sotto di essa.

Accidenti. Vuole altro sesso?

Con me?

Diventerà un'abitudine ora?

Mi fermo vicino al mio armadio, guardandolo incerta, mentre Mr. Puffs miagola dal suo trespolo sul ripiano più in alto. "Allora" comincio a dire, ignorando il gatto: "Per quanto riguarda i—"

"Ho detto a Wilson di spostare la nostra prenotazione di un'ora." L'uomo si alza, con la sua figura alta e grande che rende il mio studio ancora più piccolo. "Arriveremo in tempo, se non ci metti troppo a vestirti."

Resto a bocca aperta. "Vuoi ancora andare a cena fuori?"

Si acciglia. "Perché non dovrei?"

Perché mi hai appena scopata in dieci modi fino a domenica senza dovermi portare da nessuna parte, vorrei dire, ma trattengo le parole in tempo. "Nessun motivo" mormoro invece, afferrando un paio di mutandine pulite dall'armadio, prima di dirigermi verso la scrivania, dove i jeans, il maglione e il reggiseno che avevo indossato giacciono ben piegati, con Queen Elizabeth e Cottonball distesi sopra.

Marcus deve aver preso i miei vestiti dal pavimento o dal letto—o dovunque siano finiti, quando me li ha tolti.

Secondo ogni logica, dovrei rifiutarmi di andare a cena con lui. Per quanto sia sexy il sesso, non cambia la nostra incompatibilità—né il fatto che abbia già incontrato la donna che potrebbe sposare. Per ora, posso ancora stroncarlo sul nascere, porre fine alla follia, prima di farmi molto male. Sarebbe la cosa razionale da fare, la cosa intelligente, eppure so già che non lo farò.

Voglio di più da lui.

Voglio che la follia continui.

"Dammi un secondo" dico senza fiato e, scacciando i gatti dalla scrivania, prendo i miei vestiti e corro di nuovo in bagno per vestirmi.

arcus

Tutti e tre i suoi gatti sembrano dispiaciuti che se ne vada con me, con quello grande che miagola forte, mentre conduco Emma fuori dall'appartamento, con il palmo della mano appoggiato sulla sua schiena.

Nel punto preciso in cui ha quelle fossette allettanti.

Cazzo, quelle piccole rientranze sono sexy—come tutto di lei. Ho sbagliato a pensare che averla un paio di volte avrebbe placato questa brama. Semmai, ora è più forte, poiché la realtà ha di gran lunga superato la mia immaginazione. Prendiamo quelle fossette sexy alla base della sua spina dorsale, per esempio—non avevo mai fantasticato su di esse, e ora non vedo l'ora di fissarle, mentre la prendo da dietro... scopandole la figa *e* il culetto succulento.

Con mia sorpresa, il mio fallo si agita di nuovo, e mi sforzo di concentrarmi su qualcosa di diverso dalle cose sporche che voglio farle.

Come darle da mangiare del cibo greco decente.

Questo è sicuramente in cima alla mia lista delle attività non sporche.

"Hai dato da mangiare ai gatti, vero?" chiedo, mentre la faccio sedere sul sedile posteriore della macchina. "Stanno bene per stasera?"

Sbatte le palpebre, mentre mi sistemo accanto a lei e alzo il divisorio tra noi e Wilson. "Sì, non appena sono tornata a casa."

Bene. Ciò significa che non potrà utilizzarla come scusa per non andare a casa mia dopo cena. Perché non ho finito con lei—nemmeno lontanamente.

"Quindi, riguardo a quei libri" ricomincia, mentre la nostra auto s'immette nel traffico. "Intendevo quello che ho detto prima... Non posso accettarli. Sono troppo—"

"Sono un regalo, Emma, così come i fiori e la sciarpa." Mantengo il tono dolce, ma intransigente. I libri valgono davvero più del suo appartamento, ma non ho intenzione di riprenderli. Dopo aver esaminato il rapporto dell'investigatore, capisco che cosa c'è dietro la sua fervida indipendenza, e la sua reazione ai regali costosi è esattamente ciò che pensavo potesse essere.

Sospettavo che mi avrebbe cercato, se non altro per restituire i regali, e avevo ragione.

"Ma dove hai preso quei libri?" chiede, accigliata. "E

come facevi a sapere che quelle sono le mie storie preferite?"

Alzo le spalle. "L'hai menzionato sui social media a un certo punto." In realtà, faceva parte del suo saggio di ammissione al college, che l'investigatore ha trovato, quando ha esaminato i suoi registri del college. L'ho letto e riletto più volte negli ultimi due giorni, insieme ai racconti che aveva composto per il suo corso di Scrittura Creativa.

A quanto pare, Emma non è solo un'eccellente editor, ma anche una scrittrice brillante. Le sue parole scorrono in modo tale che le frasi più semplici diventino avvincenti, con il ritmo stesso della sua scrittura che racconta la propria storia. Tuttavia, è il contenuto delle sue storie—e il saggio di ammissione— che mi hanno tenuto incollato alle pagine.

C'è molto di più di quello che attira l'occhio con la mia piccola rossa, così tanta oscurità nel suo passato che non avrei immaginato. Se prima ero affascinato da lei, lo sono doppiamente, ora che ho dato un'occhiata nella sua mente. Un paio di notti per schiacciare la mia lussuria non saranno sufficienti, mi rendo conto adesso.

Non ho ancora riflettuto su cosa significhi, ma non posso più negarlo.

La mia ossessione per Emma Walsh non è più puramente sessuale.

"Mi hai spiata sui social media?" Sembra sconvolta.

Prendo nota mentalmente di non menzionare l'investigatore davanti a lei. "Certo. Non è a quello che servono? Perché altrimenti metteresti la tua vita là fuori, affinché tutti possano vederla?"

"È per i miei amici, non per gli estranei." Si morde un labbro. "Questo non va bene. Devo rivedere le mie impostazioni sulla privacy."

"Questa è una buona idea in generale" dico, e intendo sul serio. Anche se non l'avrebbe tenuta al sicuro da me, gli stalker ordinari—o i reporter pettegoli che potrebbero ficcare il naso a causa della nostra relazione—non riuscirebbero ad accedere al suo profilo con facilità.

Guarda fuori dal finestrino, ancora mordicchiandosi il labbro inferiore, poi si gira di nuovo per guardarmi. "È così che sapevi della sciarpa? Attraverso i miei social media? Perché non ricordo di averlo mai menzionato online."

Le rivolgo un bel sorriso. "Forse dovresti controllare le impostazioni sulla privacy nella tua lista dei desideri di Amazon."

Geme e si copre il viso con i palmi delle mani. "Cavolo, *sei* proprio uno stalker."

Non immagini quanto. Lo sapevo già—di essere più spietato, più determinato della maggior parte della gente—ma fino a quando non l'ho incontrata, tutte le mie energie erano concentrate sulla carriera. Per avere successo, ho fatto cose a cui gli altri avrebbero potuto rinunciare, e non ho rimpianti. Sono sempre stato così, ambizioso e privo di rimorsi, e se non fosse stato per il mio insegnante di seconda elementare, il Signor Bond, che incoraggiò la mia attitudine per la matematica, avrei potuto scegliere di costruire la mia fortuna negli inferi criminali invece che a Wall Street.

Sarebbe stata una strada più logica verso la ricchezza per un bambino come me.

Ad ogni modo, voglio Emma nel modo in cui un tempo volevo il mio primo miliardo: con un'intensità unica che non lascerà che qualcosa intralci il mio cammino. Sono contento che mi abbia mandato un messaggio, quando l'ha fatto—dandomi questa possibilità, perché non sarei riuscito a starle lontano ancora a lungo.

"Che cosa posso dire? Sono un uomo che insegue ciò che vuole" dico sottovoce, come se fosse tutto uno scherzo. Ma dall'occhiata che mi rivolge quando abbassa le mani, capisco che sta prendendo le mie parole alla lettera.

Ragazza sveglia.

"Perché io?" chiede senza mezzi termini. "Perché non dai la caccia a questa Emmeline? Non è la donna dei tuoi sogni?"

"Non in questo momento." Non ho riservato alla donna un solo pensiero negli ultimi due giorni, né nella settimana passata, ora che ci rifletto. Abbiamo ancora il nostro appuntamento sul calendario per quando sarà a New York durante il suo viaggio di lavoro, ma non riesco a raccogliere il minimo entusiasmo all'idea.

Semmai, l'idea di uscire a cena con Emmeline sembra un obbligo spiacevole.

"Quindi, non la vedi dalla prima sera in cui ci siamo

incontrati?" chiede, con gli occhi grigi intensamente fissi sul mio viso, e io scuoto la testa.

"No. Non l'ho fatto." E non lo farò, mi rendo conto con una stretta al petto—non finché continuerà questa ossessione per Emma. Non solo non ho la minima inclinazione a farlo, ma non sarebbe giusto per nessuna delle donne.

Io ed Emma potremmo aver appena iniziato a frequentarci, ma distruggerei qualsiasi uomo che le si avvicini—il che significa che finché durerà qualsiasi cosa ci sia tra noi, non vedrò nessun'altra nemmeno io.

Non sono un ipocrita.

La sua espressione tesa si attenua, ma poi socchiude gli occhi. "E le altre donne? La tua organizzatrice di incontri ti ha messo in contatto con qualcun'altra?"

Se fossi Ashton o la maggior parte degli altri ragazzi che conosco, mi sarei opposto alla domanda—perché suona molto come una richiesta di esclusività, un passo serio così presto nella relazione. Ma visto quello che ho appena deciso, rispondo con calma: "No. Non c'è nessun'altra."

"Oh." Mi fissa. "Va bene, allora."

"E tu?" chiedo, anche se conosco già la risposta. "Vedrai quel ragazzo a cui era indirizzato il messaggio dell'altra sera?"

Un'adorabile vampata le copre le guance lentigginose. "Uhm, no. Cioè... potrei aver mentito su quello."

"Davvero?" Lo sapevo, ovviamente—il suo stato relazionale è stata la prima cosa che il mio investigatore ha verificato—ma mi sto godendo troppo il suo disagio per lasciar correre. "Vuoi dire che volevi mandare un messaggio a *me* alle tre del mattino?"

Mi guarda storto. "È stato un errore, va bene? Stavo parlando con la mia gatta, e il mio dito ha premuto "Invia" per errore. Non intendevo farlo."

"Capisco." Mi allungo e le prendo la mano. Giocando con le sue dita delicate, chiedo: "È stata la tua gatta a scegliere il mio numero e a scrivere "ehi?"

Un colorito ancora più delizioso le inonda il viso, e la sua mano si piega in un piccolo pugno nella mia presa. "Può essere. Non so bene cosa sia successo. Lasciamo stare, okay?"

Un sorriso oscuro mi fa piegare le labbra. "Ti piacerebbe, vero? Ti va se ti dico cos'è successo?" Mi chino in avanti, con la voce che si fa più profonda, mentre mormoro: "Eri lì, nel cuore della notte, tutta sola nel tuo letto e incapace di dormire. Forse avevi letto una storia sexy la sera... o forse, forse, avevi fatto un sogno." La sua mano si contrae nella mia presa, e il mio sorriso diventa più malvagio. "Ah, sì, hai fatto *davvero* un sogno. C'ero io, gattina? Che cosa ti stavo facendo? Ti scopavo? Ti leccavo la fighetta? Ti infilavo le dita nel culetto stretto? O forse tutto quanto sopra?"

Mentre parlo, il suo colorito s'intensifica ulteriormente, e una visibile vena che pulsa le appare nel collo. "Zitto" sibila, con gli occhi che guizzano verso il divisorio che ci separa da Wilson. "Ti sentirà."

"Allora, dimmi se ho ragione." Mi porto la sua mano

alla bocca e le strofino le nocche avanti e indietro sulle mie labbra. "Hai sognato me quella notte? Ero—"

"Sì!" Ora è tutta rossa, con il respiro rapido e irregolare, mentre allontana la mano. "Hai ragione. Va bene? Hai ragione. Felice adesso?"

Fanculo. Sentirla ammettere questo è come avere il Viagra iniettato direttamente nel mio cazzo. Sono duro come se non facessi sesso da anni, anziché semplici minuti.

Se non fosse per il fatto che ho promesso la cena a Emma, direi a Wilson di portarci nel mio attico, così potrei andare dritto al dessert.

"Sì" dico rauco, quando sono in grado di parlare di nuovo. "Molto felice."

E mentre si volta per guardare fuori dal finestrino, con le guance rosso vivo, faccio dei respiri profondi, provando a raffreddare il fuoco che divampa nel mio sangue.

32

Emma

"OH MIO DIO, È DELIZIOSO" GEMO INTORNO A UN boccone di formaggio, che scottava solo pochi istanti fa. Non avevo mai provato l'halloumi prima d'ora, e mi ero seriamente persa qualcosa. Non solo è stato divertente vedere il cameriere dare fuoco al blocco di formaggio mentre lo tirava fuori, ma il risultato è a dir poco straordinario—ricco, salato, un po' croccante all'esterno e fuso all'interno.

Probabilmente avrà un milione di calorie in ogni boccone, ma ne vale davvero la pena.

"È una delle mie cose preferite qui" dice Marcus con voce roca, con gli occhi azzurri fissi sul mio viso, e una nuova ondata di colore m'invade, mentre mi rendo conto che la mia reazione quasi orgasmica al cibo lo sta rieccitando.

Quell'uomo è un demonio del sesso, chiaramente— e lo sono anch'io, quando gli sono vicino.

Tuttavia, dopo avermi strappato quella confessione imbarazzante, in qualche modo siamo riusciti ad avere una normale conversazione per il resto del viaggio, con me che parlavo del mio lavoro in libreria e lui che ascoltava attentamente. Non so se fosse davvero interessato o se si sia limitato ad ascoltarmi, ma non posso negare che sia stato bello avere la sua totale attenzione. E ce l'ho ancora—nonostante almeno due donne in questo posto facciano del loro meglio per essere notate.

Non ho idea se sanno chi sia o se stanno solo reagendo al suo bell'aspetto, ma in entrambi i casi, non mi piace.

A suo merito, Marcus sembra ignaro della loro esistenza—anche quando la supermodella bionda lascia cadere intenzionalmente la borsetta davanti alla sedia, in modo da potersi chinare e mostrare il sederino tonico nel suo vestito succinto. La guardo a bocca *aperta*, sbalordita dalla sua sfacciataggine, ma l'uomo non la degna nemmeno di un'occhiata. Né guarda la splendida bruna due tavoli più in là, che ha già sfilato due volte davanti al nostro tavolo, lanciando ogni volta le sue lunghe ciocche lisce sulla spalla e sorridendogli come se fosse la reincarnazione di Thor.

"Vieni spesso qui?" chiedo, soffocando la voglia di calpestare la bruna, quando cammina di nuovo vicino al nostro tavolo, ondeggiando i fianchi magri come se stesse attraversando una passerella. "In questo ristorante, intendo."

Annuisce, tagliando la sua porzione di halloumi. "È a soli pochi isolati da casa mia, quindi vengo qui almeno una volta al mese."

Questo spiega molte cose. Scommetto che quelle due abbiano scoperto che un miliardario frequenta questo ristorante, e sono qui appositamente per incontrarlo. Forse hanno persino corrotto un cameriere per conoscere la prenotazione di Marcus.

Altrimenti, perché la bionda sarebbe seduta a un tavolo tutta sola? Le donne—soprattutto quelle bellissime—non vanno mai da sole nei ristoranti carini. La bruna, almeno, sembra essere con un'amica—che, a pensarci bene, mi sta fissando come se volesse chiedere al cameriere di darmi *fuoco*.

Distolgo lo sguardo, con l'ultimo boccone di formaggio che diventa amaro nella mia bocca, mentre mi rendo conto che probabilmente pensa che io sia come la sua amica—una scalatrice sociale.

In questo mondo boia, tutti sanno che tua madre è una troia!

Prendo il mio bicchiere d'acqua con una mano tremante, con la provocazione infantile che mi risuona nelle orecchie come se fossero passati minuti anziché anni da quando l'ho sentita.

"Emma." Un palmo grande e caldo mi copre la mano libera. "Va tutto bene?"

Annuisco e mi sforzo di sorridere. "Sì, naturalmente. Perché non dovrebbe?"

"Forse perché all'improvviso sembrava che qualcuno avesse sputato nel tuo piatto" replica Marcus, ritirando la mano.

"No, è solo che..." Bevo un sorso d'acqua e poso il bicchiere. "Le persone qui sanno chi sei, vero?"

"Ah." Il suo sguardo s'illumina, come se avesse risolto un mistero. "Sì—almeno il proprietario e lo staff. È questo che ti dà fastidio? Sei preoccupata che alcuni di loro pensino che tu sia con me per i miei soldi?"

Sussulto istintivamente. O è incredibilmente perspicace oppure le mie inibizioni sono più evidenti di quanto pensassi. A meno che... "*Tu* pensi che io sia con te per i tuoi soldi?" sbotto, inorridita. "Perché ti giuro che non è affatto quello che—"

"No, certo che no." Flette la mascella. "Non lo penso affatto."

"Oh, okay." Mi mordo il labbro, studiando la sua espressione seria. "Sei sicuro? Perché capisco la tua preoccupazione, e posso assicurarti che non farei mai—"

"Lo so, gattina." Con il suo viso duro che si addolcisce, si allunga sul tavolo per coprirmi di nuovo la mano. "So che non mi useresti mai per quello."

Useresti.

Lo guardo, con l'aria nei polmoni che s'ispessisce fino a quando mi sembra di succhiare l'acqua.

Tossica. Puttana. Sociopatica. Troia manipolatrice.

"Come fai a saperlo?" La mia voce sembra soffocata, con tutti gli epiteti scagliati contro mia madre che mi frullano per la testa. "Che cosa ti rende così sicuro?"

"Tu." Il suo sguardo è fisso sul mio viso, mentre il pollice strofina un cerchio all'interno del mio polso. "La tua personalità."

"Ma non mi conosci davvero. Ci siamo appena incontrati e—"

"So abbastanza."

Lo fisso, con la pressione nei polmoni che s'intensifica. La sua fiducia è sia commovente che opprimente. Perché non sa—non proprio. Se conoscesse tutta la verità, non respingerebbe questa possibilità così rapidamente.

Io certamente non lo farei nei suoi panni.

Tremando, ritiro la mia mano dalla sua presa. "Mia madre... era una tossica" spiego, cercando di far uscire le parole nonostante il senso di oppressione nella gola. Non so perché senta l'esigenza di dirglielo, ma lo faccio.

Se vuole andarsene, voglio che lo faccia adesso, prima di poter cadere ancora di più sotto il suo incantesimo.

Il suo sguardo diventa imperscrutabile. "Che cosa vuoi dire con questo?"

"Voglio dire che usava le persone—tutte, ma soprattutto gli uomini che erano interessati a lei." Ingoio il crescente nodo nella gola. "Una volta, quando avevo nove anni, andò a letto con il mio insegnante di scienze in modo che non mi mettesse un brutto voto a un compito in classe. E prima che tu me lo chieda—no, non le importava davvero dei miei voti. Voleva solo mostrare una pagella decente ai suoi genitori—i miei nonni—in modo che smettessero di accusarla di trascurarmi, mentre frequentava i party di tutta la città, trascinandomi dalla casa di un ragazzo a un'altra ogni volta che si annoiava."

L'espressione di Marcus non cambia, così continuo, determinata a farglielo capire. "Aveva il disturbo antisociale di personalità, mancava di empatia e tutto il resto. Una sociopatica, ma una non particolarmente intelligente, sai? Perché quelle intelligenti vanno molto lontano nella vita, e lei non l'ha fatto—sebbene non si lasciasse ostacolare dalla morale o dall'etica. L'unica persona a cui teneva era se stessa, e faceva tutto il possibile per ottenere ciò che voleva—mentire, imbrogliare, rubare... e usare sempre le persone."

"Compresa te?" chiede piano, e faccio spallucce, anche se la mia gola sembra ancora più stretta.

"Credo di sì, anche se ero troppo piccola per esserle di grande utilità. Le piaceva farmi vestire bene e farmi sfilare davanti ai suoi fidanzati—un po' come se fossi un animale domestico. Per la maggior parte del tempo, però, m'ignorava—ma non è questo il punto." Faccio un respiro. "Ascolta, Marcus, il motivo per cui ti sto raccontando questo è—"

"Non sei come lei." Il suo sguardo mi trafigge. "Mi hai sentito? Non sei affatto come lei."

Lo guardo, sorpresa dall'intensità della sua voce. "Lo so, ma—"

"Non assomigli a tua madre" ripete con un tono più dolce, e qualcosa dentro di me—un nodo freddo che non sapevo nemmeno esistesse—inizia a sciogliersi, con una calda sensazione che inizia a sbocciare.

"Grazie" dico con voce rauca, e poi devo distogliere lo sguardo, quando arriva il nostro cameriere, che porta il piatto principale.

Non voglio che lui o Marcus vedano il luccichio delle lacrime nei miei occhi.

33

Un senso di colpa, forte e sconosciuto, insaporisce ogni boccone del branzino burroso, che è il mio piatto principale. Emma ha optato per un'insalata greca, e mi fa male il petto, mentre la guardo mangiare, con i suoi modi stranamente controllati.

Si è aperta con me.

Mi ha raccontato il suo doloroso segreto—e ho davvero dovuto sforzarmi comportandomi come se la stessi ascoltando per la prima volta.

Come se non sapessi già dell'intero casino.

Non mi ha detto tutto, ovviamente—come il fatto che una volta sua madre venne arrestata per prostituzione, o che morì in un incidente d'auto, mentre veniva inseguita da un amante a cui lei aveva svuotato il conto bancario quel giorno. Ma quello che mi ha raccontato è stato abbastanza.

Abbastanza da farmi sapere che la sua paura di diventare come sua madre—la paura di cui aveva parlato nel suo saggio del college—è ancora lì, una parte di lei tanto quanto i suoi capelli rossi e la carnagione delicatamente lentigginosa.

E io, stronzo come sono, ho usato quella paura contro di lei, inviandole regali costosi in modo che non avesse altra scelta che vedermi di persona.

In un certo senso, *io* sono come sua madre—disposto a fare tutto il necessario per ottenere quello che voglio.

"Mi dispiace" dico piano, quando continua a mangiare senza parlare. "Emma, gattina, mi dispiace tanto che tu abbia dovuto affrontare tutto questo."

Il mio telefono vibra nella tasca, ma lo ignoro. Il lavoro può aspettare.

Solleva lo sguardo dal piatto, sbattendo le palpebre. "Che cosa? Oh no, va tutto bene. Mia madre non era violenta o altro e, in ogni caso, morì in un incidente, quando avevo undici anni, e da allora sono stata cresciuta dai nonni. Ti stavo solo raccontando tutto questo nel caso in cui, sai..." Si ferma, mentre un bel colorito si diffonde sulla sua pelle chiara.

"Nel caso in cui le cose tra noi si facessero serie?"

Il suo rossore si accentua. "Non volevo—"

"Va tutto bene." Cazzo, va più che bene. Mi piace l'idea. La adoro, in realtà.

Con mia sorpresa, mi rendo conto che *voglio* che lei

pensi a una relazione seria, che s'immagini con me in futuro... perché è quello che sto facendo io.

Mettendo da parte il pensiero inquietante, mi concentro sull'argomento in questione. "Emma, ascoltami" dico, quando riprende a mangiare. "Non me ne frega un cazzo di tua madre. Beh, sì—mi piacerebbe poter tornare indietro nel tempo e portarti via da lei molto prima che tu avessi undici anni—ma non m'importa di quale tipo di donna ti abbia messa al mondo. Ciò non determina chi sei, non cambia in alcun modo la mia opinione su di te."

Mette giù la forchetta, piegando le labbra in un debole sorriso. "Non pensi che il sangue non menta?"

"No." Come potrei, con dei genitori come i miei? Esito un momento, poi dico senza mezzi termini: "Mio padre venne ucciso in prigione quando avevo due anni —era lì per rapina a mano armata e aggressione—e mia madre era alcolizzata. Nemmeno il tipo funzionale— un'ubriacona completa, ventiquattr'ore su ventiquattro. Morì per insufficienza epatica, quando avevo diciotto anni."

Non lo raccontavo a nessuno da decenni; infatti, ho fatto di tutto per oscurare il mio passato dai media non appena ho avuto le risorse per farlo. L'unica cosa che i miei attuali amici e conoscenti sanno della mia infanzia è che sono stato cresciuto a Staten Island da una madre single, deceduta per una rara malattia del fegato.

Nessun orrore, nessun dramma, solo una normale educazione di classe medio-bassa.

Per qualche ragione, però, voglio che Emma sappia

tutto—che capisca con quale tipo di uomo ha a che fare. Perché se c'è un fondo di verità nell'intera faccenda del "sangue che non mente," il mio è molto più contaminato del suo.

Sgrana gli occhi davanti alle mie rivelazioni, ma con mio sollievo, non sembra né scoraggiata, né disgustata. "Mi dispiace" dice dolcemente, allungandosi sul tavolo per posare la sua piccola mano sul mio braccio. "Dev'essere stato difficile per te crescere così. Avevi qualcun altro a cui poterti rivolgere per chiedere aiuto? Nonni? Altri membri della famiglia?"

Percepisco sincera comprensione nella sua voce, e mi rendo conto che lei, tra tutte le persone, capisce che cosa significhi crescere essenzialmente da soli, prendersi cura di sé fin dalla tenera età.

Sapere che di tua madre, la persona che dovrebbe avere a cuore i tuoi migliori interessi, non ci si può fidare.

"Nessuno dei miei genitori proveniva da una famiglia affiatata, ma avevo molto sostegno a scuola" rispondo, immaginando che tanto vale che sappia tutto. "Il mio insegnante di seconda elementare, il Signor Bond, è stato particolarmente determinante nel guidarmi attraverso la scuola elementare e oltre. È grazie a lui che ho scelto di concentrarmi sugli studi piuttosto che fare soldi facili per le strade."

"Davvero?"

Sorrido per la curiosità nei suoi occhi. "Il denaro era limitato, come puoi immaginare, quindi quando avevo otto anni, facevo tutto il necessario per portare il cibo in tavola—fare commissioni per le bande locali, spacciare erba per le strade, rubare materiale scolastico. È quest'ultima cosa che mi fece quasi espellere. Il Signor Bond intervenne all'ultimo momento, garantendo per me, e poi mi fece sedere e mi parlò di alcuni modi legittimi in cui avrei potuto guadagnare soldi—a cominciare dalle ripetizioni ai bambini le cui abilità matematiche non erano buone come le mie. Mi diede anche diversi numeri della rivista *Forbes* e mi raccontò tutto sui ricchi in copertina, su come erano arrivati lì e su come sarei potuto arrivarci io."

Un lieve sorriso le piega le labbra. "E tu l'hai fatto, vero?"

"L'ho fatto." Non provo a nascondere la soddisfazione nella voce. "Hanno girato un film su di me, poco dopo aver realizzato il mio primo miliardo."

"Wow." Il suo sorriso si allarga, rivelando quelle fossette carine. "Il Signor Bond dev'essere così orgoglioso di te. Sei ancora in contatto con lui?"

"Lo ero. Purtroppo, è morto alcuni anni fa. Cancro al pancreas" spiego, con la mia gola che si stringe.

Ho fatto tutto ciò che era in mio potere per aiutarlo, ma né i medici di fama mondiale che avevo assunto, né i trattamenti sperimentali per cui avevo pagato sono riusciti ad arrestare la malattia letale.

Non mi sono mai sentito più impotente nella mia vita adulta.

Il sorriso della ragazza scompare. "Mi dispiace. Dev'essere stata una perdita terribile per te."

"Grazie" dico in tono uniforme. "Era un brav'uomo."

La mia unica consolazione è che i suoi figli e nipoti non avranno mai problemi economici, grazie al fondo fiduciario di settanta milioni di dollari che ho creato in suo nome, giustificandolo agli avvocati come una lotteria che aveva vinto poco prima della sua morte.

Il cameriere viene per portar via i nostri piatti e lasciare il menu dei dessert, e io approfitto della distrazione per allontanare il dolore persistente. Non ne ho mai parlato con nessuno, ma in qualche modo, mi è sembrato giusto confidarmi con lei, farle conoscere il vero me, non la maschera sterilizzata che mostro al mondo.

Il cameriere se ne va, ed Emma rivolge un'occhiata al menu dei dessert per un secondo, prima di metterlo da parte.

Sorrido ironicamente. "Lasciami indovinare. Non hai fame?" Ora che so che sta cercando di ridurre al minimo la sua parte di conto, posso praticamente prevedere che cosa ordinerà.

"In realtà, ho cenato—beh, più o meno—prima di ricevere il tuo ultimo regalo" dice. "A proposito—"

"Se non ti dispiace, prenderò il baklava" la interrompo, come se non l'avessi sentita. Proverà a rifiutare di nuovo i libri, e non ho intenzione di lasciare che ciò accada. "È fantastico qui, il migliore che abbia mai assaggiato."

Sbatte le palpebre. "Certo, fai pure."

Il mio sorriso si allarga, e faccio cenno al cameriere.

"Un baklava, per favore" gli dico, quando arriva. "E portaci due piatti. Lo condivideremo."

"Oh, non ho intenzione di—" inizia a dire Emma, ma alzo la mano, mentre il cameriere se ne va.

"È giusto così. Ho condiviso il tuo gelato, quindi ti devo almeno un boccone del mio dessert" replico con assoluta serietà.

"Ma—"

"Niente ma. E il dessert lo pagherò io. Non sei la sola che crede nell'equità."

"Oh." I suoi piccoli denti bianchi affondano nel labbro inferiore. "Va bene, allora, direi che posso assaggiare un boccone."

Nascondo un sorriso soddisfatto. Questa sarà una minuzia, l'averla convinta a condividere il mio dessert, ma è un passo nella giusta direzione. Presto intendo pagare tutti i nostri pasti e qualsiasi altra cosa lei possa desiderare.

Prima, però, devo curarla dalla sua paura di essere come la madre, un boccone di baklava alla volta.

Il cameriere torna, portando il dessert. Prima che lei possa dire qualcosa, ne taglio una fetta e la metto nel suo piatto. "Provalo" esorto, spingendo il piatto verso la ragazza, che infila in bocca la pasta sfoglia con gli strati di miele.

Non ottengo la reazione orgasmica che ho avuto con l'halloumi, ma il mio fallo s'indurisce ancora, mentre mastica e deglutisce con un'espressione felice sul viso.

Fanculo. Devo davvero portarla a casa mia, prima

che l'aggredisca in pubblico come il maniaco sessuale in cui mi sto trasformando.

Il baklava è piccolo, quindi lo consumiamo in fretta, e poi faccio un cenno per avere il conto. Emma lo afferra di nuovo, e glielo lascio fare, anche se mi fa male vederla contare attentamente le banconote per la sua parte.

Nel rapporto dell'investigatore, c'era una sezione sulle sue finanze—il cui stato miserabile rende ancora più folle il fatto che stia facendo questo.

Alla fine, il conto viene pagato e la conduco fuori dal ristorante, con la mano appoggiata sulla sua schiena.

"Dov'è Wilson?" chiede, cercando la macchina. "O prenderemo un taxi?" Poi, sgrana gli occhi, avvampando, quando si rende conto di ciò che è implicito. "Non importa, ho dimenticato che abiti nelle vicinanze. Prenderò la metropolitana per tornare a casa e—"

"Siamo a meno di quattro isolati da casa mia, così ho dato a Wilson il resto della serata libero" dico, girandomi verso di lei. Prendendole le piccole mani nelle mie, scorgo il suo viso rivolto verso l'alto. "Emma, gattina... Voglio che tu venga a casa con me."

mma

NON SO CHE COSA MI ASPETTASSI DALLA RESIDENZA DI
un miliardario, ma l'attico di Marcus a Tribeca sembra
essere venuto fuori da un altro mondo—un mondo che
ho visto solo su riviste patinate e programmi TV sugli
stili di vita di ricchi e famosi.

Ultra-moderna e decorata nei toni del grigio e del
bianco, la dimora è enorme—almeno per New York.
Forse nel sud o nel Midwest, dove la terra costa poco,
un appartamento di queste dimensioni non sarebbe
niente di speciale, ma nel cuore di Manhattan, è
l'equivalente di un diamante da cinquanta carati.
Mentre mi fa fare un tour, vedo un enorme soggiorno
con un'elegante scala a chiocciola nel mezzo, una sala
multimediale simile a un cinema, una palestra

completamente attrezzata, una sala da pranzo con un tavolo abbastanza grande da ospitare venti persone, e una cucina spaziosa con elettrodomestici luccicanti, che non apparirebbero fuori posto su un'astronave.

E una piscina.

Una piscina rettangolare lunga una decina di metri, separata dal resto dell'appartamento da una spessa parete di vetro e parzialmente nascosta alla vista da piante in vaso alte due metri e mezzo con foglie delle dimensioni della mia testa.

"Sono vere?" chiedo in tono sommesso, allungando la mano per toccare una foglia lucida, e Marcus annuisce, sorridendo.

"Sì, certo. Una società di giardinaggio per interni si prende cura di loro una volta alla settimana, annaffiandole e tutto il resto."

Naturalmente. Perché è quello che fanno le persone facoltose: assumere paesaggisti professionisti che si occupino delle loro piante d'appartamento.

"Hai anche uno chef e una governante?" chiedo, ma con mia sorpresa, scuote la testa.

"Il mio maggiordomo si occupa di tutto, compresi cucinare e pulire. Beh, sovrintende alla pulizia; in realtà lo fa una ditta."

"Capisco." Sembro leggermente soffocata, ma non posso farci niente.

Un inquietante maggiordomo? Sono a *Downton Abbey*?

"Vieni, lascia che ti mostri il piano di sopra" dice, e lo seguo sulla scala a chiocciola, cercando di non sembrare sopraffatta come mi sento. Sapevo che era ricco, ovviamente, ma non ci avevo riflettuto completamente.

Ovunque posi il mio sguardo, vedo oggetti che costano più di tutti i beni della mia famiglia messi insieme. Dai dipinti astratti sulle pareti alle eleganti sculture, che potrebbero trovarsi in un museo di arte moderna, questo attico puzza di soldi. Tanti soldi. Il tipo di soldi che rende ridicoli i miei tentativi di fingere che, dato che pago per i miei pasti, siamo in qualche modo sullo stesso livello.

Accidenti, che cosa ci faccio qui?

Non faccio parte di questo posto più di quanto non lo farebbe un topo nella metropolitana.

"Questa è la biblioteca" dice Marcus, conducendomi nella prima camera dalle scale al secondo piano, e vedo due sedie a sdraio davanti a un camino e pareti fiancheggiate da libri. Alcuni scaffali sono coperti da quello che sembra essere un vetro ermeticamente sigillato—deve contenere libri più preziosi, come le prime edizioni firmate che mi ha inviato.

Mi sento come Belle ne *La Bella e la Bestia*, mentre mi dirigo verso una delle teche di vetro e scruto dentro.

Sì. *Il Vecchio e il Mare* di Hemingway, con le pagine ingiallite e leggermente sfilacciate. Non ho dubbi sul fatto che, se aprissi la copertina rilegata in tela, vedrei la firma in grassetto dell'autore sul frontespizio.

"Hai letto tutti questi?" chiedo, alzando lo sguardo, quando viene accanto a me.

"La maggior parte, ma non tutti" risponde. "Alcune delle prime edizioni—come quella che stai guardando—fanno parte della mia collezione. Come avevo iniziato a raccontarti al nostro primo appuntamento, anche a me piacciono i libri, sia per leggerli che per collezionarli."

Uh. Forse abbiamo più in comune di quanto pensassi. È sempre stato il mio sogno avere uno scaffale pieno delle copie firmate dei miei autori preferiti. "È lì che hai preso le prime edizioni che mi hai inviato? Dalla tua collezione?"

Sorride. "Esattamente. Sono contento di sapere che avevo i tuoi preferiti."

Faccio un respiro profondo. "Giusto. Grazie. Purtroppo, non posso—"

"Vieni, lascia che ti mostri il resto della casa." Mi accompagna fuori dalla biblioteca e in una stanza degli ospiti più grande del mio intero monolocale. Segue il suo ufficio a casa, con cinque monitor per computer e tre televisori montati sulle pareti, e infine entriamo nella camera da letto principale.

Immediatamente, il mio battito cardiaco inizia ad accelerare, con la pelle che prude per una maggiore consapevolezza dell'uomo accanto a me. Durante il tour, mi sono sentita così sopraffatta dall'opulenza che mi circondava che ho quasi dimenticato perché sono qui. Ma ora è tutto ciò a cui riesco a pensare, con la mente che torna allo sguardo eccitato negli occhi di Marcus, quando mi ha presa per mano e mi ha chiesto di tornare a casa con lui.

I suoi pensieri devono viaggiare lungo gli stessi binari, perché avvolge le dita d'acciaio attorno al mio polso, e quando alzo lo sguardo, trovo il suo carico di oscuro intento primordiale. "Emma..." La sua voce è bassa e ruvida, mentre mi tira a sé. "Gattina, ti voglio."

E mentre le mie viscere si stringono in risposta a un'ondata di bisogno, preme le labbra contro le mie in un bacio appassionato e vorace.

35

Emma

MI SVEGLIO LENTAMENTE E CON GRANDE RILUTTANZA, non volendo lasciare il lussurioso calore della coperta e la setosa morbidezza delle lenzuola. I miei arti sembrano pesanti, mentre mi allungo, e le mie cosce sono stranamente doloranti, come se avessi praticato yoga hardcore. Perfino la mia pelle è stranamente tenera, specialmente nelle zone più intime—

Oh, Dio. Mi siedo e mi guardo intorno nella camera sconosciuta, con un'esplosione di adrenalina che scaccia la rigidità, mentre mi rendo conto di dove sono e del perché mi sento così.

Sono nella camera di Marcus, e mi ha scopata tutta la notte.

Okay, forse l'ultima parte è un'esagerazione, ma è

così che mi è sembrato. L'uomo era insaziabile, prendendomi continuamente, come se non avessimo fatto sesso solo un paio d'ore prima. Ho perso il conto degli orgasmi che ho avuto la scorsa notte. Sette, otto... nove, forse?

Non c'è da meravigliarsi che il mio sesso sembri stato raschiato da baffi maschili.

Perché lo è stato.

La mia pelle si scalda al ricordo, e tiro su la coperta, rendendomi conto che sono seduta completamente nuda. Per fortuna, sono sola. Afferrandola, mi guardo intorno in cerca dei vestiti. Non li vedo da nessuna parte, ma c'è una vestaglia rosa soffice, molto simile a quella che ho a casa, appesa alla porta—abbinata a pantofole morbide accanto al letto.

Esito per un momento, poi faccio scivolare i piedi nelle pantofole e mi dirigo verso la vestaglia.

Detesto l'idea di indossare la stessa cosa delle altre frequentazioni di Marcus, ma è meglio che andare in giro nuda.

Con mia sorpresa, la vestaglia ha un'etichetta attaccata.

L'ha acquistata solo per me o tiene una scorta per questo tipo di situazioni?

Ad ogni modo, strappo con gratitudine l'etichetta e indosso la vestaglia, avvolgendomi la cinghia intorno alla vita. A differenza della mia, è lunga, fino alle caviglie, e mi sento immediatamente calda e a mio agio, come se fossi a casa a coccolare i miei gatti.

A proposito, presto devo tornare da loro. Non sono

abituati al fatto che io sia fuori tutta la notte, e sono sicura che Mr. Puffs sia già sulla strada della distruzione. Inoltre, se non faccio il bucato oggi, non avrò biancheria intima per domani.

Marcus non si vede ancora da nessuna parte, così mi affretto nel bagno attiguo e faccio una doccia veloce, quindi mi lavo i denti con uno spazzolino che trovo sistemato con cura accanto al lavandino, ancora nella sua confezione di plastica. Ci sono anche una bella e costosa crema idratante per il viso—non profumata, proprio come preferisco—e persino una bottiglia di gel per capelli, che uso per domare la peggiore esplosione crespa sulla testa.

Il mio padrone di casa sta davvero prendendo seriamente tutta questa faccenda di "avere una donna come ospite."

Mentre faccio tutto questo, cerco di non restare a bocca aperta come un'idiota per tutto ciò che mi circonda. Quindi, che cosa importa se la vasca idromassaggio quadrata nell'angolo è abbastanza profonda da starci in piedi? O che il box doccia interamente in vetro sia il doppio del mio intero bagno e dotato di cinque erogatori rotanti? Niente di tutto ciò mi stupisce, nemmeno il gabinetto dall'aspetto futuristico con bidet incorporato e un sedile che mi scalda il sedere.

Oh, chi sto prendendo in giro? Non potrei essere più sconvolta, se i mobili lievitassero intorno a me.

Scuotendo la testa, torno in camera per cercare di ritrovare i vestiti.

Non ho fortuna—anche se ricordo distintamente i miei jeans e il maglione atterrati sul pavimento, mentre Marcus me li strappava di dosso. Deve averli raccolti e messi da qualche parte, ma dove? Non li vedo nella stanza-armadio, dove completi e camicie dell'uomo pendono ordinatamente, organizzati per colore. Né li trovo nei cassetti dell'elegante cassapanca bianca all'interno dell'armadio. Ci sono solo calzini, magliette, biancheria intima da uomo—chiudo velocemente quel cassetto, sentendomi una pervertita—e altri capi di abbigliamento pieghevoli. Come il resto dell'armadio, tutto nei cassetti è sistemato con perfetto ordine, come se Marie Kondo avesse appena fatto irruzione nel luogo.

O Marcus ha il disturbo ossessivo compulsivo o ce l'ha il suo maggiordomo.

Anche i miei stivali non si vedono da nessuna parte, ma questo ha più senso. Li ho lasciati all'ingresso, non volendo spargere la sporcizia di New York su tutto il pavimento scintillante, quando siamo entrati.

Mi alzo in punta di piedi per sbirciare in uno scaffale incorporato nella debole speranza che possa aver nascosto i miei vestiti lì dentro. No. Solo una scatola con i gemelli e—

"Emma?"

Con il cuore che mi batte forte, mi giro per affrontare Marcus, che è in piedi davanti alla porta della stanza-armadio, con le sopracciglia scure arcuate.

Oh, cazzo.

Avrei dovuto immaginare come sarebbe sembrato.

"Ciao. Buongiorno." Sembro senza fiato—e probabilmente colpevole come il peccato. "Scusa, ma non riesco a trovare i miei vestiti. Lo giuro, non stavo cercando di curiosare. È solo che stavo cercando i miei vestiti e—"

"Va tutto bene." Viene avanti, con un sorriso lento e malvagio, che gli curva le labbra. "Puoi curiosare quanto vuoi. Per quanto riguarda i vestiti, li ho dati a Geoffrey per lavarli. Dovrebbero essere pronti tra circa un'ora."

"Oh." Non mi era nemmeno passato per la testa che qualcuno mi avrebbe lavato i vestiti. "Okay, grazie."

Addio al mio piano di fuggire rapidamente questa mattina.

"Hai un posto dove stare?" chiede, inclinando la testa, e le mie guance si scaldano, quando mi rendo conto che indossa un paio di pantaloni della tuta e una maglietta dall'aspetto morbido—è la prima volta che lo vedo con qualcosa di diverso del suo abbigliamento professionale.

O nudo.

Perché l'ho sicuramente visto nudo.

Smetti di pensare al sesso, Emma. E smetti di arrossire. "I miei gatti saranno arrabbiati, se non torno a casa presto" dico, con il viso in fiamme nonostante le ammonizioni. "E dovrei chattare con i miei nonni alle 11:30. A proposito, sai che ore sono?"

Sorride. "L'ultima volta che ho controllato erano le 11:23."

"Che cosa?"

"Che cosa posso dire? Non hai dormito molto la scorsa notte."

Perché continuava a svegliarmi scivolando dentro di me o succhiando il mio—oh Dio, ci risiamo.

"Okay, va bene." Mi sforzo di concentrarmi su qualcosa di diverso dal modo in cui il morbido materiale della maglietta abbraccia i suoi pettorali definiti. "Dov'è la mia borsetta? Devo mandare un messaggio ai miei nonni per riprendere accordi."

"Perché? Puoi chattare qui. Il mio Internet è molto veloce, e ti darò la privacy di cui hai bisogno."

Sbatto le palpebre. "Qui? Nella tua camera?"

"O in biblioteca o nella stanza degli ospiti—dove preferisci. Tuttavia, faresti bene a non farlo di sotto. Geoffrey sta preparando il brunch e i profumi ti farebbero impazzire."

Lui mi sta facendo impazzire. Non si rende conto che, se chatto con i miei nonni da un posto diverso dal mio appartamento, dovrò spiegare dove mi trovo?

"No, non fa niente, grazie. Mi limiterò a—"

"Perché no?" Incrocia le potenti braccia sul petto, attirando la mia attenzione sui muscoli che si flettono. "Il cibo non sarà pronto per un'altra mezz'ora, comunque. Geoffrey ha iniziato a cucinare tardi, dato che non sapevo quando ti saresti svegliata."

Distolgo gli occhi da quei sorprendenti bicipiti. "Tu non capisci. I miei nonni sono ficcanaso—molto ficcanaso—e non voglio mentire dicendo di essere in un hotel di lusso."

"Perché dovresti mentire?"

Lo guardo sbalordita. "Beh, non ho intenzione di dire che... lo sai."

"Perché no? Sono all'antica? Si aspettano che arrivi fino al matrimonio?"

"No, in realtà sono piuttosto moderni, ma sono i miei *nonni*." Quant'è cocciuto? "Se dico loro di te, penseranno che sia una cosa seria, faranno un milione di domande, vorranno conoscerti e cose del genere." *Ecco, spiegato nel dettaglio. Ora, scappa a gambe levate, come farebbe qualsiasi persona sana di mente.*

Incrocia le braccia, senza sembrare minimamente preoccupato. "Va bene. Sarò felice di conoscerli, allora."

"D-davvero?" Il mio udito ha qualcosa che non va? Perché sono abbastanza sicura che Marcus mi abbia appena detto che vuole conoscere la mia famiglia.

"Sì, perché no? Sei libera di presentarmi, quando parli con loro. Sarò nel mio ufficio, a lavorare. Oh, e la password del Wi-Fi è bond$carelli19."

E con ciò, esce dalla stanza—o meglio, dal suo enorme armadio.

36

Emma

NON CHIAMO I MIEI NONNI.

Non alle 11:30, almeno. Impiego diversi minuti per trovare la borsetta nell'enorme camera di Marcus—era appesa sul retro della porta—e quando finalmente tiro fuori il telefono, sono già le 11:37 e ho un messaggio preoccupato da parte di nonna.

Normalmente non sono mai in ritardo, quando si tratta delle nostre sessioni bisettimanali di Skype.

Uh. Ora *non* posso spiegare. Se rispondo di riprogrammare la nostra sessione, penserà che qualcosa non vada.

Con il dispositivo in mano, mi guardo intorno. La camera è meravigliosa come il resto dell'attico, e c'è un angolo con un'elegante poltrona, dove posso chattare.

Ma non mi sento a mio agio a parlare con i miei nonni vicino al letto, dove Marcus mi ha fottuta per bene. *Ripetutamente.* È già abbastanza brutto che sono seduta con una vestaglia presa in prestito.

Biblioteca sia, allora.

Mi precipito laggiù e mi accomodo su una delle sedie accanto al camino. Quindi, connetto il mio telefono al Wi-Fi, invio la richiesta di videochiamata, e aspetto.

"Emma, tesoro!" Il viso arrotondato di nonna riempie il piccolo schermo, con l'orecchio di nonno accanto a lei. "Che cos'è successo? Va tutto bene?"

"Sì, mi sono solo svegliata tardi. Mi dispiace tanto. Come state?"

"Oh, stiamo benissimo. Ci stiamo già preparando per giovedì" dice nonna, raggiante, mentre nonno si sposta completamente nella vista della fotocamera. Con un sussulto, mi rendo conto che sta parlando del Ringraziamento—il che significa che volerò in Florida questo mercoledì, dopo aver comprato i biglietti aerei approfittando di una folle offerta dell'anno scorso.

"Tua nonna ha già comprato il tacchino" m'informa nonno con orgoglio, come se fosse un suo successo. "E ha trovato online una nuova ricetta per il ripieno." Mi guarda, con il naso che si allarga, mentre si avvicina alla fotocamera. "Aspetta un attimo. Non sei a casa."

"Uhm, no." Cazzo, non sono così pronta per questo. Se avessi ricordato che il Ringraziamento—con le sue infinite opportunità di interrogatorio—è la prossima settimana, non avrei sicuramente telefonato qui. "Sono a casa di... amici."

Nonna sbatte le palpebre. "Davvero? Quale? Kendall o Janie?" Anche lei si avvicina alla fotocamera. "Quel camino sembra carino. E quelli sono tutti scaffali pieni di libri?"

"Sì." Sospirando, giro il telefono e lo muovo lentamente a semicerchio, mostrando loro tutta la stanza—perché mi avrebbero spinta a farlo comunque. "Pieno di libri qui."

"Ai tuoi amici deve davvero piacere leggere" dice nonno, colpito. "È così che vi siete conosciuti, tramite il tuo lavoro?"

"Quindi *non* è Kendall o Janie" osserva nonna, affermando l'ovvio.

Giro di nuovo il telefono verso di me. "No, è qualcun altro." Dannazione, perché ho lasciato che Marcus mi convincesse? A parte una vera e propria menzogna, qualsiasi cosa io dica renderà questa cosa tra noi molto più seria di quanto non sia. Non che sappia a quali livello di serietà siamo, comunque. Non è un rapporto occasionale, dato che ci siamo visti un paio di volte, prima di fare sesso. Un'avventura del fine settimana, forse? Una frequentazione casuale?

Non è certo l'inizio di una vera relazione—non con lui intento a sposare qualcuna come Emmeline.

I miei nonni mi stanno fissando in attesa, e so che devo dire *qualcosa*. Sospirando, mi pizzico la punta del naso. "Non è nessuno che conoscete—solo un ragazzo che ho incontrato un paio di settimane fa, okay?"

Se questo fosse stato un film, la colonna sonora si sarebbe fermata bruscamente. Invece, cala un silenzio assordante, con entrambi che mi fissano a bocca aperta.

Alla fine, è nonno a parlare. "Un ragazzo?" Sembra incredulo. "Cioè, un fidanzato?"

Sussulto. "Non proprio, nonno, ma sì, qualcuno con cui sto uscendo." Spero di non dovergli spiegare le sfumature della frequentazione moderna, perché non sono sicura di capirle nemmeno io—soprattutto alla luce della bizzarra volontà di Marcus di incontrare i miei nonni.

Potrei giurare che le frequentazioni occasionali e la famiglia non vanno d'accordo.

"È una vestaglia quella che indossi?" chiede nonna, scrutandomi le spalle. "Sembra di sì."

Cazzo. Speravo che non se ne accorgessero. "I miei vestiti sono in lavanderia" spiego, poi mi rendo conto di aver appena dato l'impressione che io e Marcus viviamo insieme. "Cioè, i vestiti che indossavo ieri sera—non ho altro qui. Marcus ha deciso di lavarli prima che mi svegliassi, ecco perché indosso una vestaglia."

Troppe informazioni—in generale, sto fornendo troppe informazioni—ma ai miei nonni chiaramente non dà fastidio. Nonno sta sorridendo, e nonna sembra particolarmente allegra, quando chiede: "Marcus? Si chiama così?" Al mio cenno col capo, insiste: "Come vi siete conosciuti?"

"Oh, tramite... sai, un'app di appuntamenti." O, più precisamente, tramite un malinteso correlato a un'app di appuntamenti, ma quella storia sarebbe troppo lunga.

"Davvero?" Nonna si china in avanti. "Non sapevamo che utilizzassi delle app di appuntamenti."

"Sì, non l'ho menzionato, perché non aveva molta importanza. Janie mi ha convinta a creare un profilo qualche mese fa, ma ho effettuato l'accesso solo un paio di volte."

"Ma è stato sufficiente a farti incontrare Marcus e finire a casa sua. Con una vestaglia" osserva nonno, con le folte sopracciglia che si sollevano per l'entusiasmo.

Sospiro, esasperata, desiderando per una volta che i miei nonni potessero essere all'antica e conservatori, come la maggior parte degli altri della loro generazione. Invece, a quasi ottant'anni, hanno la mentalità aperta di un adolescente qualunque, avendo abbracciato i mutevoli costumi dei tempi insieme alla tecnologia di e-mail, social media, messaggi e Skype.

Non vorrei che nonno impugnasse un fucile o altro, ma un po' di disapprovazione cattolica non guasterebbe.

"Ci stiamo appena conoscendo, nonno. Probabilmente non andremo da nessuna parte" spiego, ma posso dire che il mio avvertimento sta cadendo inascoltato. Le mie frequentazioni—o la loro mancanza dai tempi del college—è stata fonte di preoccupazione per i miei nonni, al punto che durante la mia ultima visita del Ringraziamento mi è stato detto con tatto che era perfettamente normale abbracciare i miei bisogni e le mie inclinazioni, qualunque potessero essere.

Traduzione: pensavano che fossi una lesbica non dichiarata.

"Allora, quanti anni ha?" chiede nonna, lanciandosi nella sua modalità di interrogatorio brevettata. "Di dov'è? Che cosa fa? Quanti fratelli ha, e quando possiamo conoscerlo?"

Apro la bocca per iniziare a rispondere, ma poi cambio idea. "Sai una cosa, nonna?" dico dolcemente. "Che ne dite di conoscere Marcus in questo momento? Può raccontarvi tutto lui stesso."

E alzandomi, porto il telefono nell'ufficio del mio padrone di casa.

arcus

"HO TRENTACINQUE ANNI, SONO FIGLIO UNICO, originario di Staten Island, e gestisco un hedge fund" dico, appoggiando il telefono di Emma sulla mia scrivania, mentre lei sta di fronte a me con un sorrisetto malvagio sulle labbra rosa. Chiaramente si aspetta che io sia sconcertato dalla raffica di domande di sua nonna.

Purtroppo per lei, ho affinato le mie capacità attraverso dozzine di interviste in diretta TV.

"Davvero? Che tipo di hedge fund?" C'è uno sguardo di forte interesse sul volto invecchiato di Ted Walsh. "Seguo CNBC, sai."

Gli sorrido. "Ci concentriamo sulla generazione alpha in tutte le condizioni di mercato, quindi è un mix di tutto, dalle materie prime alle azioni long-short alle strategie quantistiche. Ultimamente, ci siamo anche dilettati in alcuni investimenti illiquidi, tra cui immobili e private equity."

"E da quando vi frequentate?" chiede Mary Walsh, con gli occhi grigi luminosi e chiari come quelli di sua nipote. È ovvio che tutto il gergo finanziario sia scivolato sopra la sua testa, e che non potrebbe importarle di meno delle strategie del mio fondo. "Emma ha detto che vi siete conosciuti attraverso un'app di appuntamenti."

Guardo la ragazza oltre lo schermo. Alza le spalle goffamente, quindi rispondo: "È così." Immagino che non abbia avuto voglia di raccontare ai suoi nonni l'intera storia incasinata. "Per quanto riguarda da quando stiamo insieme, il nostro primo appuntamento è stato all'inizio di questo mese."

Mary si lancia nella successiva serie di domande, e io rispondo con calma e pazienza. Sì, ho vissuto a New York per tutta la vita, tranne quando frequentavo la scuola altrove. Dove ho studiato? Alla Cornell per la laurea (specializzazione in finanza) e alla Wharton per il master. No, non ho una famiglia a cui sono legato, dato che i miei genitori sono morti quando ero piccolo. Sì, possiedo il mio appartamento e anche alcune altre proprietà. No, non ho intenzione di trasferirmi fuori New York per risparmiare sulle tasse.

Per qualche ragione, l'interrogatorio non mi dà fastidio—né il fatto che con questa chiamata abbiamo appena superato di mesi ciò che accade nelle tipiche relazioni. Proporre di conoscere i nonni della ragazza è stato impulsivo da parte mia, ma non posso rimangiarmelo. La scorsa notte non ha saziato la mia voglia di Emma—semmai l'ha rafforzata—e la mia ossessione sta crescendo di minuto in minuto. Voglio sapere tutto di lei, entrare nella sua mente e vedere il mondo dall'interno della sua bella testa.

Voglio incontrare tutte le persone importanti per lei, in modo da poter capire come diventare una di loro.

Alla fine, i nonni sembrano soddisfatti che non sono né un barbone né un serial killer, e ci stiamo già salutando, con la ragazza accanto a me, quando Mary dice: "Non verrai a trovarci con la nostra Emma questa settimana, vero Marcus? Perché, in quel caso, mi assicurerò di preparare del cibo extra."

Prima che io possa dire una parola, Emma sta già scuotendo la testa. "Certo che no, nonna. Te l'ho detto, ci siamo appena conosciuti e, inoltre, Marcus lavora tantissimo. Vero?" I suoi occhi mi trafiggono. "Hai una settimana folle al fondo, vero?"

"Sì." La mia voce non sembra affatto appartenermi. "Sì, certamente. Una mole di lavoro folle per tutta la settimana."

"Immagino." Mary sorride dolcemente. "Ma se riesci a liberarti, sei sempre il benvenuto al nostro tavolo del Ringraziamento, Marcus. È stato un piacere conoscerti."

"Anche per me" replico, e porgo il telefono a Emma per disconnettere la chiamata.

Non avevo intenzione di recarmi in Florida questa settimana—persino *io* so che sarebbe un passo troppo grande così presto—ma per qualche ragione, la consapevolezza che lei non mi vuole fa più male di una bruciatura di medusa.

mma

MARCUS È INSOLITAMENTE SILENZIOSO, QUASI meditabondo, mentre mi conduce di sotto per il brunch. È arrabbiato con me per aver permesso l'interrogatorio? Perché me l'aveva praticamente chiesto lui—insistendo. Tuttavia, mi sento un po' male per aver lasciato che i miei nonni lo mettessero sulla graticola.

Avrei dovuto proteggerlo dal peggio, come avevo sempre fatto con Jim, il mio ragazzo del college.

Oh, beh, ormai è troppo tardi. E Marcus si è difeso come Jim non avrebbe mai saputo fare. Ha parlato con rispetto ai miei nonni, ma come un loro pari, rispondendo alle loro domande senza il minimo accenno di nervosismo o insicurezza. Allo stesso tempo, non si è vantato dei suoi successi, con tutte le risposte vere, ma che hanno rivelato ben poco della portata del suo potere e della sua ricchezza. Certo, nonno e nonna sono rimasti colpiti comunque—e perché non avrebbero dovuto?

Non sono i suoi miliardi a rendere formidabile Marcus Carelli; è l'indomito nucleo d'acciaio dell'uomo stesso. Bastano pochi minuti in sua compagnia per capire che è una forza della natura, qualcuno che non vorresti mai incrociare.

"Tutto bene?" chiedo piano, mentre ci avviciniamo alla sala da pranzo con lui che ancora non dice mezza parola. Gli aromi ricchi e saporiti che emana la cucina mi fanno borbottare lo stomaco, ma sono troppo preoccupata per il suo strano umore per pensare al cibo. "Mi dispiace per i miei nonni. Sono solo—"

"Protettivi nei tuoi confronti." Sorride, e sebbene sia un sorriso che non raggiunge completamente i suoi occhi, la strana tensione tra noi svanisce. "Sembrano persone adorabili. Tuo nonno mi ricorda un po' il Signor Bond."

Gli rivolgo un sorriso raggiante. "Sì, sono fantastici. E nonno in realtà *era* un insegnante. Ha insegnato inglese e studi sociali per quasi quarant'anni, prima di andare in pensione."

Il sorriso di Marcus si scalda. "Davvero? E tua nonna?"

"Era un'infermiera, davvero abile. Non sono quasi mai andata dal medico, quando vivevo con loro. Nonna è in grado di occuparsi di qualsiasi cosa che non sia un intervento chirurgico importante."

"Signor Carelli?" Un uomo magro con una postura dritta incrocia il nostro cammino, mentre ci avviciniamo al tavolo. Con un distinto accento britannico, annuncia: "Il cibo è pronto."

"Perfetto, grazie." Marcus mi guarda. "Emma, questo è Geoffrey, il mio maggiordomo. Geoffrey, questa è Emma, la mia... ospite."

Riesco a sorridere, nonostante l'improvvisa accelerazione del mio battito. Ho colto quel momento di esitazione, prima che dicesse "ospite" la frazione di secondo di indecisione che dev'essere rara per lui quanto una cena a base di aragosta per me. Stava per dire qualcos'altro?

La mia frequentazione?

La mia amica, forse?

Non avrebbe mai potuto dire "*la mia ragazza.*"

"È un piacere" dice Geoffrey, inclinando la testa. "Adesso, prego, accomodati. Farò uscire il cibo."

Si affretta, e Marcus mi conduce al tavolo—che è apparecchiato con due tovagliette di paglia con sopra piatti bianchi quadrati, eleganti bicchieri moderni e posate luccicanti accanto a tovaglioli di stoffa bianchi. In mezzo c'è una caraffa d'acqua con un infuso di limone, menta e cetriolo, e accanto c'è quello che sembra un succo d'arancia appena spremuto, insieme a una brocca contenente un liquido verde scuro.

Marcus tira fuori una sedia per me e mi siedo, ancora una volta sopraffatta. Non solo questo brunch sembra più elaborato di quello di qualsiasi ristorante, ma indosso ancora una vestaglia. Non che avere i vestiti mi avrebbe aiutata; sono abbastanza sicura che una sola forchetta qui costi più di tutte le mie posate.

La parte peggiore è che non posso pagare la mia parte di questo pasto—a meno che non mi chieda di pagare la metà del salario di Geoffrey per una mattinata, insieme al costo degli ingredienti. E persino *io* so che sarebbe ridicolo. La cosa migliore da fare sarebbe quella di ricambiare preparando a Marcus un pasto a casa mia uno di questi giorni, ma dopo aver visto come vive, l'idea di invitarlo nel mio piccolo appartamento mi fa rabbrividire.

Sarebbe come chiedere a Queen Elizabeth—la sovrana, non la mia gatta—di cenare in un armadio.

"Acqua, succo d'arancia o succo verde?" chiede, e mi sforzo di sorridere.

"Succo verde, per favore." Non è necessario che sappia che non ho mai provato l'elisir di salute fin troppo costoso—o che tutto questo mi fa sentire come un pesce fuor d'acqua.

Versa il liquido verde nel mio bicchiere, e ne bevo un sorso. È sorprendentemente buono, aspro e rinfrescante invece che amaro. Sento la mela Granny Smith sotto il sapore erbaceo delle verdure, e tranguglio il resto del bicchiere con qualche lungo sorso.

"Altro?" chiede ironicamente, e io annuisco.

È un modo delizioso per soddisfare la mia dose settimanale di frutta e verdura in una sola mattina.

Mentre sto sorseggiando la ricarica, Geoffrey entra

con un vassoio d'argento ricoperto da un coperchio a cupola. Poggiandolo sul tavolo, rimuove il coperchio, rivelando due piatti con una frittata perfettamente piegata su ciascuno, insieme a due piccole scodelle di frutta a pezzetti e un cesto di biscotti soffici. Le frittate sono ricoperte da una specie di salsa cremosa all'arancia e condite con un rametto di prezzemolo, e tutto ha un profumo assolutamente delizioso.

Decisamente più elegante di qualsiasi brunch al ristorante abbia mai mangiato.

"Frittata di funghi shiitake e ostriche con granchio e aragosta, condita con salsa piccante al gorgonzola" annuncia Geoffrey, mettendo un piatto davanti a me e l'altro davanti a Marcus. Poi, fa la stessa cosa con le scodelle di frutta e mette il cestino di biscotti in mezzo a noi, aggiungendo un paio di pinze per una facile presa.

"Grazie, Geoffrey. Sembra ottima" dice Marcus, e gli faccio eco, a malapena in grado di mandare giù la saliva che mi si accumula nella bocca. Com'è possibile che stavo pensando all'aragosta solo pochi minuti fa e che ora c'è una frittata di aragosta di fronte a me?

No, *una frittata di funghi shiitake e ostriche con granchio e aragosta*—cioè, tutti i cibi che amo e che raramente possono permettermi in un piatto folle.

Il maggiordomo inclina la testa e scompare di nuovo in cucina, e io scavo nella frittata, con la forchetta che trema dall'entusiasmo. *Santo cielo*. Mi viene quasi l'orgasmo, mentre la ricchezza speziata della salsa al gorgonzola mi tocca la lingua, seguita dalla deliziosa consistenza dei frutti di mare avvolti in un uovo aromatizzato ai funghi.

Devo aver gemuto ad alta voce e aver chiuso gli occhi, perché quando li riapro trovo Marcus a fissarmi come se mi fossi spogliata. Il suo viso è ben tirato, con gli occhi ardenti dalla brama selvaggia, mentre la sua frittata rimane intatta di fronte a lui.

"Scusa" mormoro, avvampando, rendendomi conto che devo aver dato letteralmente l'impressione di aver avuto un orgasmo. *Di nuovo.* Di questo passo, penserà che sia una feticista del cibo. "È davvero molto, molto buona."

"Uno di questi giorni, ti scoperò, mentre mangi." La sua voce è un ringhio basso e oscuro. "Ti stenderò su questo tavolo, e farò di te un banchetto con la tua dolce fighetta, mentre mangi."

Oh, Dio. La nominata figa si stringe con un violento picco di bisogno, inondandomi di una calda scivolosità in un istante. Posso immaginare esattamente quello che sta dicendo, e la reazione indifesa del mio corpo mi fa girare la testa, con una fascia che mi stringe i polmoni impedendomi di respirare normalmente.

"Sì, proprio così." Si china in avanti, con gli occhi azzurri che luccicano, mentre la sua grande mano mi copre il ginocchio sotto il tavolo. "Farò di te un banchetto proprio qui, gattina, e adorerai ogni fottuto secondo. Ti riempirò così tanto di me che non penserai nemmeno al cibo."

Non sto pensando al cibo adesso. Non posso—non con il cuore che mi batte forte nel petto e tutto il corpo che brucia. Non sapevo che i discorsi sconci potessero eccitarmi in questo modo, che le parole potessero riempirmi di un bisogno così doloroso. È solo la consapevolezza che Geoffrey è qui e che potrebbe entrare e sorprenderci in qualsiasi momento che mi fa deglutire e spezzare il contatto visivo, facendo respiri poco profondi per calmare il folle battito del mio polso.

Seguono alcuni instanti di silenzio, momenti così carichi di tensione che riesco quasi a sentirlo nell'aria. Poi, Marcus mi toglie la mano dal ginocchio, e sento il coltello e la forchetta raschiare contro il piatto.

"Hai ragione. Questo *è* delizioso." La sua voce è tornata alla normalità, con il tono colloquiale, ma non mi lascio ingannare.

Non appena avremo finito con questo pasto, torneremo in camera.

E accidenti se il pensiero non mi rende fradicia.

arcus

"DICO DAVVERO QUESTA VOLTA. DEVO TORNARE A CASA. Sono già le quattro passate; i miei gatti staranno morendo di fame, poverini. Inoltre, è il giorno del bucato." Sfuggendo alla mia mano tesa, Emma rotola giù dal letto e corre verso la pila di vestiti sulla sedia nell'angolo—i suoi vestiti puliti e ben piegati, che Geoffrey ha portato di sopra, mentre stavamo mangiando. Afferrandoli, scompare nel bagno e io mi siedo sul letto, trattenendo un'imprecazione frustrata.

Non è che voglio scoparla di nuovo—beh, è così, con il mio fallo che ha deciso di avere di nuovo quindici anni—è che detesto l'idea che se ne vada. Questo, insieme alla mia incessante fame per le sue curve morbide, è il motivo per cui l'ho trascinata a letto e l'ho scopata senza pietà ogni volta che cercava di tornare a casa dopo il brunch.

Accidenti ai suoi gatti.

Ho bisogno di lei più di loro.

È patologico al limite del disturbo borderline, lo so bene, ma ora che l'ho portata nella mia tana, voglio tenerla qui. Gli stessi istinti primitivi che mi chiedevano di reclamarla, stile cavernicolo, ora mi fanno venir voglia di incatenarla al mio letto e gettare via la chiave.

O, in caso contrario, di ammanettarla a me.

In parte, è perché sono ancora incazzato per la Florida—sia per il fatto che andrà lì, sia per il fatto che non mi vuole con sé. Significa che non la vedrò da mercoledì a domenica, e quella consapevolezza mi divora, acuendo la mia brama fino a quando non sembra una lama che m'incide le viscere.

La desidero con una violenza che mi spaventa e non sembra minimamente attenuarsi.

Se il mio desiderio per lei fosse puramente sessuale, avrei potuto affrontarlo. Nessuno è mai morto di palle blu, per quanto ne so. Ma sto iniziando a desiderare *lei*, tutto di lei, non solo il suo delizioso corpicino. Addormentarmi con Emma tra le braccia la scorsa notte mi ha fatto piacere come non era mai successo— una sensazione di profonda soddisfazione, una certezza che va tutto bene nel mio mondo.

Non ricordo l'ultima volta che mi sono sentito così. Forse non è mai accaduto. Da piccolo, eravamo sempre a pochi giorni dallo sfratto, con un barattolo di maionese in un frigorifero vuoto. Non sapevo mai in quale momento della notte la mia madre ubriaca sarebbe tornata e che tipo di stronzo avrebbe portato con sé. Anche quando sono cresciuto e ho usato i guadagni dei miei lavori part-time per smussare i bordi più acuti della nostra esistenza al di sotto della soglia di povertà, la paura del futuro incerto non è scomparsa.

È rimasta con me, mentre guadagnavo il mio primo milione, poi il mio primo miliardo.

È ancora con me, quando chiudo gli occhi e mi addormento di notte.

Tranne ieri notte. Ieri notte mi sono sentito al sicuro. Come se il piccolo corpo caldo tra le mie braccia fosse tutto ciò di cui avevo bisogno... tutto ciò di cui avrei mai avuto bisogno.

Come se fossi finalmente a casa.

E ora vuole andarsene.

Fanculo. Non sono pronto a lasciarla andare.

"Verrò con te" annuncio, quando esce dal bagno completamente vestita.

E, ignorando la sua espressione scioccata con gli occhi spalancati, mi alzo e mi avvicino all'armadio per prendere alcuni vestiti.

40

Emma

Non capisco cosa stia succedendo, perché sono nella macchina di Marcus—con lui sul sedile posteriore accanto a me—e ci stiamo dirigendo verso il mio appartamento.

"Non devi lavorare?" riprovo. "Pensavo che voi gente di Wall Street lavoraste nei fine settimana."

Solleva le spalle larghe. "Può aspettare. Sono il capo di me stesso."

Mi arrendo. Perché a quanto pare non esiste un modo educato di chiedere a un uomo come mai sia così determinato a vederti fare il bucato e coccolare i tuoi gatti. Soprattutto se quell'uomo è Marcus. Una volta che ha deciso di fare qualcosa, non c'è modo di fermarlo—l'ho imparato nel modo più duro. E intendo davvero *duro.*

Sono molto dolorante dopo tutte quelle scopate.

Il calore m'inonda al ricordo di come sono giunta a sentirmi in quel modo, e intravedo la causa di quel dolore—che mi sta scrutando con uno sguardo cupamente intento.

Accidenti. Vuole di nuovo fare sesso?

È per questo che non mi permette di lasciare il suo fianco?

Dev'essere così. Non riesco a immaginare perché altrimenti sarebbe venuto nel mio minuscolo appartamento a Brooklyn, invece di alloggiare nel suo lussuoso attico. *Io* certamente non lascerei quel posto, se fossi in lui.

Sto per informarlo che non posso fare sesso per almeno alcune ore, quando il mio telefono vibra per un messaggio in arrivo.

Da parte di Kendall.

Beh? Altri regali da Mr. Wall Street?

Poi, un secondo: *Gli hai mandato un messaggio di ringraziamento come ti avevo detto?*

Oh, cazzo. La mia amica non sa che abbiamo superato da tempo i messaggi di ringraziamento, e perché dovrebbe? Non ho avuto un minuto libero per chiamarla da quando Marcus mi ha teso un'imboscata con i libri, il sesso, la cena, e poi altro sesso, e—

"Chi è?" chiede lui, e sollevo lo sguardo, con il viso che avvampa ingannevolmente.

"Nessuno. Voglio dire, è solo una mia amica—Kendall. Ovviamente, non la conosci; non l'hai mai incontrata. Ma lei è la mia migliore amica dai tempi del college e—" Mi fermo, rendendomi conto che sto blaterando. "In ogni caso, è stata lei a mandarmi un messaggio."

"Su cosa?"

È serio?

Sicuramente sembra esserlo, con le folte sopracciglia inarcate in attesa, come se desse per scontato che risponderò.

"Solo... qualcosa di casuale." Sono troppo agitata per farmi venire in mente una bugia intelligente. "Come ho detto, non è niente."

Il mio telefono vibra per un terzo messaggio, e non posso fare a meno di dare un'occhiata allo schermo.

Ems! Mandagli un messaggio. Dico davvero.

"Niente? Davvero? Fammi vedere." E prima che io possa reagire, Marcus mi strappa il telefono dalla presa, con gli occhi che esaminano i messaggi alla velocità della luce.

"No! Che cosa stai facendo?" Rimango a bocca aperta per l'orrore, ma è troppo tardi.

Un grande sorriso si sta già allargando sul suo viso magro e duro. "E così, Kendall sa di me, vero?"

Con le mie guance che scottano come l'asfalto della Florida a luglio, provo a riprendere il telefono, ma lo sposta nell'altra mano, tenendolo fuori dalla mia portata.

"Sì. E allora?" sbotto, tornando a sedermi a mani vuote. Per riavere il dispositivo, dovrei chinarmi sulle sue ginocchia, e non ho intenzione di piegarmi a quell'umiliazione. "Non ho firmato alcun tipo di contratto di non divulgazione."

"Contratto di non divulgazione?" Sta ridendo ora, con i denti bianchi che brillano e le guance attraversate da quei solchi sexy. "Che cos'hai letto, gattina? *Cinquanta sfumature?*"

Il mio rossore s'intensifica incredibilmente, e cerco di riafferrare il telefono—inutilmente. Mi trattiene con un braccio, continuando a ridere, e vedo il pollice dell'altra mano atterrare sulla piccola icona accanto al nome di Kendall.

"Oh mio Dio, la stai chiamando. Riattacca!" Faccio un altro inutile tentativo di recuperare il telefono. "Marcus, riattacca immediatamente!"

Guarda il telefono proprio mentre la voce metallica di Kendall risuona nell'altoparlante: "Pronto? Emma, sei tu?"

Mi aspetto che lui riattacchi, o almeno che mi restituisca il telefono, ma ho sottovalutato la sua stronzaggine. Avvicinando il dispositivo all'orecchio, dice con un sorriso malvagio: "No, scusa, Kendall. Sono Marcus, e sto parlando con il telefono di Emma."

Segue un momento di silenzio, durante il quale provo a decidere se dovrei colpirlo alla testa o dargli fuoco, e poi un incredulo: "*Che cosa?*"

"Dammelo" sibilo, quasi a tentoni sul suo grembo per raggiungere il telefono, e questa volta, me lo lascia prendere, con una malizia che brilla nei suoi occhi, mentre torno al mio posto, stringendo il premio.

"—cosa ci fai con il telefono di Emma?" chiede cautamente Kendall, mentre sollevo il dispositivo all'orecchio.

"Sono io, ciao. Scusa. Marcus stava solo facendo il coglione." Lo guardo storto, mentre lo dico, ma invece di offendersi, ricomincia a ridere, con le potenti spalle che tremano.

"Stai parlando di Marcus Carelli?" La mia amica reagisce come se avessi appena bestemmiato sul Papa in Vaticano. "*Quel* Marcus Carelli? È con te in questo momento?"

"Sì." Gli do volutamente le spalle. "Siamo in auto diretti a Brooklyn."

"Aspetta, che cosa? Da dove? Comincia dall'inizio" insiste Kendall, e digrigno i denti, lanciando a Marcus un'occhiata furiosa da dietro.

Ha già smesso di ridere, ma sta ancora sorridendo, il bastardo.

"Non posso parlare adesso" le dico, distogliendo lo sguardo per non spaccargli il telefono addosso. "Ti chiamo più tardi, ok?"

"Aspetta! Dimmi solo se avete scopato."

"Kendall—"

"Solo sì o no, rapidamente."

"Sì, va bene? È un sì." Riattacco e mi volto per incontrare lo sguardo divertito dell'uomo—che non sembra minimante pentito.

La mia rabbia ribolle. "Non avevi il diritto di farlo. Quello *è* il mio telefono e lei è la mia amica e—"

"Hai ragione." Prende la mano che sto agitando—

quella che stringe ancora il telefono. Portandola alle labbra, bacia con riverenza le nocche. "Non avrei dovuto farlo, gattina. Scusa. Per quello che vale, sei molto carina, quando sei arrabbiata. Lo penso sin dal nostro primo incontro."

"Oh, siamo arrivati ai cliché adesso? Qual è il prossimo? Sapevi che sarei stata quella giusta dal momento in cui mi hai messo gli occhi addosso?" Con mio sollievo, sembro ancora incazzata, piuttosto che tutta sdolcinata ed emozionata, come le mie viscere. Quelle traditrici si sono trasformate in poltiglia al tenero gesto *e* al complimento di merda.

"No" risponde, con ogni accenno di divertimento ormai scomparso. "Non è così."

Ahi. Sbatto le palpebre e provo a sorridere, come se tutta la dolcezza non fosse svanita in un istante, con lo stomaco che si stringe in una palla dura. Ovviamente, non sono io quella giusta per lui—quella sarebbe Emmeline o qualcun'altra come lei—ma doveva essere così schietto al riguardo? L'ho detto per fare l'esempio di un cliché, non stavo cercando una proposta.

Tuttavia, qualcosa nella mia reazione devi avermi tradita, perché il suo viso si rabbuia, con la mano che si stringe attorno alla mia. "Emma, intendevo dire—"

"Non farlo mai più." In qualche modo, riesco a sembrare allegra, con il sorriso che appare sulle mie labbra. "Questo è il *mio* telefono"—tiro via la mano dalla sua presa—"e non puoi semplicemente prenderlo e curiosare tra i miei messaggi, indipendentemente da quanti complimenti mi fai dopo."

"Che ne dici di quelli non cliché?" chiede con voce roca, con un barlume di divertimento che riaffiora nel suo sguardo. Devo essere un'attrice migliore di quanto pensassi. "Posso prenderlo in quel caso?"

"No" ribatto con fermezza esagerata, come se stessi parlando con un bambino o un cane. "Il mio telefono non si tocca." Faccio il gesto teatrale di infilarlo nella borsa e chiuderla per enfatizzare il concetto.

Sporge il labbro inferiore in un broncio, proprio come farebbe un bambino deluso, e non posso fare a meno di scoppiare a ridere, sebbene parte della sensazione di dolcezza riaffiori, insieme alla persistente ferita per le sue parole.

Perché in quel broncio, per quanto fosse comico, vedo il ragazzino vulnerabile che è stato un tempo, e non posso fare a meno di desiderare l'impossibile.

Non posso fare a meno di desiderare che questo—che noi—sia reale.

 arcus

GUARDO STORTO IL GATTO SUL LETTO, E LUI REAGISCE con un'occhiata sprezzante, agitando la punta della coda avanti e indietro in una minaccia silenziosa.

"Proprio così" gli dicono i miei occhi. "L'ho scopata tutta la notte, e lo farò ancora e ancora. Ti conviene abituarti. Adesso è mia."

"Ti distruggerò" replica lo sguardo verde a fessura. "Morirai di una morte lenta e dolorosa sotto le mie zampe, proprio come un topo. Non che io abbia mai visto un vero topo, ma se mai mettessi le mie zampe su di uno, sarebbe fottuto—e anche tu."

"Puffs, togliti dalla biancheria pulita" dice Emma, riapparendo dal bagno, e io osservo con cupa soddisfazione, mentre scaccia la creatura pelosa dai vestiti che sta piegando sul letto—un compito con cui la sto aiutando.

È rimasta sorpresa, quando mi sono offerta di farlo, ma non avrebbe dovuto esserlo.

Non perdo mai l'occasione per mettere le mani sulle sue mutandine.

A proposito, ha bisogno di un nuovo paio. Insieme a nuovi vestiti in generale. Quasi tutto ciò che possiede è logoro o di scarsa qualità. Praticamente, ho il prurito dalla voglia di prendere il telefono e fare un ordine a Saks, ma resisto all'impulso. Non accetterà altri indumenti da me, e ho battaglie più grandi da combattere.

Come farla tornare a casa mia stasera.

"Va bene, ho capito" dice, afferrando una pila di magliette piegate. Si affretta verso l'armadio e infila dentro i vestiti, poi torna a prendere un mucchio di calzini. Le ho lasciato mettere via tutte le cose piegate, mentre ordinavo i suoi reggiseni, e in breve tempo abbiamo finito con tutto il bucato.

"Wow, siamo stati veloci" continua Emma, guardandosi attorno come se si aspettasse che un calzino vagante saltasse fuori. "Non riesco a credere che l'abbiamo fatto così in fretta. Quando lo faccio da sola, mi ci vogliono *ore*."

"Che cosa posso dire? Sono bravo con le mani" replico con la faccia seria, e lei mi rivolge un sorriso sbilenco.

"Lo sei. Grazie per l'aiuto."

"È stato un piacere." Dico davvero—e non solo perché ho avuto modo di toccarle le mutande senza sembrare un pervertito. Non ha una lavatrice e un'asciugatrice nel suo monolocale, e la lavanderia automatica che usa è a tre isolati di distanza. Non ho idea di come abbia fatto sempre a trascinare la sua roba fin lì da sola, ma sono felice di essere stato qui a portare il sacco pesante per lei oggi.

Dovrò assicurarmi di essere sempre con lei, quando fa il bucato d'ora in avanti, o meglio ancora, che Geoffrey lo faccia per lei.

A casa mia.

Dove voglio che sia sempre.

Non sono ancora pronto a mettere un'etichetta su quel desiderio, ma è sicuramente lì, e più mi guardo intorno nel suo angusto appartamento, più diventa forte.

Non voglio che stia qui.

Il suo posto è a casa con me.

"Hai fame?" chiedo, quando prende in braccio un gatto—quello di taglia media, Cottonball—e si siede sul letto per accarezzarlo. "Potremmo cenare qui, prima di tornare, o andare da qualche parte a Manhattan. In alternativa, se non hai voglia di mangiare fuori, posso chiedere a Geoffrey di prepararci qualcosa."

Sbatte le palpebre, mentre la gattina più piccola, Queen Elizabeth, salta sul letto e si unisce al fratello, che fa le fusa sulle ginocchia di Emma. "Tornare? Intendi dire a casa tua? Insieme?"

"Ovviamente. Questo letto è troppo piccolo per

entrambi, non credi?" Per non parlare del fatto che è invaso dai gatti—il terzo dei quali si unisce a lei, mentre parlo. "Se lo desideri, puoi portare un borsone con il ricambio, così non dovrai aspettare che il maggiordomo faccia il bucato al mattino. Forse potresti anche lasciare ai gatti del cibo extra, così non dovremo tornare qui domani a tutti i costi. Puoi andare a lavorare direttamente da casa mia lunedì; ti farò accompagnare da Wilson."

I suoi occhi si spalancano di più a ogni parola che mi esce dalla bocca, e so—lo so fottutamente bene—che mi sto prendendo delle libertà, ma è troppo tardi per rimediare. Non che io sia mai riuscito a trattenermi con lei. Quando si tratta di Emma, il mio istinto è primitivo, il mio bisogno di rivendicarla troppo potente per essere negato.

La voglio a casa mia, al mio fianco, e non posso fingere che non sia così.

"Non credo di poter..." Deglutisce. "Non posso lasciare i miei gatti da soli per così tanto tempo." Sta accarezzando le bestie pelose mentre dice questo, e ancora una volta, provo una strana fitta di gelosia.

Voglio che tocchi *me*.

Che si preoccupi per *me*.

"Va bene" dico forte, trattenendo il desiderio irrazionale. "Allora, tornerai qui domani. Sono sicuro che staranno bene fino ad allora. Li hai nutriti, hai pulito la lettiera, hai giocato con loro... Di cos'altro hanno bisogno?"

Tre paia di occhi verdi mi fissano, come se i gatti sapessero cosa sto dicendo, e la ragazza li guarda, accarezzandoli a turno.

"Vieni qui" dice dolcemente, alzando lo sguardo. "Siediti accanto a me."

Mi acciglio, confuso, ma mi avvicino al letto.

"Siediti." Rivolge un'occhiata alla sua destra.

Obbedisco con cautela, non volendo schiacciare una coda o una zampa. Forse non mi piacciono i suoi animali domestici, ma non voglio ferirli.

"Ecco." Raccoglie Cottonball e me lo mette sul grembo. "Accarezzalo in questo modo." Mi mostra come fare con la mano, con le unghie corte e ben rifinite che graffiano leggermente il mantello, mentre gli fa scorrere il palmo dalla testa fino all'inizio della coda.

Fisso il gatto, incapace di credere che non sia saltato via o mi abbia graffiato. Invece, mi osserva, come se aspettasse di vedere cosa farò.

Cautamente, lo tocco come lei mi ha mostrato, passandogli una mano sulla schiena. Il manto è incredibilmente soffice, e riesco a sentire il suo calore animale al di sotto. È come avere uno scaldino sul grembo, solo estremamente morbido.

Cerco di ricordare se ho mai tenuto un gatto così, ma vedo solo uno spazio vuoto. Certamente, nella mia infanzia non ci sono stati animali domestici—a meno che non conti i gatti randagi che facevano irruzione nei bidoni della spazzatura del complesso residenziale, dove vivevamo, quando avevo sei anni. Per un paio di mesi, diedi loro tutti gli scarti che trovavo nella nostra cucina, ma poi venimmo sfrattati e non li rividi mai più. In ogni caso, erano selvatici, troppo spaventati dalle persone per lasciarsi coccolare.

Successivamente, ci fu il cane di un vicino—un piccolo meticcio. Era amichevole, e l'ho sicuramente accarezzato, giocando con lui tante volte. In realtà, mi piaceva così tanto che chiesi a mia madre di prendere un cucciolo per il mio settimo compleanno. Lei rise e vomitò sulla pasta semicotta, che doveva essere la nostra cena. Mi resi conto subito dopo della grande responsabilità che sarebbe stata un cucciolo, che richiedeva cibo e denaro che non potevamo permetterci di risparmiare, e smisi di volerne uno. Smisi anche di dare da mangiare ai gatti randagi.

"Gli piaci." Le fossette di Emma appaiono mentre mi sorride, e con mio grande stupore, mi rendo conto che la creatura sul grembo sta facendo le fusa.

A gran voce.

Tutto il suo corpo vibra, con gli occhi chiusi in segno di evidente felicità.

Va bene, allora. Credo di non aver *mai* tenuto un gatto prima d'ora, perché questa è sicuramente un'esperienza memorabile. Devo aver accarezzato almeno un gatto prima di questo—ricordo vagamente un siamese birichino a casa di un amico al college—ma questa è tutta un'altra cosa.

Questo animale si *fida* di me.

Secondo Emma, gli piaccio.

Con attenzione, intensifico la pressione, accarezzandolo con maggior convinzione, e le fusa aumentano, con la vibrazione che cresce fino a quando mi sento come se stessi tenendo una motosega in miniatura. Il gatto si sta chiaramente godendo quello che sto facendo, e non posso negare che sia bello passare il palmo sul suo morbido mantello. Tra le fusa e il calore, la sensazione è stranamente rilassante... quasi ipnotica. Il mio telefono vibra nella tasca, ma lo ignoro, stranamente riluttante a lasciare che il lavoro s'intrometta.

"Amore."

La mia testa si alza di scatto, con tutto il corpo che si blocca, mentre la fisso. "Che cos'hai detto?"

"Hai chiesto di cos'altro hanno bisogno" dice piano, con gli occhi grigi sul mio viso, mentre continua ad accarezzare i due animali domestici sul grembo. "E ti sto dicendo che hanno bisogno di amore. Attenzione. Premure. Come le persone."

Giusto. Ovviamente.

Sta parlando dei gatti, non di noi.

"Quindi, immagino che non tornerai a casa con me" dico con forzata allegria, e lei scuote la testa.

"Vorrei, ma non posso. Mi dispiace, Marcus. Non posso lasciarli soli due notti di fila, soprattutto perché mercoledì andrò in Florida. La mia padrona di casa si prenderà cura di loro, ma saranno traumatizzati dalla mia assenza." Fa una pausa, poi aggiunge esitante: "Forse puoi restare qui con me?"

"Va bene." Le parole mi sfuggono dalla bocca, prima

di aver preso una decisione consapevole. "In questo caso, lo farò."

E mentre il gatto sul grembo fa le fusa più forte, prendo il telefono dalla tasca e scrivo a Geoffrey che non tornerò a casa per colazione.

42

PER TUTTA LA SERA, SENTO IL BISOGNO DI DARMI DEI pizzicotti per assicurarmi di essere sveglia, perché quante erano le probabilità che il mio miliardario mi accompagnasse a Brooklyn, mi aiutasse con il bucato e accettasse di passare la notte nel mio piccolo appartamento, prima di mangiare la pizza di Papa Mario con me?

Quasi nulle, avrei detto prima di oggi.

Eppure, eccoci qui, pieni di pizza, con me che faccio del mio meglio per rendere le vecchie lenzuola semi-decenti—e senza peli di gatto—lisciandole con i palmi, mentre Marcus fa la doccia nel mio piccolo bagno, prima di raggiungermi in questo letto.

Il mio telefono vibra per dei messaggi in arrivo, poi

inizia a squillare, e quando lo afferro, non sono affatto sorpresa di vedere che è Kendall.

"Beh?" sbotta nel momento in cui rispondo. "Non hai più richiamato. Che cosa sta succedendo tra te e Mr. Miliardi? Sputa il rospo. Subito."

Lancio un'occhiata alla porta del bagno, ma è chiusa e l'acqua scorre ancora.

"Non ho molto tempo" dico a bassa voce. "Marcus uscirà dalla doccia da un momento all'altro, quindi ascolta e non interrompere, okay?"

"Doccia? Dove? Santo cielo, Ems!"

"Kendall—"

"Va bene, va bene, sto zitta. Continua. Dimmi tutto."

E lo faccio, partendo dai libri che mi ha inviato venerdì sera e concludendo con la nostra situazione attuale. L'unica parte che tralascio è la conversazione con i miei nonni, perché non voglio che la mia amica si faccia un'idea sbagliata.

Per lei, incontrare la famiglia è un passo così grande che penserebbe che stiamo per sposarci.

"Quindi, fammi capire bene." Sembra sull'orlo di un aneurisma. "Avete trascorso le ultime ventiquattro ore insieme—letteralmente, le intere ventiquattro ore—e lui vuole rimanere a casa tua per la notte? Come se fosse davvero disposto a dormire nella tua piccola bara di un letto?"

"È un normalissimo letto matrimoniale—"

"Certo, come no. Sono sicura che la *sua* camera sia adatta a un principe dei nostri giorni."

"Beh…"

"Oh, Dio mio. Sono così fottutamente gelosa di te in questo momento, piccola troietta subdola. Dimmi che ha almeno il cazzo piccolo. *È* piccolo, vero? Tutto storto, rinsecchito e roba del genere?"

Combatto una risatina isterica. "No, mi dispiace. In realtà è..." Mi fermo, perché col cavolo che racconterò certi dettagli, nemmeno a lei.

"Oh, chiudi il becco! Ora mi dirai che ti ha già provocato una mezza dozzina di orgasmi."

Ben *più* di una dozzina, ma cosa importa? Provo a pensare a una risposta opportunamente discreta, ma il mio silenzio deve parlare da solo, perché Kendall emette un gemito e sento dei suoni in sottofondo.

"Va tutto bene?" chiedo, preoccupata.

"Alla grande." La sua voce è stranamente ovattata. "Sto solo sbattendo la testa contro il muro per non aver ascoltato Janie ed essermi iscritta all'app di appuntamenti con te. Forse a quest'ora anch'io starei pianificando le estati negli Hamptons e le vacanze di Natale sulle Alpi."

Alzo gli occhi al cielo. "Stai correndo un po' troppo. Abbiamo appena iniziato qualunque cosa sia questa. Inoltre, sono sicura che presto si stancherà di me e andrà avanti con il suo piano di sposare una splendida ragazza mondana. Ci stiamo solo divertendo, come mi hai detto tu—e no, prima che tu me lo chieda, non ho intenzione di sfruttare la situazione per ottenere un lavoro nel settore della grande editoria."

"Questa è la tua prerogativa, a condizione che la sfrutti con diversi orgasmi, come sembra tu stia facendo. Ma seriamente, Ems, ti sbagli molto sulle sue intenzioni. Non hai frequentato molte persone, quindi potresti non rendertene conto, ma un ragazzo che vuole passare il suo intero fine settimana con te *dopo* averti fottuta? È più raro dei miliardari a Bay Ridge. E restare a casa tua, perché non vuoi lasciare i tuoi gatti? Faresti bene ad aspettarti una proposta la prossima settimana. Gli piaci da morire. Segnati le mie parole, tra non molto—"

"Devo andare" sibilo nel telefono, con il battito del mio cuore che salta, mentre il rumore dell'acqua che scorre si ferma. "Sta uscendo dalla doccia. Ne riparleremo, okay?"

"Ho capito. Divertiti con Mr. Cazzo Magico." E su quella nota oscena, riattacca, lasciandomi lì arrossita e agitata.

E speranzosa.

Troppo speranzosa.

Così speranzosa che è quasi scontato che mi farò molto male.

43

Emma

Mi sveglio con un brivido, mentre delle labbra calde mi sfiorano la nuca, con la loro morbidezza in contrasto con il calore rovente del respiro profumato di menta e la ruvidezza della barba del mattino che mi graffia la pelle.

Sono sdraiata a pancia in giù e Marcus mi sta baciando il collo, mi rendo conto intontita, e anche se mi piacerebbe sprofondare di nuovo nel sonno, le sensazioni sono troppo deliziose per potermi sfuggire. Ora mi sta anche massaggiando, con le mani forti che mi manipolano i muscoli delle spalle, le braccia, la schiena, il sedere... Oh, sì, si sta sicuramente concentrando sui miei glutei, e non avevo idea di quanto quei muscoli avessero bisogno di rilassarsi. Le sue labbra seguono le mani lungo il mio corpo, trascinandosi sulla colonna vertebrale e lasciandomi con un formicolio sulla pelle.

Sposta l'attenzione sulle mie gambe, e io gemo nel cuscino, tenendo gli occhi chiusi, mentre annulla il dolore delle cosce e dei muscoli posteriori—zone che ne hanno un forte bisogno, dopo essere state distese per due notti di fila. Mi ha praticamente piegata a metà a un certo punto ieri sera, con i piedi appoggiati sulle sue ampie spalle, mentre mi sbatteva forte, con il viso teso per la lussuria. È stato più che intenso, e sono venuta duramente, ma poi mi sono sentita ancora più dolorante—sia dentro che fuori.

Insisterò seriamente sul non fare sesso oggi, almeno della varietà penetrativa. Il sesso orale va bene in qualsiasi momento, come quello che mi sta facendo in questo momento. In realtà, aspetta, ripensandoci—

"Oh cazzo" ansimo, con le mani che afferrano la coperta, mentre immerge la lingua tra le mie natiche, giocando con l'altra mia apertura. Nessuno mi ha mai toccata lì prima d'ora, e la sensazione è più che strana, piacevole, ma così sporca che arrossisco dappertutto. Certo, ho fatto la doccia dopo il sesso la scorsa notte, ma è sbagliato che mi stia leccando lì—sbagliato e perversamente erotico. Mi sento bagnata, con il clitoride che si gonfia per l'eccitazione, e mentre la sua lingua si fa più profonda, spingendo sull'anello stretto del muscolo, le sue mani mi afferrano i glutei e li separano, aprendomi.

"Il tuo buchetto è così fottutamente carino" ringhia,

sollevando la testa, e con un'ondata bruciante di mortificazione, mi rendo conto che mi sta guardando nel sedere, all'*interno*. L'imbarazzo è così intenso che mi sento come se potessi esplodere in fiamme, e allo stesso tempo, sono così arrapata che l'eccitazione mi cola lungo le cosce.

"Ti fotterò quel buchetto stretto. Presto" promette rauco, e prima che io possa reagire, abbassa la testa e mi spinge la lingua dentro, con le natiche spalancate, che m'impediscono di stringermi per resistere al suo ingresso. La sua lingua mi penetra, densa, scivolosa e stranamente muscolosa, e mentre spinge in profondità, mi sento come se potessi esplodere dalla vergogna... e dal piacere oscuro che mi attraversa.

Non c'è dolore, ma una pienezza sconcertante, una sensazione di sbagliato che non fa che aggravare l'erotismo perverso di tutto ciò. Gemendo contro il cuscino, premo i fianchi nella coperta, con il disperato bisogno di strofinare il clitoride palpitante su qualcosa... qualsiasi cosa. La minima pressione mi spingerebbe oltre il limite, sciogliendo questa tensione esasperante e deliziosa. La sua lingua sta spingendo dentro e fuori, scopandomi come un pisello, ed è troppo ma non abbastanza. Sto andando in frantumi, bruciando dal bisogno mortificante, ed è quasi un sollievo, quando la lingua scivolosa si ritira e un dito grosso e ruvido s'inserisce, usando la lubrificazione lasciata sulla sua scia.

Non è spesso come la sua lingua, ma è più lungo e ne sento lo shock, con l'immediata resistenza del mio corpo all'intrusione di un oggetto sconosciuto. Le mie viscere si serrano, e anche con le natiche aperte, i bordi duri dell'unghia scavano nei tessuti teneri, facendo cantare le mie terminazioni nervose per il dolore. Solo che non è tutto dolore—in qualche modo, è anche piacere—e io grido, mentre la tensione cresce in modo insopportabile, con tutti i muscoli che si stringono dal bisogno che cresce.

"Sì, così..." La voce di Marcus è bassa e cupa, mentre piega il dito dentro di me. "Vieni per me, gattina." E mentre mi libera le natiche per pizzicare il clitoride dolente, esplodo, con tutto il corpo che freme dal piacere del rilascio. È così intenso che la mia vista si offusca per un momento, e quando vengo, lo sento gemere dietro di me e sento il suo caldo seme sul mio sedere.

STO ANCORA ARROSSENDO DURANTE LA COLAZIONE—IN parte perché non riesco a guardare la bocca di Marcus senza pensare a dove sia stata la sua lingua. Siamo nella mia cucina, mangiando farina d'avena con noci e frutti di bosco, e ogni volta che lui morde una fragola e si lecca i succhi dalle labbra, sento il calore insinuarsi nelle guance.

Non aiuta il fatto che tutti e tre i miei gatti mi fissino con occhi giudicanti—come stanno facendo da tutta la mattina.

"Che cosa c'è?" mi rivolgo arrabbiata a Mr. Puffs,

quando non ne posso più, e lui agita la coda e si allontana—lasciando ai suoi fratelli il compito di darmi della sgualdrina.

"Non sono abituati a vederti fare sesso davanti a loro, vero?" dice ironicamente Marcus, e io rido, rendendomi conto di non essere la sola a sentire il peso del giudizio felino questa mattina.

"No" ammetto, sorridendo. "Anzi, questa è solo la loro seconda esposizione al sesso umano—la prima è stata venerdì sera."

"Bene. Sono contento." La sua voce diventa roca, mentre mette il piatto vuoto sul tavolo. "Non li vorrei traumatizzare vedendolo fatto in modo improprio."

Sento un'altra vampata di calore, ma sollevo le sopracciglia, decisa a stare al gioco. "Chi dice che è stato fatto in modo improprio? Ho fatto del buon sesso in passato." O quello che *pensavo* fosse un buon sesso prima di incontrare lui, ma non ho intenzione di gonfiare ulteriormente il suo ego.

Corrisponde già alle dimensioni della sua prolunga "magica."

"Oh, davvero?" I suoi occhi azzurri si restringono. "Parlamene."

Appoggio il piatto e incrocio le braccia sul petto. "Prima tu." Non che in realtà io voglia sapere di tutte le centinaia di belle donne con cui è andato a letto, ma non parlerò della mia storia sessuale terribilmente breve senza farlo sudare almeno un po'.

Con mia sorpresa, non ride della mia richiesta o risponde con qualcosa di arrogante. Né sembra minimamente a disagio con l'argomento. "Da quando ho perso la verginità a quindici anni, ho fatto sesso con molte donne" dice con calma, prendendo il caffè. "Principalmente nel contesto di relazioni casuali, ma ci sono stati anche alcuni rapporti occasionali. La mia relazione più seria finora è stata al college, dove ho frequentato la stessa ragazza per due anni e mezzo. Ci siamo separati dopo la laurea, perché mi stavo trasferendo a New York e lei voleva vivere a Los Angeles. In seguito, sono stato troppo concentrato sulla mia carriera per dedicare molto tempo agli appuntamenti, quindi le mie relazioni successive sono state superficiali e di breve durata, da un paio di settimane a un paio di mesi." Beve un sorso di caffè, poi aggiunge, con gli occhi che brillano: "E sì, nella maggior parte dei casi, il sesso era buono, anche se non potrebbe mai competere con questo."

Le mie braccia cadono lungo i fianchi e il cuore—che si era ridotto a un piccolo puntaspilli immaginandolo con altre donne—si lancia in un galoppo improvviso. "Dici davvero?"

"Sì." Appoggia il caffè, con gli occhi che mi trafiggono. "Che tu ci creda o meno, normalmente non mi va di scopare cinque volte al giorno."

"Oh." La mia gola si secca, quando mi si avvicina. "Io... capisco."

"E tu?" Appoggia le mani sul tavolo su entrambi i miei lati, intrappolandomi con il grande corpo. Sostenendo il mio sguardo, dice piano: "Raccontami delle tue avventure sessuali, gattina."

Deglutisco, sentendomi a disagio come una preda in trappola. "Uhm... non ce ne sono state tante, in realtà. Solo un paio. Un ragazzo al college, uno al liceo. E molti altri appuntamenti che non hanno portato da nessuna parte. Non sono mai stata molto popolare."

Rabbrividisco interiormente per quanto debba sembrare patetica, ma gli occhi di Marcus si restringono di nuovo, con le narici che si allargano, mentre si china in avanti. "Ed erano bravi a letto, quei due tuoi fidanzati?" C'è qualcosa di oscuro e pericoloso nella sua voce, quasi minaccioso.

Se non lo conoscessi meglio, avrei pensato che fosse geloso.

Comunque sia, sono tentata di portare avanti la menzogna per non sembrare la sfigata che sono. Ma quando apro la bocca, viene fuori la verità. "No, non lo erano" ammetto, sostenendo il suo sguardo. "Arthur aveva diciassette anni e non sapeva cosa stesse facendo, e Jim... beh, Jim era normale, immagino. Ma non è stato così con lui. Non com'è con te e me."

Contrariamente alle mie aspettative, la confessione non lo appaga. Semmai, il suo viso si oscura ulteriormente. Abbassando la testa in modo che le sue labbra mi sfiorino l'orecchio, dice con voce bassa e ruvida: "Sono contento che non eri popolare, gattina... perché se lo fossi stata, avrei un sacco di fottuti Jim e Arthur da distruggere."

E mentre rifletto su quella bizzarra dichiarazione, mi solleva sul tavolo e mi cattura la bocca per un bacio appassionato, cupamente possessivo.

44

*M*arcus

"NO, BASTA COSÌ. SONO TROPPO DOLORANTE" GEME Emma, rotolandosi giù dal letto, quando le prendo il seno, e la lascio andare con riluttanza, anche se potrei procedere volentieri con il secondo round. O il terzo—se contiamo il fatto di essere venuto sul suo sedere stamattina.

Cazzo, non c'è da meravigliarsi che stia chiedendo pietà. Non ho alcun controllo con lei. E l'aver sentito parlare dei suoi ex fidanzati non ha aiutato. Ho quasi perso la testa, immaginandola con quegli idioti dalla faccia brufolosa—ed è così che siamo finiti a letto nonostante le mie migliori intenzioni.

Sarei stato un gentiluomo e avrei tenuto le mani al loro posto fino a stasera.

Lo sarei stato davvero.

Ha saggiamente deciso di rimuovere la tentazione scomparendo nel bagno, così mi alzo e mi vesto, ignorando gli sguardi sprezzanti dei gatti. Beh, due dei gatti; Cottonball sembra essersi scaldato un po' con me, e i *suoi* occhi verdi si limitano a rimproverarmi appena.

Come i suoi fratelli, pensa che io sia una bestia che impazzisce per il sesso.

"Vieni qui, amico" mormoro, sedendomi sull'unica sedia e battendo la mano sul ginocchio, quando Emma si prende il suo tempo nel bagno. "Ho bisogno di una distrazione per non aggredire di nuovo la bella padrona di casa."

Il gatto mi osserva dubbioso, poi si avvicina e mi salta sul grembo. Scuoto la testa e inizio ad accarezzarlo, ancora stupito che si fidi di me. Gli animali non dovrebbero essere in grado di capire quando piacciono alle persone? Non che questo particolare gatto non mi piaccia; sembra essere più simpatico della maggior parte.

Quando la ragazza esce dal bagno con la sua vestaglia rosa e corta, Cottonball fa le fusa abbastanza forte da svegliare il quartiere, e non posso negare che mi sto divertendo. In teoria, dovrei odiare tutto questo—i gatti, l'appartamento sporco, il letto scomodo che è trenta centimetri troppo corto per me —invece, sto bene, troppo bene considerando quanto abbia dormito poco la scorsa notte e quanto lavoro probabilmente mi sta aspettando in ufficio. Normalmente, passerei buona parte del fine settimana a esaminare i rapporti dei miei analisti e a rivedere le nostre posizioni più importanti, ma tutto ciò che ho fatto negli ultimi due giorni è stato passare del tempo con Emma... ed è tutto ciò che voglio fare. Oggi ho controllato a malapena le mie e-mail. In effetti, questa potrebbe essere la domenica più rilassante che abbia avuto da... beh, dalla scuola elementare.

Ho iniziato a gestire i soldi—i miei e dei miei compagni di classe—al college, e da allora non sono più stato così calmo.

Come se mi avesse letto nel pensiero, il mio telefono inizia a vibrare nella tasca. Per un momento, sono tentato di lasciare che la chiamata finisca nella segreteria telefonica, ma poi il mio senso di responsabilità ha la meglio. Ci sono miliardi di dollari e centinaia di posti di lavoro in ballo. Non posso ignorarli solo perché voglio passare il resto della giornata con Emma.

Appoggiando il gatto che fa le fusa sul pavimento, tiro fuori il telefono.

È Jarrod—che mi chiama solo nei fine settimana in caso di grossi casini.

"Che cosa c'è?" ringhio, con l'adrenalina che cresce.

Non ho una buona sensazione al riguardo.

Il mio CIO non mena il can per l'aria. "La situazione non è buona. Il gruppo comunale mi ha appena contattato. Ricordi quell'obbligazione ad alto rischio che abbiamo acquistato un paio di settimane fa? Beh, l'aumento di capitale del comune è fallito—a causa di un politico locale colto con le mani nel sacco. Ora sta finendo su tutti i notiziari."

Fanculo. Mi alzo in piedi. "Quanto è profondo il buco?"

"Al momento? Trecento milioni, ma si dice che dichiareranno fallimento lunedì."

Svalutando così tutto il nostro investimento da 700 milioni di dollari.

Figli di puttana. Stiamo per avere il nostro primo mese negativo quest'anno—e proprio prima dell'Alpha Zone.

"Chiedi loro di liquidare ciò che possono" ordino, con la mente che sta già cercando soluzioni. "E convoca una riunione di emergenza dei Project Manager— abbiamo bisogno di idee attuabili in breve tempo."

"Mi metto subito al lavoro" replica Jarrod e riattacca.

Emma ora è di fronte a me, con un'espressione preoccupata sul viso, mentre mi guarda. "Che cosa c'è che non va? È successo qualcosa al tuo fondo?"

Annuisco, afferrando il mio cappotto dallo schienale della sedia. "Un'operazione andata male. Devo andare in ufficio." So di sembrare brusco, ma non posso farci niente.

Stiamo per perdere 700 milioni di dollari, e quasi non ho risposto al telefono, troppo preso dal suo incantesimo per riflettere lucidamente. Cazzo, di cosa sto parlando? Avrei dovuto esaminare minuziosamente l'investimento questo sabato, come avevo intenzione di fare, prima che la ragazza finisse nel mio letto. Il mio

Project Manager per le municipalizzate è bravo, ma io sono più bravo a vedere il quadro generale. Forse avrei individuato un segnale di pericolo per quanto riguarda il politico, e avremmo potuto vendere ieri, prima della notizia di appropriazione indebita. Ma no. Ero con la mia ossessione dai capelli rossi e non riuscivo a staccarmi da lei. In un breve weekend, sono diventato così dipendente da lei che ho perso di vista ciò che conta. Anche ora, sapendo che il fondo è nei guai, una parte di me vuole stare con Emma invece di correre in ufficio, sotterrare le preoccupazioni piuttosto che affrontare le conseguenze del mio errore.

Mi sbagliavo. Lei non è cioccolato e Netflix.

È fottuta eroina, e sto morendo dalla voglia di una dose.

"Oh, quanto mi dispiace" dice, con lo sguardo grigio comprensivo, e anche ora, sono tentato di strapparle un bacio, mentre le passo accanto per andarmene.

"Ti chiamo più tardi" dico invece e vado avanti, sbattendo la porta, prima che i gatti possano scappare.

Devo frapporre un po' di distanza tra me ed Emma.

Devo disintossicarmi prima di lasciarmi risucchiare.

mma

SE N'È ANDATO COSÌ VELOCEMENTE CHE È COME SE LA sua presenza qui fosse stata solo immaginazione. Solo le lenzuola spiegazzate forniscono la prova della sua recente presenza—quello e il persistente indolenzimento tra le gambe. In qualche modo, siamo finiti a fare sesso dopo colazione, e ora sono *davvero* dolorante.

Quindi, sì, probabilmente è la cosa migliore che se ne sia andato così all'improvviso. Beh, non la cosa migliore—mi sento male per il fatto che qualcosa sia andato storto al suo fondo—ma di certo, non dovrei sentirmi abbandonata o altro. E allora, qual è il problema, se non mi ha dato un bacio d'addio? Non siamo fidanzati. Probabilmente tornerà quando avrà finito in ufficio, e faremo di nuovo una ridicola quantità di sesso.

Tutto questo, supponendo che mi voglia ancora. Non esiste alcuna garanzia.

Il pensiero è stranamente deprimente. La sola possibilità di non rivedere mai più Marcus mi rende il petto pesante, come se fosse stretto in una morsa.

"Tornerà, vero?" chiedo a Queen Elizabeth, e lei reagisce con l'equivalente di una scrollata di spalle— uno sguardo vuoto, seguito da una minuscola coda che si agita.

Sospiro e mi avvicino alla scrivania. Sto immaginando tutto, ne sono certa, ma per un momento mi è sembrato che lui fosse arrabbiato con me... come se avessi fatto qualcosa di sbagliato. Ma è sciocco. Ha ricevuto brutte notizie dal lavoro, tutto qui. Qualunque cosa stia succedendo al suo fondo non ha nulla a che fare con me. L'unica cosa che mi viene in mente per quanto riguarda qualcosa che avrei potuto *fare* è avergli detto che ero troppo dolorante per fare ancora più sesso.

Aspetta un secondo.

È così?

L'ho offeso rifiutando le sue avances?

No, non sembra giusto. Marcus è troppo sicuro di sé, troppo uomo per avere un ego così fragile. Tuttavia, è possibile che, davanti alla possibilità di non poter fare altro sesso, abbia deciso di andarsene.

Ma no. C'è stata quella telefonata. Non l'ha inventata. Ho visto la sua faccia; le notizie che ha ricevuto erano davvero brutte. Potrebbero esserci centinaia di migliaia o addirittura milioni di dollari in ballo—decine di milioni, per quanto ne so. È ridicolo immaginare che abbia pensato a me in un momento così critico; molto probabilmente, sembrava sgarbato perché era preoccupato per l'operazione andata male.

In ogni caso, ha detto che avrebbe chiamato più tardi, quindi sono sicura che avrò sue notizie stasera. O se non stasera, domani.

Nel frattempo, dovrei sfruttare questa opportunità per andare avanti con il mio editing.

Sono già indietro di un fine settimana.

46

Marcus

Con gli occhi appannati, mi strofino il palmo della mano sul viso e guardo l'orologio.

3:05

Ci stiamo lavorando da oltre dodici ore.

Alzandomi, lancio la mia tazza di caffè usa e getta nella spazzatura e mi guardo intorno nella sala conferenze con le pareti di vetro. Jarrod e tutti i miei gestori di portafoglio sono qui, seduti attorno al lungo tavolo rettangolare circondato da pile di rapporti. Come me, hanno analizzato le idee di investimento che gli analisti hanno introdotto, cercando di capire come poter recuperare i 700 milioni di dollari persi durante una ridotta settimana di vacanza.

Se avremo ancora questa perdita entro il 30

novembre, dovremo evidenziare la sottoperformance di questo mese e ci sarà una macchia permanente nella storia del fondo—per non parlare della fonte di imbarazzo alla prossima conferenza Alpha Zone.

Finora, c'è un certo numero di idee promettenti a breve termine, ma niente di abbastanza grande da chiudere un buco da 700 milioni. E ci sono buone probabilità che non troveremo la soluzione stasera.

Sbatto il palmo sul tavolo, e tutti mi rivolgono l'attenzione.

"Basta" dico. "Andate tutti a casa. Riprenderemo questa cosa al mattino."

Non voglio che il loro giudizio sia compromesso dalla mancanza di sonno.

È già abbastanza grave che abbia lasciato che il mio fallo pensasse per me.

"Ci vediamo qui alle sette?" chiede Jarrod, avvicinandosi a me, e io annuisco. Non sarebbe male incontrare il mio CIO, prima che i Project Manager si riuniscano. Ha solo ventisette anni, ma ha un talento per vedere il quadro complessivo, proprio come me. Un giorno, ce la farà da solo, ma fino ad allora, ho il suo cervello intelligente da cui attingere le idee.

Tutti escono dalla sala conferenze, e li seguo, con un mal di testa dovuto alla tensione che mi stringe le tempie, mentre chiudo la porta dietro di noi. Al piano principale, gli analisti sono curvi sui loro computer, facendo calcoli e ordinando i dati, alla ricerca di qualcosa da portare ai loro Project Manager.

Sono tentato di rimandarli a casa, ma dal momento

che non prendono le decisioni, essere lucidi è meno importante per loro. Decido di lasciare la decisione ai singoli Project Manager e me ne vado, col mal di testa che peggiora ad ogni passo che faccio.

Impiego meno di venti minuti per tornare a casa—il traffico è inesistente a quest'ora—e mentre crollo sul letto, i miei pensieri si rivolgono a Emma per la cinquantesima volta questa notte. Ormai probabilmente sta dormendo da tempo. Posso immaginarla raggomitolata con i suoi gatti nel letto corto e stretto, con i ricci rossi e selvatici sparsi sul cuscino e il corpicino sinuoso appena coperto dalle mutandine e da una canotta che indossa al posto del pigiama. Nonostante il mal di testa, l'immagine mi stringe l'inguine e m'inonda di calore nel petto.

Darei qualsiasi cosa per stringerla in questo momento.

Proprio qualsiasi cosa.

La mia mano sta già raggiungendo il telefono, quando mi rendo conto di quello che sto facendo. Imprecando sottovoce, mi tiro indietro, furioso con me stesso. Questa è la decima volta che l'ho quasi chiamata o che le ho quasi mandato un sms stasera, nonostante la mia decisione di disintossicarmi da lei.

Non vederla né pensare a lei—questo è l'obiettivo che mi sono prefissato. E questo significa niente telefonate o SMS. Devo avere il controllo su questa dipendenza, per dimostrare a me stesso che posso farcela senza la mia dose per almeno un po' di tempo.

Che posso funzionare sul lavoro e altrove, nonostante questa ossessione.

Stringendo gli occhi, provo a concentrarmi sulle idee di investimento, in modo che, mentre dormo, il mio cervello possa elaborare tutte le informazioni che ho raccolto nelle ultime dodici ore. Spesso la cosa migliore è fare un passo indietro e lasciare che le connessioni si formino da sole, senza forzare il processo. Tuttavia, mentre mi addormento, non sono i rapporti sulla copertura del debito e la volatilità degli hedge fund che mi occupano la mente.

È lei.

Emma.

Il desiderio che non posso cancellare.

Emma

Marcus non mi contatta per il resto della domenica, ma non me ne preoccupo molto. Dopotutto, probabilmente è occupato con la sua emergenza. Lunedì pomeriggio, tuttavia, controllo il mio telefono ogni cinque minuti, temendo di aver perso in qualche modo una chiamata o un SMS.

Non c'è niente, però.

Nemmeno un veloce "ehi."

A cena, finalmente il mio telefono squilla. Lo afferro avidamente, con il polso che salta per l'eccitazione, ma è solo Kendall—che senza dubbio sta chiamando per conoscere tutti i dettagli succosi sul miliardario. Mandando giù la delusione, comincio ad accettare la chiamata, ma all'ultimo secondo la invio alla segreteria telefonica.

Non voglio discutere di Marcus con lei—non fin quando non avrò saputo che cosa sta succedendo tra noi.

Supponendo che stia ancora succedendo qualcosa, voglio dire.

Prendo in considerazione l'idea di contattarlo io stessa, inviando un breve messaggio per vedere come sta, ma decido di non farlo. Potrei infastidirlo per averlo disturbato nel bel mezzo della sua emergenza, o peggio ancora, potrebbe non rispondere, e a quel punto mi sentirei *davvero* malissimo. In ogni caso, non è una matricola insicura del college, che ha bisogno di incoraggiamento per contattare una ragazza che gli piace. Il fatto che non si faccia sentire significa che non vuole parlarmi.

È molto semplice.

Trascorro la notte a rigirarmi nel letto, incapace di mettermi comoda. Nonostante i gatti accanto a me, il letto sembra vuoto e freddo, la coperta troppo sottile per respingere il gelo invernale che filtra attraverso la finestra scarsamente isolata. Il capo mi ha detto che domani sera arriverà una grande tempesta di neve, e mi sento come se il vento stesse già aumentando e le temperature iniziassero a precipitare.

Spero di poter partire mercoledì. Sarebbe molto più grave, se la compagnia aerea cancellasse il mio volo.

Finalmente, mi addormento dopo le due, e quando

la sveglia suona alle sette, raggiungo immediatamente il telefono.

Ancora niente.

Niente chiamate, niente messaggi.

Il mio stomaco affonda, e la pesante tensione riaffiora nel petto. È possibile che Marcus sia ancora follemente impegnato con il lavoro, ma mandare un messaggio del tipo "ehi, sto pensando a te" richiederebbe meno di tre secondi. A meno che, ovviamente, non mi stia pensando affatto—il che sembra sempre più probabile.

Potrebbe aver fatto il suo pieno di sesso con me e aver voltato pagina, e in quel caso potrei non avere più sue notizie.

Cerco di non pensarci, ma martedì pomeriggio non posso più respingere la possibilità. Forse, con un altro ragazzo, una sparizione di due giorni non avrebbe significato molto, ma Marcus non ha mai giocato secondo le regole del corteggiamento moderno. Sin dall'inizio, è stato chiarissimo riguardo alle sue intenzioni, inseguendo ciò che voleva—io nel suo letto—con lo stesso tipo di intensità che deve applicare a tutti gli aspetti della sua vita. Appuntamenti quotidiani, regali esagerati, incontro con i miei nonni su Skype, trascorrere la maggior parte del fine settimana con me —si è quasi fatto strada nel mio corpo e nella mia vita. Non ho avuto alcuna possibilità dal momento in cui mi ha messo gli occhi addosso... e forse questo è il problema.

Forse una sfida era ciò che voleva, e dato che ho smesso di esserlo, è passato a qualcos'altro—o a qualcuno—di più eccitante.

Verso le quattro, Kendall mi telefona di nuovo e la mando di nuovo nella segreteria telefonica. Posso immaginare quanto sarebbe allegra e vivace, desiderosa di sapere tutto sulla mia relazione con un miliardario, e semplicemente non ho voglia di discutere delle azioni di Marcus con lei. Forse è perché ho dormito così poco la scorsa notte, ma mi sento completamente svuotata, stanca come se mi stesse venendo l'influenza.

E forse è così.

Forse è questo il motivo del dolore che mi stringe il petto.

"Dovresti andare a casa presto" mi consiglia Smithson, quando ho finito di scartare la spedizione di romanzi rosa di questa settimana. "Sta già iniziando a nevicare."

"Oh, giusto. Mi ero quasi dimenticata della tempesta." Lancio un'occhiata fuori, dove il vento ululante sta soffiando le prime raffiche sotto forma di trombe d'aria. "Dovrò controllare il mio volo."

Il mio superiore fa una smorfia. "Le cose non si mettono bene, Emma, mi dispiace. Hanno detto al notiziario che le compagnie aeree hanno già iniziato ad annunciare cancellazioni."

Fantastico. Davvero fantastico. Mi bruciano gli occhi, e devo voltarmi, sbattendo le palpebre rapidamente per tenere a bada l'afflusso improvviso di lacrime. Finora non mi ero resa conto di quanto aspettassi con ansia questo viaggio, sia perché mi mancano tanto i miei nonni sia perché ho bisogno di evadere.

Sto morendo dalla voglia di fuggire da questo brutto tempo... e dal dolore crescente della consapevolezza che potrei non rivedere mai più Marcus.

Rientro a casa, prima che inizi il peggio della neve, con il collo caldo grazie alla sciarpa che Marcus mi ha regalato. Non volevo indossarla stamattina, ma il vento era troppo pungente per ignorarlo.

Sconsolata, la tolgo e la metto in una scatola per scarpe per tenerla al sicuro da Mr. Puffs. Poi, appendo il cappotto e do la cena ai gatti, prima di accendere il portatile per controllare il mio volo.

Con mio grande sollievo, la mia compagnia aerea ha cancellato solo i voli di stasera e di domani mattina. Devono aspettarsi che il tempo migliori entro domani pomeriggio.

"Beh, è già qualcosa" dico ai gatti, tornando in cucina per preparare la mia cena. "Dopotutto, forse ce la farò a raggiungere la Florida." Tuttavia, persino alle mie orecchie la mia voce suona piatta, priva del minimo accenno di entusiasmo.

Perché per quanto desideri rivedere i miei nonni e godermi il sole della Florida, so—nel profondo della mia anima—che niente di tutto questo scaccerà il crescente vuoto dentro di me.

La crescente convinzione che tra me e Marcus è finita.

Marcus

MARTEDÌ, ALLA CHIUSURA DEL MERCATO, L'INTERO fondo è sotto pressione, ma abbiamo recuperato 580 milioni di dollari attraverso una combinazione di operazioni diverse, tra cui una scommessa da 100 milioni di un giorno sulla lira turca. Il team dei trasporti ha anche ceduto le posizioni corte delle compagnie aeree; scommettono da settimane che il clima invernale che arriverà presto colpirà duramente questi titoli e, con l'avvento della tempesta di stasera, il resto del mercato ha finalmente concordato con loro.

Tutto sommato, salvo eventuali gravi catastrofi nei prossimi due giorni di negoziazione, potremmo avere un novembre decente. Non eccezionale, ma abbastanza buono da non dover spiegare un mese negativo ai nostri investitori. O ai partecipanti all'Alpha Zone—quegli stronzi sarebbero stati spietati.

Dovrei sentirmi felice, avendo strappato questa vittoria dalle fauci della sconfitta, ma tutto ciò a cui riesco a pensare è che non vedo Emma da domenica. E domani sera partirà per la Florida, il che significa che non la vedrò per il resto della settimana.

Per l'ennesima volta, raggiungo il telefono, solo per tirarmi indietro con uno sforzo di volontà erculeo. Il desiderio è ancora lì, più forte che mai, e capisco che se mi arrendo adesso, non potrò più tornare indietro.

Questa ossessione crescerà fino a consumarmi.

Non che abbia intenzione di stare lontano da lei ancora a lungo. Per prima cosa, non sono sicuro di poterlo fare, ma non voglio farlo. Per quanto pericolosa sia la mia dipendenza, è la cosa più esaltante che abbia provato da anni. Non ho mai avuto questo tipo di chimica sessuale con una donna, non ne ho mai voluta una così intensamente. Voglio svegliarmi con i suoi ricci fiammeggianti sul mio cuscino e vedere il suo sorriso sbilenco, quando torno a casa dal lavoro, seppellire il fallo nel suo bel corpo sinuoso ogni notte e tante volte durante il giorno.

La voglio, e la avrò—ma prima devo assicurarmi di essere più forte della mia dipendenza.

Devo superare questa settimana senza di lei, per dimostrare a me stesso di avere il controllo.

49

*E*mma

DATO CHE IL MIO VOLO NON PARTE PRIMA DELLE 18:25, stavo pensando di andare al lavoro per mezza giornata mercoledì. Tuttavia, mentre guardo la furia ululante della tempesta attraverso la mia finestra stretta, so che non lo farò—e molto probabilmente, nemmeno il volo partirà.

È già mezzanotte, ma non riesco a dormire, con il letto di nuovo freddo e vuoto. E nodoso. Perché non mi ero mai accorta della scomodità del mio materasso? Non ha niente a che vedere con la soffice distesa in memory foam del letto matrimoniale di Marcus. Era morbido e caldo, specialmente con il suo corpo grande e potente avvolto intorno a me—

No. Smettila. Socchiudo gli occhi per scacciare i

ricordi, ma m'inondano lo stesso, peggiorando il dolore nel petto. Mi manca. Mi manca davvero tanto. Abbiamo trascorso solo due notti insieme, ma è sembrato più di un mese, come una dozzina di appuntamenti stipati in un fine settimana straordinario e che mi ha cambiato la vita. Continuo a immaginare i suoi occhi, il suo sorriso, la sua risata... il quieto stupore sul suo viso, quando gli metto Cottonball sul grembo. Aveva maneggiato il gatto con la stessa cura di un neonato, con le grandi mani straordinariamente delicate sulla sua pelliccia. Guardandolo, avevo sentito il mio cuore gonfiarsi e spezzarsi un po', con una fessura che si apriva per lasciarlo entrare.

Accidenti, perché mi ha fatto questo? Perché inseguirmi così duramente, farmi credere che ci fosse qualcosa di reale tra noi, solo per scaricarmi così crudelmente?

Me l'aspettavo, ovviamente, mi sono ripetuta che sarebbe successo, ma questo non lo rende meno doloroso. Semmai, mi sento ancora più stupida. Non avrei dovuto accettare di vederlo, quando mi ha inviato quei regali.

No, anzi. Non avrei dovuto accettare di uscire con lui la prima volta. Ho sempre saputo che stavo giocando con il fuoco, e l'ho fatto comunque.

Ho permesso che lasciasse un'ustione di terzo grado sul mio cuore.

La tempesta all'esterno adesso sembra più un uragano, con il vento che ruggisce e la neve che si accumula sulla mia unica finestra per bloccare la poca luce che filtra dai lampioni. E mentre guardo nell'oscurità, con gli occhi che bruciano per le lacrime non versate, mi faccio una promessa.

Non uscirò mai più con un uomo fuori dal mio ceto.

arcus

La tempesta infuria ancora, quando la mia sveglia suona alle 5:30 del mattino, così invio un'e-mail ordinando a tutti di lavorare da casa, e poi mi alzo per fare lo stesso. Geoffrey ha il giorno libero, ma ha preparato in anticipo i pasti di oggi, e ci vogliono solo pochi minuti per riscaldare la quiche che ha preparato e mandarla giù con una tazza di caffè, prima di dirigermi nel mio ufficio di casa.

Mentre rispondo alle e-mail e analizzo i rapporti di ricerca, i miei pensieri tornano a concentrarsi su Emma. Hanno detto al notiziario che alcune zone del Queens e di Brooklyn sono rimaste senza corrente. Potrebbe essere successo anche nel suo quartiere? In generale, come se la sta passando nel suo appartamentino nel seminterrato? Qualcosa come trenta centimetri di neve sono già caduti, abbastanza da bloccare quella finestra appena sopra la strada nel suo monolocale.

Potrebbe essere bloccata lì al buio, senza corrente e riscaldamento?

No, è ridicolo. È a Brooklyn, non in una baita di montagna, ed è una tempesta invernale, non l'Armageddon. Sono sicuro che stia bene. Molto probabilmente sta dormendo, godendosi un giorno libero improvvisato come la maggior parte della città. O, se è sveglia, starà preparando le valigie per il suo volo per la Florida di stasera. A proposito del volo...

Tiro fuori il telefono e controllo lo stato, come ho fatto ogni due ore dall'inizio della tempesta.

Non è ancora stato cancellato.

Fanculo.

Non ho intenzione di vederla questa settimana, quindi non so perché questo m'infastidisca, ma le cose stanno così. Forse è perché non voglio che voli con questo tempo. La neve dovrebbe cessare a mezzogiorno, ma il ghiaccio sulle ali degli aerei potrebbe essere un problema per un po'. Non che le compagnie aeree voleranno, se pensano che non sia sicuro, ma comunque mi irrita.

Non voglio che salga su quell'aereo.

Non voglio proprio.

Rendendomi conto che sono di nuovo ossessionato

da lei, riporto l'attenzione sullo schermo del computer e riesco a concentrarmi per un altro paio d'ore. Poi, ricontrollo il suo volo.

È ancora lì. Nemmeno un ritardo.

Imprecando, mi alzo e mi dirigo nella mia palestra di casa. Vorrei quasi che il suo numero di volo non fosse stato nel rapporto dell'investigatore. Se non lo sapessi, non controllerei l'app della compagnia aerea con la frequenza di una studentessa che aggiorna il proprio Instagram. Spero che un buon allenamento duro mi schiarisca le idee. Con il folle carico di lavoro degli ultimi due giorni, ho fatto delle corse veloci prima di colazione, ma non sollevo pesi da sabato mattina, quando Emma dormiva nel mio letto.

Cazzo, sto di nuovo pensando a lei.

Con sforzo, mi concentro sull'allenamento, spingendomi al limite con ogni attrezzo. Quando ho finito, sono madido di sudore, con i muscoli che tremano per la stanchezza. Ma sono ancora irrequieto, con le dita che si contraggono per l'impulso di raggiungere il mio telefono e controllare il suo volo.

E forse lei.

Solo un breve messaggio per assicurarmi che stia bene con questa tempesta.

Ma no. Sembrerebbe strano, dato che non la contatto da domenica. A questo punto, le devo una spiegazione, se non una scusa, per la mia scomparsa. Non che le parlerò della battaglia privata che ho combattuto; il lavoro sarà sufficiente come scusa. E per ammorbidire ulteriormente la situazione, le chiederò subito di uscire per una cena, per riprendere da dove eravamo rimasti.

Tutto questo una volta tornata dalla Florida, naturalmente. Devo passare almeno una settimana senza di lei, per essere sicuro di potercela fare.

Per impedirmi di fare qualcosa di stupido, mi tuffo nella piscina e faccio tre dozzine di vasche. Poi, faccio la doccia e mi dirigo in cucina per pranzare, notando mentre passo vicino alla finestra che la nevicata è cessata e che gli spazzaneve stanno lavorando in piena forza.

Questo è positivo. Spero che ciò significhe che presto ripristineranno la corrente in quei quartieri che l'hanno persa. Soprattutto se Emma—

Basta. Smettila di pensare a lei, cazzo.

Aprendo il frigo, tiro fuori un panino con l'insalata di tonno e mi siedo al tavolo per mangiarlo. Mentre mastico, guardo l'orologio sul microonde.

11:43

Ormai Emma si sarà sicuramente svegliata.

Dannazione. Non riesco proprio a controllarmi, vero? Se devo passare tutto questo tempo a pensare a lei, tanto vale stare con lei.

Mi fermo, con un panino consumato a metà in mano, mentre elaboro quel pensiero. Forse ho sbagliato tutto. Forse cercando di non pensare alla ragazza, mi sono assicurato che fosse in prima linea nella mia mente. È come il classico esperimento dell'"orso bianco" della psichiatria: se ti viene detto di non pensare a un orso bianco per un determinato periodo di tempo, esso sarà l'unica cosa che occuperà i tuoi pensieri.

Sì, certo, è così. Avrei dovuto immaginarlo.

Emma è il mio orso bianco.

Cercando di resistere alla mia dipendenza, l'ho resa infinitamente peggiore.

Ciò di cui ho bisogno è l'approccio completamente opposto—immergermi in lei. Non nel modo in cui l'ho fatto questo fine settimana, al punto da trascurare il lavoro, ma in un modo più controllato. E so esattamente come farlo accadere.

Devo convincerla a trasferirsi da me.

La soluzione è così evidente che non so perché non mi sia passata per la testa prima. È praticamente come il codice di ingresso in un college. Il problema in questo momento è che Emma è una risorsa scarsa. Dato che vive a Brooklyn e che non vuole lasciare i suoi gatti da soli a lungo, semplicemente non ne ho mai abbastanza di lei nel tempo limitato che passiamo insieme. Non mi stupisce che abbia commesso un errore al lavoro lo scorso fine settimana: con lei che partirà per il viaggio e rifiuta di passare due notti di seguito a casa mia, era quasi inevitabile che mi sarei concentrato su di lei escludendo tutto il resto.

Perché è così che funziona la scarsità.

Rende l'oggetto scarso ancora più desiderabile... praticamente irresistibile.

Certo, vivere insieme è un grande impegno—ed è probabilmente il motivo per cui non ci avevo pensato prima. In realtà no, l'ho fatto in un certo senso. Probabilmente il desiderio che fosse sempre a casa mia è stato dettato dal mio subconscio. E più ci penso, più mi piace.

Tutte le cose che voglio—averla con me ogni notte, vederla non appena torno a casa dal lavoro—saranno molto più facili, se vive nel mio attico. E per quanto riguarda l'impegno, non è un grosso problema per me come lo è per la maggior parte delle persone. In parte, è tutta la logistica finanziaria a rendere la vita insieme un grande passo. Una coppia nata da un incontro spesso deve affittare o acquistare una nuova abitazione, oltre a coprire le spese di trasloco per una o entrambe le persone. Il mio attico, tuttavia, è abbastanza grande per una famiglia, figuriamoci solo per noi due, e posso coprire i costi di trasferimento della ragazza con gli spiccioli che ho in tasca. Posso anche affittare un altro appartamento per lei, se ci separeremo in futuro.

L'unico aspetto negativo che vedo è che anche i gatti si trasferiranno, ma è un piccolo prezzo da pagare per una soluzione così conveniente.

Sì, proprio così, decido, con il battito del cuore che accelera per un'oscura attesa. Terminerò il pranzo, poi la chiamerò e mi scuserò per la scomparsa. Poi, non appena le strade saranno libere, farò in modo che Wilson mi porti a casa sua, e parleremo prima che lei parta per il suo volo—o forse lo faremo, mentre la conduco all'aeroporto, nel caso volesse arrivare con largo anticipo. La parte più difficile sarà convincerla a superare i suoi problemi finanziari, ma ho alcune idee al riguardo.

Se tutto andrà bene, entro la prossima settimana, sarà al sicuro nella mia tana, e avrò esattamente quello che voglio.

Emma sempre a portata di mano.

51

Emma

IL MIO TELEFONO SQUILLA, MENTRE SONO SUL pavimento, alle prese con la cerniera della valigia. Pensando che siano i miei nonni, prendo il telefono dal letto senza guardare e premo "Accetta"—solo per rimanere incredula, fissando il nome sullo schermo.

È Marcus.

Mi sta chiamando.

Proprio adesso.

"Emma?" La sua voce è ricca e profonda, udibile anche senza l'altoparlante acceso. "Emma, gattina, mi senti?"

Saltando in piedi, concludo la chiamata. Il mio dito preme il pulsante rosso sullo schermo senza una decisione consapevole.

Poi, con il sangue che batte nelle tempie, fisso il dispositivo nella mano.

Ho avuto le allucinazioni o è successo davvero?

Il telefono squilla di nuovo, con il nome di Marcus che appare sullo schermo.

Premo di nuovo "Rifiuta" con il cuore che mi batte così forte che quasi non riesco a pensare.

Che cosa vuole?

Perché chiamarmi ora, dopo essere scomparso per giorni?

Ho pianto ieri sera. Alle tre del mattino, quando ancora non riuscivo a dormire, ho pianto perché faceva troppo male sapere che non avrei mai più sentito quella voce. Ed eccolo qui, che mi chiama "gattina" come se non fosse successo niente.

A meno che... a meno che non sia successo qualcosa.

I cristalli di ghiaccio si formano nelle mie vene, con lo stomaco che si contorce con una paura terribile, mentre mi rendo conto che la mancanza di interesse non è l'unica ragione per cui qualcuno potrebbe scomparire.

E se avesse avuto un incidente?

E se fosse in ospedale, ferito così gravemente da non riuscire a scrivere o parlare?

Sto già premendo il pulsante per richiamarlo, quando il suo nome appare per la terza volta.

"Marcus?" Sembro semi-isterica, ma non posso farci niente. Il pensiero di lui ferito, con il corpo grosso e forte spezzato e coperto di sangue... "Marcus, stai bene?"

"Io?" Con mio sollievo, sembra sorpreso. "Sì, certo. Oggi lavoro da casa, e non c'erano linee elettriche abbattute a Manhattan. E tu? Hai corrente e riscaldamento?"

Per un momento, non ho idea di cosa stia parlando, ma poi ricordo la tempesta.

È davvero lui?

Ho pianto per lui ieri sera, e stiamo parlando del fottuto *tempo*?

"Quindi, non sei ferito?" chiarisco, con voce tesa. "Non eri in ospedale, in prigione o trattenuto da qualche altra parte?"

"No, certo che no." Ora percepisco una nota di diffidenza nel suo tono. "Ma ho passato alcuni giorni folli al lavoro. Ti parlerò di tutto, non appena ti rivedrò. A proposito—"

"Hai sistemato le cose?" lo interrompo. "L'operazione andata male, intendo."

Inspira udibilmente. "Sì, più o meno. Ascolta, Emma, mi dispiace—"

"Va bene, sono felice per te. Addio." Riattacco, prima che la mia voce possa spezzarsi. Sto tremando per un eccesso di adrenalina, con l'intenso sollievo che si sta combinando con il dolore e la rabbia crescente. Non ero arrabbiata con lui prima—solo con me stessa, per essere stata abbastanza sciocca da scherzare con il fuoco—ma ora lo sono.

Una cosa è irrompere nella mia vita, giocare con le mie emozioni e scomparire, un'altra è aspettarsi allegramente una ripetizione della stessa cosa.

Il telefono squilla di nuovo, e invio la chiamata alla segreteria telefonica con un rapido movimento della mano sullo schermo. Il mio battito sta accelerando così tanto che ho le vertigini, con il respiro rapido e irregolare, mentre lancio il dispositivo sul letto e inizio a camminare.

Perché ha telefonato? Perché ora?

Perché riapparire proprio quando mi ero convinta che non l'avrebbe mai fatto?

Non che sia importante.

Qualunque siano le sue ragioni, non posso proprio farlo. Forse altre donne possono gestire i loro amanti lunatici, ma io no. Non sono portata per questi giochi. Kendall aveva ragione: Marcus non è come i ragazzi innocui con cui sono uscita. Lo conosco da poco, e mi ha già sconvolta. Non ho mai pianto per nessuno dei miei due fidanzati—né, ora che ci penso, per nessun altro uomo.

E questo è il punto cruciale, mi rendo conto con un dolore straziante.

Marcus non è come nessun altro uomo che abbia mai conosciuto. Con i miei ex, sarei stata in grado di mantenere una certa distanza, di donare una parte di me stessa, mentre trattenevo il resto. Non con lui, però. Con solo un paio di appuntamenti e in un fine settimana, ha decimato tutte le mie difese, insinuandosi nel mio cuore.

Pur sapendo che quello che avevamo era solo temporaneo, mi sono innamorata di lui —perdutamente.

La realizzazione è come una palla da demolizione nel mio stomaco.

Sono innamorata di lui.

Di Marcus.

Ecco perché fa così tanto male.

Scossa, mi siedo sul letto, lasciando che Cottonball mi si arrampichi sulle ginocchia, mentre fisso il telefono.

Sono innamorata di Marcus. Non del bel miliardario che mi ha provocato più orgasmi di quanti ne possa contare, ma dell'uomo che ha parlato con sincera gratitudine del suo insegnante di seconda elementare e che ha risposto alle domande dei miei nonni con pazienza e rispetto.

Dell'uomo che mi ha detto che non sono affatto come mia madre, prima di condividere il suo doloroso passato.

Il mio telefono vibra tre volte, con lo schermo che s'illumina per i messaggi in arrivo.

Che cosa volevi dire con addio?

Mi hai riattaccato in faccia?

Emma, richiamami subito. Posso spiegare.

Ogni parola è come una lama che mi buca i polmoni, rubando il respiro ad ogni colpo.

Perché voglio richiamarlo.

Lo voglio più di ogni altra cosa.

Ma se lo faccio—se mi arrendo di nuovo—la prossima volta che se ne va, rimarrò a pezzi.

E ci sarà una prossima volta... perché non sono Emmeline.

Non sono la candidata perfetta per la moglie di cui ha bisogno.

52

Marcus

Fisso il telefono, con il cuore che mi batte forte per un mix di dispiacere e rabbia.

Mi ha davvero riattaccato in faccia.

Ha interrotto le mie scuse con un "addio" e ha riattaccato.

Richiamo, nel caso fosse stata una cattiva connessione, ma risponde subito la segreteria telefonica.

Imprecando sottovoce, sparo tre messaggi e aspetto.

Niente.

Nessun punto in movimento mi avvisa che è in procinto di rispondere, niente che dia alcuna indicazione sul suo intento.

Facendo affidamento su ogni grammo di pazienza, richiamo.

Segreteria telefonica.

Direttamente nella fottuta segreteria telefonica.

O ha spento il telefono o sta rifiutando le mie chiamate.

Il telefono in mano sembra una bomba pronta a esplodere—o forse quella è la palla di furia nel mio petto. È già la seconda volta che si comporta così.

È la seconda volta che cerca di farmi andare via.

E l'ultima volta, me ne sono andato. Come un fottuto idiota, mi sono allontanato, lasciandole quasi rovinare ciò che abbiamo.

Beh, non questa volta.

Non salirà sull'aereo finché non avrà ritirato quel fottuto "addio."

MI SONO TRANQUILLIZZATO LEGGERMENTE, QUANDO Wilson mi conduce per le strade appena spalate fino a Brooklyn. Con il senno di poi, forse non aver contattato Emma da domenica non è stata la mossa giusta. Saranno passati solo tre giorni, ma se sente la nostra connessione intensamente quanto me, le sarà sembrata infinitamente più lunga.

Sono ancora incazzato che abbia riattaccato, ma posso capire.

In ogni caso, mentre la macchina si ferma accanto ai mucchi di neve lasciati sul marciapiede dallo spazzaneve, sono completamente pronto a strisciare. Oltre a spiegare come stavano andando le cose al lavoro, porgerò le mie più sincere scuse e giurerò di non abbandonarla mai più. Non che l'abbia fatto—mi sono semplicemente trattenuto dal contattarla per un po'— ma è così che deve averlo percepito.

È l'unica spiegazione per quell'"addio" dal nulla.

Indosso i miei stivali impermeabili, ma la neve penetra nelle aperture delle gambe, mentre calpesto gli alti cumuli fino alla porta di Emma. Ignorando l'umidità gelida che m'inzuppa i piedi, suono il campanello.

Niente.

Nessuna risposta.

Le concedo un paio di minuti, poi suono di nuovo il campanello.

Ancora niente.

Frustrato, mi avvicino alla finestra del seminterrato dietro l'angolo. Come previsto, è coperta di neve, così mi chino e inizio a spazzolarla a mani nude.

Non mi chiuderà fuori dalla sua vita così facilmente.

Non lo permetterò.

"Scusa. Che cosa stai facendo?"

Sorpreso dalla voce acuta, sollevo lo sguardo.

Una donna magra e anziana, avvolta in una giacca pesante, è in piedi a pochi metri di distanza, con i capelli grigio-biondo che formano un'aura crespa intorno alla sua testa.

"Beh?" insiste con un'espressione accigliata. "Stai

violando la mia proprietà. Dammi una spiegazione o chiamo la polizia."

Dev'essere la padrona di casa della ragazza.

Mi alzo, spazzando via la neve dai palmi delle mani sul cappotto. "Mi dispiace. Sto cercando Emma. Non sta rispondendo alla porta per qualche motivo."

Sbatte le palpebre, con il cipiglio che scompare. "Stai cercando Emma?"

"Sì. Sa dov'è? Non riesco a contattarla."

"Oh, capisco." Mi scruta attentamente, indugiando sul mio cappotto italiano come se stesse cercando di valutarlo. "Sei il suo ragazzo o qualcosa del genere?"

Cerco di aggrapparmi alla pazienza residua. "Sì, ci stiamo frequentando. Sa perché non sta rispondendo alla porta?"

"Beh, certo, caro. È partita per l'aeroporto molto presto—sai, a causa di tutta la neve sulle strade."

Fanculo. "Quando è partita?"

"Non ne sono sicura. Mezz'ora fa? Venti minuti, forse?" Inclina la testa. "Da quando state insieme? Mi prendo cura dei suoi gatti, ed Emma non ha menzionato un ragazzo—"

"È una novità" la interrompo e mi affretto a tornare in macchina, prima che la donna possa lanciarsi in un interrogatorio.

Non c'è tempo da perdere.

Ho una rossa testarda da catturare prima che salga sull'aereo.

~

IL TRAFFICO VERSO L'AEROPORTO È TERRIBILE, AL PUNTO tale che nemmeno l'abilità di guida di Wilson può essere d'aiuto. Dopo due ore e mezzo di avanzamento di un metro al minuto, finalmente vedo la causa dell'inceppamento: un incidente nella corsia di sinistra. Non appena lo superiamo, il traffico inizia a muoversi più rapidamente, ma il danno è fatto.

Il volo di Emma dovrebbe iniziare l'imbarco tra mezz'ora.

Respirando profondamente per combattere la frustrazione, provo a richiamarla.

Segreteria telefonica. Come le altre cinque volte che ho provato.

Le scrivo di nuovo.

Niente. Nessuna risposta.

Combattendo l'impulso di sbattere il dispositivo contro il finestrino, controllo l'app della compagnia aerea.

Il fottuto volo è puntuale, e l'imbarco inizierà tra ventitré minuti.

Anche se fossi all'aeroporto in questo momento, avrei bisogno di più tempo per superare la sicurezza.

Salirà sull'aereo con questa enorme fottuta cosa irrisolta.

A meno che...

Senza concedermi la possibilità di ripensarci, chiamo il mio Project Manager dei trasporti.

"Richard, sono Carelli" dico non appena risponde. "Ho bisogno che chiami subito il CEO della United Airlines. È urgente."

So che il gestore di portafoglio sta morendo dalla voglia di chiedersi perché—le azioni delle compagnie aeree sono la sua area—ma capisce il concetto di urgenza.

Cinque minuti dopo, ho il CEO di United Airlines al telefono. Sei minuti dopo, quando riaggancio e controllo di nuovo l'app, il volo è in ritardo di un'ora—e ho promesso di astenermi dal vendere le azioni United Airlines per sei mesi, per evitare che il CEO debba spiegare alla sua commissione perché c'è un hedge fund gigante che scommette contro di loro.

Il traffico si riduce ulteriormente, man mano che ci avviciniamo all'aeroporto, e mi sento quasi in colpa per aver posticipato l'aereo di un'ora. Mezz'ora sarebbe stata sufficiente. Quando entro in aeroporto, tuttavia, sono felice per il tempo extra.

Il luogo è invaso da viaggiatori frenetici e passeggeri incazzati bloccati dalla tempesta. La situazione è così brutta che quando supero la linea di sicurezza lunga un miglio, l'imbarco in Prima Classe e Priority per il volo di Emma è già iniziato.

Comincio a farmi strada tra la folla ammassata al gate, cercando i suoi capelli luminosi.

Eccola. Una piccola figura sinuosa verso la parte anteriore della fila Economy Class. Con un paio di jeans e una felpa con il cappuccio bianca, tiene in una mano una carta d'imbarco e nell'altra il manico di una piccola valigia rovinata.

Il mio battito accelera, con la pelle che mi prude con un calore selvaggio.

Cazzo, mi è mancata così tanto.

Sono stato un idiota a starle lontano.

Sentendomi come un cacciatore che annusa la preda, mi dirigo direttamente verso di lei. Le altre persone devono percepire la mia cupa determinazione, perché si tolgono di mezzo. Sta fissando dritto davanti a sé, quindi non mi vede fino a quando non mi fermo accanto a lei.

E a quel punto, è troppo tardi.

"Emma." Allungo una mano per afferrarle il polso proprio mentre il suo sguardo si posa sul mio viso, con gli occhi grigi spalancati per lo shock. "Dobbiamo parlare."

È così sbalordita che mi permette di tirarla fuori dalla folla senza protestare. È solo quando siamo in piedi accanto ai posti vuoti nell'angolo che ritrova la lingua. "Che cosa ci fai qui?" La sua voce è più acuta del normale. "Come hai superato la sicurezza?"

Le lascio il polso per estrarre una carta d'imbarco dalla tasca. "L'ho acquistata durante il viaggio." È per un volo diretto a Omaha, l'unico che aveva un posto disponibile oggi. Riponendola nella tasca, dico: "Ascolta, dobbiamo parlare di—"

"No." Cerca di liberarsi di me, ma mi metto davanti a lei, bloccandole la strada.

"Sì, invece."

Il suo viso arrossisce di un colore arrabbiato. "Il mio volo sta imbarcando—"

"Hanno appena iniziato. Hai tempo."

Rendendosi conto che non ho intenzione di cedere,

lascia andare il manico della valigia e incrocia le braccia sul petto. "Bene. Parla."

Nonostante la gravità della situazione, quasi rido per il cipiglio che mi rivolge. Con tutti quei ricci che si gonfiano, è davvero incredibilmente carina, quando è arrabbiata. Adorabile, in realtà. Certo, è adorabile anche quando sorride, e quando arrossisce, e quando è distesa sul mio letto, tutta calda, assonnata e soddisfatta—cazzo, farei meglio a concentrarmi.

"Mi dispiace, Emma" dico il più sinceramente possibile. "Avrei dovuto chiamarti prima. Ho *lavorato* tutto il giorno, ma non è una scusa. Te lo giuro, non succederà più." Sto per fermarmi qui, ma un diavoletto mi spinge a continuare, tirandomi fuori le parole dalla bocca. "La verità è che mi sentivo come se fossimo troppo presi, troppo in fretta, e ho sfruttato l'emergenza al fondo per frapporre una piccola distanza tra noi. Ma è stato un errore. Ora me ne rendo conto. *Voglio* che approfondiamo." Faccio un respiro. "Infatti, stavo pensando che quando torni da questo viaggio, mi piacerebbe che tu venissi a casa mia."

Le braccia le cadono lungo i fianchi, mentre lo shock cancella tutte le altre espressioni sul suo viso. "Tu cosa?" La sua voce è appena sopra un sussurro.

"Voglio che ti trasferisca" ripeto, stringendo le sue piccole mani nelle mie. "Voglio che tu viva con me, tu e tutti e tre i tuoi gatti. So che sembra affrettato, ma mi sono guadagnato da vivere assumendo rischi calcolati, e credimi, stavolta ne vale la pena. Se per ora vuoi tenere il tuo appartamento, non mi opporrò, ma ti voglio con me ogni notte."

Le sue mani sono gelide nella mia presa, mentre mi fissa. "Perché?"

"Perché ti desidero... e anche tu desideri me." Non è ovvio per lei? "La chimica che abbiamo è rara, gattina. Così rara che non l'ho mai sperimentata prima. Ti voglio sempre, fino all'ossessione. L'ho combattuta, ho cercato di resistere, ma è inutile. Ti voglio—e non voglio che i ponti e i tunnel intralcino il nostro tempo insieme. Vieni con me, Emma. Ha molto senso."

Con la coda dell'occhio vedo due uomini in giacca e cravatta che si sussurrano l'un l'altro a una decina di metri di distanza, e una donna che mi punta un telefono contro da dietro. Probabilmente mi hanno riconosciuto dalla CNBC o da qualche altra parte. Normalmente, m'infastidisco e mi allontano, ma questo è troppo importante per lasciarmi distrarre.

"Vieni con me" ripeto, quando Emma rimane in silenzio, fissandomi scioccata. "Andrà tutto bene, lo sai. Mi prenderò cura di tutta la logistica del trasloco. Tutto quello che devi fare è dire di sì." E per ricordarle quanto sarà bello, piego il palmo della mano sulla sua mascella e chino la testa per baciarla.

Volevo che fosse un bacio leggero e indifferente, qualcosa che si addicesse al luogo pubblico, ma nel momento in cui le nostre labbra si toccano, una fame violenta ha la meglio. Non l'ho assaggiata per tre giorni, sono stato lontano per tre notti. Dimenticando tutto sugli spettatori, le avvolgo il braccio intorno alla vita, la avvicino e le faccio scivolare l'altra mano tra i capelli, afferrando i ricci per tenerla ferma, mentre la mia lingua scorre nella sua bocca. Sa di gomma da masticare e di delizioso calore, come tutti i miei sogni racchiusi in un piccolo pacchetto dolce. Il mio sangue è come lava nelle vene e il fallo mi pulsa nei jeans, disperato dalla voglia di averla. Non ne ho mai abbastanza di lei, non ne avrò mai abbastanza, e per la prima volta questo non mi spaventa.

Mi divertirò, avrò tutto di lei, finché durerà.

Un piccolo gemito mi sfugge dalle labbra, aggiungendosi al desiderio oscuro che mi divora, e approfondisco il bacio, divorandola, condividendo il suo respiro. Sento le sue piccole mani afferrarmi le spalle, sento la sua eccitazione nel modo in cui s'inarca contro di me e—

"Ultima chiamata. Ultima chiamata per il volo United 1528 per Orlando. Tutti i passeggeri sono pregati di procedere al gate."

La voce stridente dell'annunciatore è come una palla di neve che mi colpisce in faccia. Scosso dalla trance, alzo la testa e, ricordandomi degli spettatori, lascio andare Emma. Fa un passo indietro tremante, con le dita premute sulle labbra gonfie.

Respirando pesantemente, ci fissiamo l'un l'altra. Poi, la sua mano sinistra si agita nervosamente in aria, atterrando sul manico della valigia.

"Non posso" dice sfinita. "Marcus, mi dispiace, ma non posso."

Una nebbia scura mi appanna la vista, mentre un

suono sordo inizia a rimbombarmi nelle orecchie. Devo aver sentito male. "Che cazzo vuol dire che non puoi?" La mia voce è bassa e tesa, un avvertimento in ogni sillaba.

Il suo viso si contorce, con gli occhi che brillano per una dolorosa luminosità. "Non posso farlo. Non posso... non posso venire con te. Mi dispiace, Marcus. Quello che ho detto prima, lo intendevo davvero. È finita. Non voglio più vederti."

E mentre mi riprendo dal colpo straziante, si precipita in avanti, trascinando la valigia verso il gate.

Non so per quanto tempo rimango al gate, fissando ciecamente la porta attraverso la quale è scomparsa. Per tutta la vita, ho fissato degli obiettivi e li ho raggiunti, rifiutando di accettare il fallimento come opzione. Ho cercato ciò che volevo con determinazione e spietatezza, e questo ha sempre dato i suoi frutti.

Tranne che con Emma.

Ho combattuto per lei come non ho fatto per nessun'altra donna, e niente.

Le ho offerto tutto, e me lo ha rigettato in faccia.

Il dolore del rifiuto mi toglie il fiato, come se qualcuno mi avesse strappato i polmoni. Quando mi ha detto di andarmene dopo l'incidente della porta rotta, la conoscevo a malapena, e tutto quello che cercavo era il sesso. Mi ha fatto male, essere mandato via dopo quei baci ardenti, ma non era stato nulla in confronto alla devastazione che provo ora.

Ero così sicuro che avrebbe accettato la mia proposta di trasferirsi che non avevo mai considerato l'alternativa, tantomeno che si sarebbe rifiutata di uscire con me del tutto.

Mentre lo shock delle sue parole si attenua, la ferita s'intensifica, e con essa arriva la rabbia. Oscura e calda, cresce dentro di me, fino a quando sento che mi bollirà vivo. Voglio farle del male, farle provare una parte del dolore che ha inflitto e, allo stesso tempo, la voglio e basta.

Mi manca così tanto che ucciderei per trattenerla ancora una notte.

Stringendo gli occhi, inspiro profondamente, cercando di riflettere nonostante il calderone gorgogliante di emozioni aggrovigliate, di analizzare questo come farei con qualsiasi altro investimento andato male.

Perché? Perché l'ha fatto?

So di non aver frainteso, di non aver interpretato male la sua risposta.

Mi desidera tanto quanto me.

Si è donata a me, solo per cambiare idea e fuggire.

Ci dev'essere una ragione per le sue azioni, qualcosa oltre il mio stupido errore di starle lontano. La Emma che conosco non è né superficiale né volubile, e sicuramente non è indifferente nei miei confronti.

Qualcosa è successo tra domenica e ora, qualcosa che l'ha spaventata.

Sì, è quello. Sembra giusto. È successo qualcosa, qualcosa che l'ha spinta a fare questo, e non mi arrenderò, finché non avrò scoperto di cosa si tratta.

No, fanculo.

Non mi arrenderò, finché non avrò sistemato le cose.

La voglio, e non accetterò la sconfitta.

Con questa ritrovata determinazione, spingo sui miei piedi e inizio a camminare, tirando fuori il telefono, mentre lo faccio.

"Prepara il jet" ordino al mio pilota. "Hai un'ora. Stasera voleremo a Orlando."

E riattaccando, sorrido cupamente.

Se Emma crede che la lascerò andare così facilmente, non mi conosce affatto.

Può scappare, ma non andrà lontano. Non glielo permetterò.

Emma, gattina, sei mia. E t'inseguirò con tutte le mie forze.

ANTEPRIME

Grazie per la lettura! Se poteste lasciare una recensione, ve ne sarei molto grata. La storia di Marcus & Emma continua ne *La Dipendenza del Titano*. Per sapere quando verrà pubblicato un mio nuovo libro, vi invito ad iscrivervi alla mia newsletter sulla pagina www.annazaires.com/book-series/italiano/.

Desiderate leggere storie che vedono come protagonisti questi personaggi? Allora, non perdetevi:

• *La Trilogia Strapazzami* - La storia di Julian & Nora
• *La Trilogia Catturami* - La storia di Lucas & Yulia
• *La Serie Il Mio Tormentatore* - La storia di Peter & Sara
• *La Trilogia su Mia & Korum* - Una storia d'amore dark-fantascientifica
• *La Prigioniera dei Krinar* - Uno standalone fantascientifico

Collaborazioni con mio marito, Dima Zales:

- *La Serie Le Dimensioni della Mente* - Urban fantasy
- *La Serie di Sasha Urban* - Urban fantasy

E ora, voltate pagina per un assaggio di *Strapazzami, Catturami* e *La Prigioniera dei Krinar*.

ESTRATTO DI STRAPAZZAMI

Nota dell'Autrice: *Strapazzami* è una trilogia dark erotica su Nora & Julian Esguerra. Tutti e tre i libri sono disponibili.

~

Rapita. Portata su un'isola privata.

Non avrei mai immaginato che potesse succedermi questo. Non avrei mai immaginato che un incontro casuale alla vigilia del mio diciottesimo compleanno avrebbe potuto cambiarmi la vita in questo modo.

Ora appartengo a lui. A Julian. A un uomo che è così spietato quanto bello—un uomo il cui tocco mi fa bruciare. Un uomo la cui tenerezza trovo più devastante della sua crudeltà.

Il mio rapitore è un enigma. Non so chi sia, né perché mi abbia presa. C'è un'oscurità in lui—un'oscurità che mi spaventa anche se mi attira.

Mi chiamo Nora Leston e questa è la mia storia.

È sera ormai. Ogni minuto che passa, l'ansia sale sempre di più al pensiero di rivedere il mio rapitore.

Il romanzo che stavo leggendo non mi interessa più. Lo poso e cammino in cerchio per la stanza.

Indosso gli abiti che Beth mi ha dato prima. Non è quello che avrei scelto di indossare, ma è sempre meglio di una vestaglia. Un paio di mutandine di pizzo sexy e bianche e un reggiseno abbinato come biancheria intima. Un bel prendisole blu con i bottoni nella parte anteriore. Mi sta tutto benissimo in modo sospetto. Mi seguiva da tempo? Scoprendo tutto di me, compresa la mia taglia di vestiti?

Quel pensiero mi dà la nausea.

Cerco di non pensare a quello che avverrà, ma è impossibile. Non so perché sono così sicura che verrà da me stasera. Forse ha un intero harem di donne da qualche parte sull'isola e fa visita ad ognuna solo una volta a settimana, come facevano i sultani.

Eppure qualcosa mi dice che verrà presto. Ieri sera aveva semplicemente stuzzicato il suo appetito. So che non ha finito con me, neanche per sogno.

Finalmente, la porta si apre.

Cammina come se fosse a casa sua. Ed è proprio così, infatti.

Rimango di nuovo colpita dalla sua bellezza mascolina. Potrebbe essere un modello o una star del cinema, con un viso del genere. Se ci fosse giustizia nel mondo, sarebbe stato basso o avrebbe avuto qualche altra imperfezione sul volto per compensare.

Ma non è così. È alto e muscoloso, perfettamente proporzionato. Ricordo cos'ho provato ad averlo dentro e sento una sgradita scossa di eccitazione.

Indossa ancora jeans e T-shirt. Una grigia questa volta. Sembra preferire i vestiti semplici e fa bene a farlo. Il suo aspetto non ha bisogno di altri accessori.

Mi sorride. È quel sorriso da angelo caduto —oscuro e seducente allo stesso tempo. "Ciao, Nora."

Non so cosa rispondere, così sputo la prima cosa che mi passa per la mente. "Per quanto tempo hai intenzione di tenermi qui?"

Inclina leggermente la testa di lato. "Qui in camera? O sull'isola?"

"Entrambi."

"Beth ti farà fare un giro domani, potrai nuotare se vuoi" dice, avvicinandosi. "Non verrai chiusa a chiave, a meno che tu non faccia qualcosa di stupido."

"Tipo?" chiedo, con il cuore che mi batte forte nel petto mentre si ferma accanto a me e solleva la mano per accarezzarmi i capelli.

"Cercare di fare del male a Beth o a te stessa." La sua voce è dolce, il suo sguardo ipnotico mentre mi guarda.

Il modo in cui mi tocca i capelli è stranamente rilassante.

Sbatto le palpebre, cercando di spezzare il suo incantesimo. "E per quanto riguarda l'isola? Per quanto tempo mi terrai qui?"

Mi accarezza il viso con la mano, piegandola sulla mia guancia. Mi sorprendo ad appoggiarmi al suo tocco, come una gatta che viene coccolata, e mi irrigidisco subito.

Le sue labbra si arricciano in un sorriso presuntuoso. Il bastardo sa quale effetto ha su di me. "A lungo, mi auguro" dice.

Chissà perché, non mi stupisce. Non mi avrebbe portata fin qui, se avesse solo voluto scoparmi un paio di volte. Sono terrorizzata, ma non sono sorpresa.

Raccolgo il coraggio e passo alla prossima domanda logica. "Perché mi hai rapita?"

Il sorriso abbandona il suo volto. Non risponde, semplicemente mi guarda con uno sguardo blu imperscrutabile.

Comincio a tremare. "Hai intenzione di uccidermi?"

"No, Nora, non voglio ucciderti."

La sua negazione mi rassicura, anche se potrebbe benissimo mentire.

"Hai intenzione di vendermi?" riesco a malapena a far uscire le parole. "Come prostituta o qualcosa del genere?"

"No" dice a bassa voce. "Mai. Sei mia e solo mia."

Mi sento un po' più calma, ma c'è ancora una cosa che devo sapere. "Hai intenzione di farmi del male?"

Per un attimo, non risponde. Per un istante qualcosa di oscuro lampeggia nei suoi occhi. "Probabilmente" dice lentamente.

E poi si china in avanti e mi bacia, con le sue calde labbra morbide e delicate sulle mie.

Per un attimo, resto lì bloccata, senza rispondere. Gli credo. So che dice la verità quando afferma che mi farà del male. C'è qualcosa in lui che mi fa paura, che mi ha spaventata fin dall'inizio.

Non è come i ragazzi che ho frequentato. Lui è capace di qualunque cosa.

E sono completamente alla sua mercé.

Rifletto ancora una volta sulla possibilità di affrontarlo. Questa sarebbe la cosa normale da fare nella mia situazione. La cosa coraggiosa da fare.

Eppure non lo faccio.

Sento l'oscurità dentro di lui. C'è qualcosa di sbagliato in lui. La sua bellezza esteriore nasconde qualcosa di mostruoso dentro.

Non voglio scatenare quell'oscurità. Non so cosa accadrà se lo faccio.

Così, resto immobile mentre mi abbraccia e gli permetto di baciarmi. E quando mi tira di nuovo su e mi porta sul letto, non cerco in alcun modo di opporgli resistenza.

Anzi, chiudo gli occhi e mi abbandono alle sensazioni.

～

Tutti e tre i libri della trilogia *Strapazzami* sono già disponibili. Visitate il mio sito web all'indirizzo www.annazaires.com/book-series/italiano/ per saperne di più e per iscrivervi alla mia mailing list delle nuove pubblicazioni.

Nota dell'Autrice: *Catturami* è una trilogia dark romance, che vede come protagonisti Lucas & Yulia. Presenta delle somiglianze con la trilogia *Strapazzami*. Tutti e tre i libri sono disponibili.

Lo teme dal primo momento in cui l'ha visto.

Yulia Tzakova non è nuova agli uomini pericolosi. È cresciuta con loro. È sopravvissuta a loro. Ma quando incontra Lucas Kent, sa che il duro ex-soldato potrebbe essere il più pericoloso di tutti.

Una notte—è tutto quello che ci vuole. L'opportunità di farsi perdonare un incarico fallito e di ottenere informazioni sul commerciante d'armi, nonché capo di

Kent. Quando il suo aereo precipita, potrebbe essere la fine.

Invece, è solo l'inizio.

La vuole dal primo momento in cui l'ha vista.

A Lucas Kent sono sempre piaciute le bionde con le gambe lunghe, e Yulia Tzakova è stupenda. L'interprete russa potrebbe aver tentato di sedurre il capo di Kent, ma finisce nel letto di Lucas— che ha tutte le intenzioni di rivederla.

Poi il suo aereo viene abbattuto, e scopre la verità.

Lei lo ha tradito.

Ora, la pagherà.

Non appena la porta si apre, entra nel mio appartamento. Nessuna esitazione, nessun saluto— semplicemente entra.

Sorpresa, faccio un passo indietro, nel breve corridoio stretto che improvvisamente sembra troppo soffocante. Mi ero dimenticata di quanto fosse grosso, di quanto fossero larghe le sue spalle. Sono alta per essere una donna—abbastanza alta da fingere di essere una modella, se un incarico lo richiedesse—ma lui mi supera di una trentina di centimetri. Con il giaccone pesante che indossa, occupa quasi l'intero corridoio.

Ancora senza dire una parola, chiude la porta alle sue spalle e mi si avvicina. Istintivamente, mi ritraggo, sentendomi come una preda in trappola.

"Ciao, Yulia" mormora, fermandosi, appena usciamo dal corridoio. Il suo sguardo ceruleo è concentrato sul mio volto. "Non mi aspettavo di vederti in questo modo."

Deglutisco, con il cuore che mi batte all'impazzata. "Ho appena fatto un bagno." Voglio sembrare calma e sicura, ma mi ha letteralmente colta alla sprovvista. "Non mi aspettavo delle visite."

"No, me ne rendo conto." Un lieve sorriso appare sulle sue labbra, addolcendo i lineamenti duri della sua bocca. "Eppure, mi hai lasciato entrare. Perché?"

"Perché non volevo continuare a parlare dietro la porta." Faccio un respiro per calmarmi. "Posso offrirti un tè?" È una cosa stupida da dire, visto il motivo per cui è venuto, ma ho bisogno di qualche istante per riprendermi.

Solleva le sopracciglia. "Tè? No grazie."

"Allora, posso prendere il tuo giaccone?" Non riesco a smettere di comportarmi da brava padrona di casa, agendo con gentilezza per nascondere la mia ansia. "Fa piuttosto caldo qui dentro."

Un accenno di divertimento prende vita nel suo sguardo freddo. "Certo." Si toglie il giaccone e me lo porge. Rimane con un maglione nero e un paio di jeans scuri infilati negli stivali neri. I jeans gli stringono le gambe, mettendo in risalto cosce muscolose e polpacci forti, e sulla sua cinta vedo una pistola nella fondina.

Irrazionalmente, il mio respiro accelera a quella vista, e ci vuole un grande sforzo per impedire alle mie mani di tremare, mentre prendo il giaccone e lo appendo al mio piccolo armadio. Non mi sorprende che sia armato—sarei sciocca se non lo fosse—ma la pistola mi ricorda chi è Lucas Kent.

Che cosa è.

Non è un grosso problema, mi dico, cercando di calmare i miei nervi scossi. Sono abituata agli uomini pericolosi. Sono cresciuta in mezzo a loro. Quest'uomo non è molto diverso. Dormirò con lui, otterrò tutte le informazioni possibili e poi scomparirà dalla mia vita.

Sì, ecco cosa farò. Prima lo farò, prima tutto questo sarà finito.

Chiudendo la porta dell'armadio, mi stampo un bel sorriso sul viso e mi volto verso di lui, finalmente pronta a riprendere il ruolo della seduttrice sicura di sé.

Ma nel frattempo è già accanto a me, dopo aver attraversato la stanza senza fare il minimo rumore.

Il cuore riprende a battermi forte, e la mia ritrovata compostezza ricomincia ad abbandonarmi. È così vicino che posso vedere le striature grigie nei suoi occhi azzurri, così vicino che potrebbe toccarmi.

E un attimo dopo, mi tocca davvero.

Sollevando la mano, fa scorrere il retro delle sue nocche sulla mia mascella.

Lo fisso, confusa dalla reazione immediata del mio

corpo. La mia pelle si scalda e i capezzoli si induriscono, con il respiro che accelera. Non ha senso che questo duro e spietato estraneo mi ecciti così tanto. Il suo capo è più bello, più attraente, eppure il mio corpo reagisce a Kent. Tutto quello che ha toccato finora è il mio viso. Non dovrebbe significare niente, eppure in qualche modo è un tocco intimo.

Intimo e inquietante.

Deglutisco di nuovo. "Signor Kent—Lucas—sei sicuro che non posso offrirti qualcosa da bere? Forse un caffè o—" Le mie parole si affievoliscono in un rantolo senza fiato, quando raggiunge la cintura del mio accappatoio e la tira, con la stessa disinvoltura con cui si scarterebbe un pacco.

"No." Guarda il mio accappatoio che si apre, mostrando il mio corpo nudo. "Niente caffè."

Tutti e tre i libri della trilogia *Catturami* sono già disponibili. Visitate il mio sito web all'indirizzo www.annazaires.com/book-series/italiano/ per saperne di più e per iscrivervi alla mia mailing list delle nuove pubblicazioni.

Nota dell'Autrice: *La Prigioniera dei Krinar* è uno standalone che si svolge circa cinque anni prima della trilogia sulle *Cronache dei Krinar*.

Emily Ross non si sarebbe mai aspettata di sopravvivere alla caduta mortale nella giungla della Costa Rica, e sicuramente non avrebbe mai pensato di svegliarsi in un'abitazione stranamente futuristica, tenuta prigioniera dall'uomo più bello che avesse mai visto. Un uomo che sembra più che umano...

Zaron è sulla Terra per facilitare l'invasione dei Krinar —e per dimenticare la terribile tragedia che gli ha sconvolto la vita. Eppure, quando trova il corpo distrutto di una ragazza umana, tutto cambia. Per la prima volta dopo anni, prova qualcosa di più della rabbia e del dolore, ed Emily ne è la ragione. Lasciarla andare comprometterebbe la sua missione, ma tenerla con sé potrebbe distruggerlo nuovamente.

Non voglio morire. Non voglio morire. Ti prego, ti prego, ti prego, non voglio morire.

Continuava a ripetere ostinatamente quelle parole nella sua mente, una disperata preghiera che nessuno avrebbe mai ascoltato. Le sue dita scivolarono di un altro centimetro sul bordo di legno ruvido, spezzandosi le unghie nel tentativo di mantenere la presa.

Emily Ross era appesa—letteralmente—per le unghie a un vecchio ponte mal ridotto. Decine di metri sotto, l'acqua inondava le rocce, con il ruscello gonfio per le recenti piogge.

Quelle piogge erano in parte responsabili della sua situazione. Se il legno del ponte fosse stato asciutto, forse non sarebbe scivolata, facendo una storta. E sicuramente non sarebbe caduta sulla ringhiera, fracassandola sotto il suo peso.

Solo una disperata stretta dell'ultimo minuto aveva evitato ad Emily di precipitare verso la morte. Mentre scivolava verso il basso, la mano destra aveva afferrato una piccola sporgenza sul lato del ponte, lasciandola penzoloni in aria decine di metri sopra le rocce dure.

Non voglio morire. Non voglio morire. Ti prego, ti prego, ti prego, non voglio morire.

Non era giusto. Non doveva andare così. Quella era la sua vacanza, il suo periodo di rigenerazione. Come poteva morire proprio ora? Non aveva ancora iniziato a vivere.

Le immagini degli ultimi due anni attraversarono la mente di Emily, come le presentazioni PowerPoint che le avevano occupato tante ore di lavoro. Ogni notte, ogni fine settimana trascorso in ufficio—era stato tutto inutile. Aveva perso il lavoro a causa dei tagli del personale, e ora stava per perdere la vita.

No, no!

Emily dimenò le gambe, scavando più in profondità nel legno con le unghie. Alzò l'altro braccio, allungandosi verso il ponte. Non sarebbe accaduto. Non l'avrebbe permesso. Aveva lavorato troppo duramente per lasciare che uno stupido ponte della giungla avesse la meglio su di lei.

Il sangue le scorreva lungo il braccio, mentre il legno le lacerava la pelle delle dita, ma ignorò il dolore. La sua unica speranza di sopravvivenza consisteva nel tentativo di afferrare il lato del ponte con l'altra mano, in modo da potersi tirare su. Non c'era nessuno nelle vicinanze per salvarla, proprio nessuno; poteva contare solo su se stessa.

Emily non aveva riflettuto sulla possibilità che sarebbe potuta morire da sola nella foresta pluviale, quando era partita per quel viaggio. Era abituata a fare escursioni, ad andare in campeggio. E nonostante l'inferno degli ultimi due anni, era ancora in buona forma, forte, e pronta a correre e a praticare sport sia durante la scuola superiore che all'università. La Costa Rica era considerata una destinazione sicura, con un basso tasso di criminalità e una popolazione aperta ai turisti. Era anche poco costosa—un fattore importante vista la rapidità con cui si assottigliavano i suoi risparmi.

Aveva prenotato quel viaggio *prima*. Prima che il mercato peggiorasse di nuovo, prima di un altro ciclo di licenziamenti, che aveva causato la perdita del lavoro per migliaia di lavoratori di Wall Street. Prima che Emily andasse a lavorare lunedì, con gli occhi stanchi per aver lavorato tutto il fine settimana, solo per lasciare l'ufficio lo stesso giorno con tutti i suoi effetti personali in una piccola scatola di cartone.

Prima che la sua relazione durata quattro anni si sgretolasse.

La sua prima vacanza dopo due anni, e stava per morire.

No, non pensarci. Non succederà.

Ma Emily sapeva di mentire a se stessa. Sentiva le sue dita scivolare sempre di più, con il braccio destro e la spalla in fiamme per via dello stiramento nel sostenere il peso di tutto il corpo. La sua mano sinistra era a pochi centimetri dal lato del ponte, ma tanto valeva che quei centimetri fossero miglia. Non riusciva ad aggrapparsi con una forza tale da sollevarsi con un braccio.

Fallo, Emily! Non pensarci, fallo e basta!

Raccogliendo tutta la forza, fece oscillare le gambe in aria, sfruttando lo slancio per sollevare il corpo in una frazione di secondo. Afferrò il bordo sporgente con la mano sinistra, lo strinse... e il fragile pezzo di legno si spezzò, facendola gridare dal terrore.

L'ultimo pensiero di Emily prima di colpire le rocce fu la speranza di una morte istantanea.

L'odore della vegetazione della giungla, ricco e pungente, raggiunse le narici di Zaron. Inalò profondamente, lasciando che l'aria umida gli riempisse i polmoni. Era pulita lì, in quel piccolo angolo della Terra, quasi incontaminata come quella del suo pianeta.

Aveva bisogno di quella adesso. Aveva bisogno dell'aria fresca, di isolamento. Negli ultimi sei mesi aveva cercato di fuggire dai suoi pensieri, di esistere solo in quel momento, ma non c'era riuscito. Nemmeno il sangue e il sesso lo soddisfacevano ormai. Poteva distrarsi scopando, ma poi il dolore tornava sempre, più forte che mai.

Era davvero troppo. La sporcizia, le folle, il fetore dell'umanità. Quando non era avvolto da una nebbia di estasi, era disgustato, con i sensi sopraffatti dall'aver trascorso troppo tempo nelle città umane. Era meglio lì, dove poteva respirare senza inalare veleno, dove poteva sentire l'odore della vita invece di quello dei prodotti chimici. Pochi anni dopo, tutto sarebbe stato diverso, e avrebbe potuto riprovare a vivere ancora una volta in una città umana, ma non ancora.

Non prima di essersi stabiliti lì completamente.

Quello era il compito di Zaron: supervisionare gli insediamenti. Aveva fatto ricerche sulla fauna e la flora della Terra per decenni, e quando il Consiglio aveva chiesto la sua assistenza per l'imminente colonizzazione, non aveva esitato. Qualunque cosa era meglio che essere a casa, completamente permeata dai ricordi della presenza di Larita.

Non c'erano ricordi lì. Nonostante tutte le somiglianze con Krina, quel pianeta era strano ed esotico. Sette miliardi di *Homo sapiens* sulla Terra—un numero impensabile—e si stavano moltiplicando a un ritmo vertiginoso. Con la loro breve durata di vita e la conseguente mancanza di memoria a lungo termine, stavano consumando le risorse del loro pianeta con un profondo disprezzo per il futuro. In qualche modo, gli ricordavano la *Schistocerca gregaria* —una specie di locusta che aveva studiato diversi anni fa.

Naturalmente, gli esseri umani erano più intelligenti degli insetti. Alcuni individui, come Einstein, erano addirittura simili ai Krinar in alcuni aspetti del loro pensiero. Ciò non era particolarmente sorprendente per Zaron; aveva sempre pensato che fosse questo l'intento del grande esperimento degli Anziani.

Passeggiando per la foresta della Costa Rica, si ritrovò a pensare al proprio compito. Quella parte del pianeta era promettente; era facile immaginare piante commestibili provenienti da Krina che fiorivano lì.

Aveva fatto tante prove sul suolo e aveva alcune idee su come rendere ancora più rigogliosa la flora di Krina.

Intorno a lui, la foresta era lussureggiante e verde, impregnata del profumo di eliconie in fiore e del rumore dei fruscii delle foglie e degli uccellini appena nati. In lontananza, sentì il grido di una *Alouatta palliata*, una scimmia urlatrice nativa della Costa Rica, e qualcos'altro.

Accigliato, Zaron ascoltò più attentamente, ma il suono non si ripeté.

Incuriosito, si diresse in quella direzione, con gli istinti di cacciatore in allerta. Per un attimo, quel suono gli aveva ricordato l'urlo di una donna.

Muovendosi con facilità tra la folta vegetazione della giungla, Zaron scattò a gran velocità, saltando su un piccolo torrente e sui cespugli che trovava sul suo cammino. In quel luogo, lontano dagli umani, poteva muoversi come un Krinar, senza la preoccupazione di esporsi. Qualche minuto dopo, arrivò abbastanza vicino da poterne sentire il profumo. Forte e simile al rame, gli fece venire l'acquolina in bocca e risvegliare il sesso.

Sangue.

Sangue umano.

Raggiungendo la sua destinazione, Zaron si fermò, fissando la visuale davanti a lui.

Di fronte c'era un fiume, un torrente di montagna in piena per le recenti piogge. E sulle grandi rocce nere al centro, sotto un vecchio ponte di legno che attraversava la gola, c'era un corpo.

Il corpo frantumato e contorto di una ragazza umana.

La Prigioniera dei Krinar è ora disponibile. Visitate il mio sito web all'indirizzo www.annazaires.com/book-series/italiano/ per saperne di più e per iscrivervi alla mailing list delle nuove pubblicazioni.

BIOGRAFIA DELL'AUTRICE

Anna Zaires è un'autrice bestseller di sci-fi romance, romance contemporaneo erotico e dark del *New York Times, USA Today*. È appassionata di libri dall'età di cinque anni, quando sua nonna le insegnò a leggere. Da allora, vive sempre parzialmente in un mondo di fantasia, in cui gli unici limiti sono quelli della sua immaginazione. Al momento risiede in Florida. Anna è felicemente sposata con Dima Zales (un autore fantasy e di science fiction) e collabora strettamente con lui in tutti i suoi lavori.

Per saperne di più, visitate il sito www.annazaires.com/book-series/italiano/.